Marie Louise Fischer

Liebe im Grand-Hotel

Marie Louise Fischer

Liebe im Grand-Hotel

Roman

I

»Ich habe verstanden, daß du heute deinen dritten Hochzeitstag hast«, sagte die Hotelsekretärin Lona Simon, »es ist durchaus nicht nötig, daß du das dauernd wiederholst. Ich begreife nur nicht, daß dir das erst heute einfällt!«

Sie saß auf dem schweren antiken Schreibtisch im Büro des Hoteliers, die Beine mit den zierlichen Fesseln übereinandergeschlagen, und stach mit der Spitze ihres Kugelschreibers Löcher in den Stenogrammblock, der auf ihren Knien lag.

Urban Horster stand vor ihr, die Hände in den Taschen seines korrekten dunklen Anzugs, und zeigte jenes hinreißende Lächeln, das ihm seit jeher die Sympathien aller weiblichen Hotelgäste eingetragen hatte.

»So, begreifst du das wirklich nicht?« fragte er neckend. »Darf ich dich daran erinnern, daß ein faszinierendes junges Mädchen namens Lona es verstanden hat, mir so völlig den Kopf zu verdrehen, daß man es fast ein Wunder nennen kann, wenn ich mich überhaupt noch an meinen eigenen Namen erinnern kann?«

Sein Charme prallte an ihr ab

»Ach, laß doch die blöden Witze!« sagte sie wütend. »Es gibt Dinge, die man einfach nicht vergißt! Seit Wochen habe ich mich auf diesen Tag gefreut . . .«

»Ich doch auch, Liebes«, sagte er begütigend und wollte seine Hand auf ihren Arm legen.

Sie stieß seine Hand heftig zurück.

»Ach, mach mir doch nichts vor! Es ist doch immer dasselbe. Deine Frau braucht bloß mit dem kleinen Finger zu winken, und schon läßt du mich im Stich.«

Sie warf ihr schulterlanges schwarzes Haar mit einer wilden Kopfbewegung zurück.

»Lona, Liebes, nun nimm doch mal Vernunft an . . .«

»Aber wieso gerade ich? Warum verlangst du nicht von deiner Frau, daß sie vernünftig sein soll? Schließlich ist es ja ihre eigene Dummheit. Warum hat sie dich erst heute an diesen blöden Hochzeitstag erinnert?«

»Weil sie erwartet hat, daß ich von selber daran denken würde!«

»Dann kennt sie dich aber schlecht.«

»Kann sein.«

Urban Horster nahm sich eine Zigarette aus dem schweren, ziselierten Silberkasten und zündete sie sich mit dem Tischfeuerzeug an.

»Ich jedenfalls . . .« begann Lona.

»Das kann ich mir denken«, sagte er, »du hättest mich Tag und Nacht daran erinnert. Aber im Gegensatz zu dir ist Eva eben bemüht, mir nicht auf die Nerven zu fallen.«

»Soll das heißen . . .?« Sie rutschte vom Schreibtisch, ließ Stenoblock und Kugelschreiber fallen und trat auf ihn zu, tiefen Vorwurf in den großen dunkelbraunen Augen, deren Wirkung sie durch geschicktes Make-up noch vergrößerte.

»Natürlich nicht«, sagte er rasch, »sei doch nicht so empfindlich. Ich wollte dich nicht beleidigen, nur . . . Versuch doch endlich zu verstehen! Ich liebe dich... ja, nur dich! Aber an unserem Hochzeitstag muß meine Frau wirklich vorgehen.«

Er machte keinen Versuch, sie in die Arme zu nehmen, und sie begriff plötzlich, wie ernst es ihm war und daß sein Widerstand nicht so leicht zu brechen sein würde wie sonst. In Sekundenschnelle hatte sie einen kindlich bettelnden Ausdruck in ihr pikantes kleines Gesicht gezaubert.

»Schrecklich«, sagte sie mit leiser Stimme, »ich muß doch heute nach Straßburg! Die Kleider sind fertig und . . .«

»Warum mußt du dir auch ausgerechnet deine Kleider in Straßburg kaufen! Als wenn es hier in Baden-Baden nicht genug Möglichkeiten gäbe!«

»Liebling«, sagte sie sanft, »hast du denn ganz vergessen, warum ich das tue? Doch nur dir zuliebe. Du selber hast mich doch darum gebeten . . .. damit ich dich nicht kompromittiere. Damit die Klatschmäuler hier sich nicht den Mund darüber zerreißen können, woher ich das Geld habe, mir teure Modellkleider zu kaufen.«

»Du würdest mir entschieden mehr damit helfen, wenn du versuchen würdest, deine Ansprüche ein bißchen herabzuschrauben. Du weißt genau, daß ich in wirtschaftlichen Schwierigkeiten bin. Ich habe große Kredite aufnehmen müssen . . .«

»Na eben«, fiel sie ihm kaltschnäuzig ins Wort, »da kommt es auf ein paar lumpige Tausender mehr oder weniger doch nicht an!«

Er sah sie an, und in seine blauen Augen trat ein kalter Glanz. Er bereute plötzlich, daß er sich überhaupt mit ihr eingelassen und es dahin hatte kommen lassen, daß sie so mit ihm zu sprechen wagte. Sie war attraktiv, und sie hatte es verstanden, sein Interesse zu wecken und, länger als jede andere vor ihr, wachzuhalten. Aber sie war nicht die einzige reizvolle Frau auf der Welt, und von jeher hatten die Frauen es ihm leichtgemacht. Warum sollte er sich gerade von dieser einen beherrschen lassen?

»Geh zum Teufel«, sagte er grob, »ich habe genug von dir!«

Lonas Gesicht wurde zu einer glatten, ausdruckslosen Maske.

»Danke«, erwiderte sie kühl, »ich danke dir für deine Aufrichtigkeit. Es ist immer gut, ganz klar zu wissen, woran man ist.«

Sie nahm den Stenogrammblock und ihren Kugelschreiber vom Boden auf und fragte mit ironischer Beflissenheit:

»Haben Sie mir noch etwas zu diktieren,

Herr Horster? Oder irgendwelche Anweisungen zu geben? Nein? Dann darf ich mich jetzt wohl zurückziehen.«

Sie ging zur Tür, als ob sie das Zimmer verlassen wollte, drehte sich aber, die Klinke schon in der Hand, noch einmal um.

»Mach dir meinetwegen keine Sorgen«, sagte sie mit einem süßen Lächeln. »Ich werde schon jemanden finden, der mich nach Straßburg fährt ... und mir meine Kleider bezahlt!«

Urban Horster war fest entschlossen gewesen, sie gehen zu lassen, aber diese Andeutung genügte, seine guten Vorsätze zunichte zu machen. Mit wenigen Schritten war er bei ihr und packte ihre Handgelenke.

»Was soll das heißen?«

»Als ob du mich nicht ganz genau verstanden hättest! Ich pfeife auf deine Liebe, wenn sie so aussieht. Ich habe knickrige Männer seit jeher gehaßt. Gott sei Dank gibt es ja noch andere!«

»Du Biest!«

Er preßte ihre Handgelenke, so daß sie zusammenzuckte, aber das herausfordernde Lächeln schwand nicht von ihrem Gesicht.

»Traust du es mir etwa nicht zu?«

Er haßte sie in diesem Augenblick, haßte sie von ganzem Herzen. Aber die Vorstellung, daß ein anderer Mann ihren geschmeidigen Körper genießen sollte, machte ihn rasend. Er riß sie in seine Arme und küßte sie leidenschaftlich.«

»Wir fahren«, flüsterte sie mit glänzenden Augen, als er sie endlich freigab, »nicht wahr . . . wir fahren?«

Als Urban Horster zehn Minuten später sein Büro verließ und in die Hotelhalle trat, hatte er eine Sekunde lang das irritierende Gefühl, daß alle Blicke sich auf ihn richteten. Nur mit Aufbietung aller Willenskraft gelang es ihm, Gelassenheit vorzutäuschen. Niemand konnte ahnen, was in seinem Büro vor sich gegangen war, und doch – sah ihn der Empfangschef, Herr Thomas, nicht mit einem sonderbaren Ausdruck an? Und lag in den blauen Augen der Empfangssekretärin Hilde Protius nicht unverhohlene Neugier?

Nur mit Mühe zauberte er das gewohnheitsmäßige Lächeln auf sein Gesicht.

Es war Ende März, die Saison hatte noch nicht begonnen. In der weiten, sehr luxuriös mit echten Teppichen und kostbaren antiken Möbeln eingerichteten Halle des *Grandhotel Horster* herrschte gedämpfte Ruhe. Nur zwei ältere Ehepaare, ein emeritierter Professor und eine Gruppe Amerikaner saßen in den tiefen Ledersesseln und genossen den Ausblick auf die Parkanlagen der Lichtentaler Allee und auf die blauen Berge des Schwarzwalds jenseits der Kurstadt, plauderten halblaut miteinander, blätterten in Zeitschriften, tranken Mokka.

Der Hotelier trat an den Empfangstisch, wechselte ein paar Worte mit Herrn Thomas, vergewisserte sich, daß alle Vorbereitungen für den Empfang einer Gruppe belgischer Touristen getroffen waren, die am späten Nachmittag erwartet wurde.

Wie die meisten Hotels war auch das *Horster*, besonders in der stillen Zeit, darauf angewiesen, Reisegesellschaften aufzunehmen, und wie die meisten Hoteliers haßte Urban Horster diese Gäste, die wie die Heuschrecken für eine Nacht einfielen, um meist schon in der Frühe des nächsten Morgens wieder aufzubrechen.

»Wie lange bleiben sie?« fragte er.

»Sie haben für drei Tage gebucht«, gab der Empfangschef Auskunft, »mit voller Pension.«

»Na, das ist wenigstens etwas.« Urban Horster seufzte leicht. Der Empfangschef schien die Gedanken des Hoteliers zu erraten.

»Es war sehr geschickt, dieses Abkommen mit Round the World zu schließen«, sagte er, »es ist für uns wirklich äußerst günstig.«

»Günstig? Lebensnotwendig!«

Urban Horster nickte seinem Empfangschef zu und begab sich auf einen raschen Rundgang durch die Halle. Er verbeugte sich vor jedem einzelnen der Gäste, fragte nach ihren Wünschen, erkundigte sich, wie sie den Vormittag verbracht hatten und nach ihren weiteren Plänen. Niemals war es ihm so schwergefallen wie heute, Interesse zu heucheln, aber nicht eine Sekunde lang kam ihm der Gedanke, sich vor dieser Pflicht zu drücken.

Aber seine Gefühle und Gedanken wurden hin- und hergerissen zwischen dem Mädchen, das er eben verlassen hatte, und seiner Frau, die auf ihn wartete.

Wie soll ich es Eva nur klarmachen, daß ich heute abend keine Zeit habe? grübelte er. Wenn ich nur wüßte, wie ich es ihr beibringen kann!

Das Privathaus Urban Horsters lag am anderen Ende des ausgedehnten Parks, der sich hinter dem *Grandhotel Horster* erstreckte. Noch um die Jahrhundertwende hatten hier Stallungen und Kutscherwohnungen gestanden.

Urban Horsters Vater hatte einen Teil der schon halb verfallenen Gebäude abreißen, den Hauptteil völlig umbauen und nach eigenen Entwürfen renovieren lassen, bis ein einstökkiges, anheimelndes Haus entstanden war, in das er sich mit seiner Frau zurückzog, als er Urban und dessen Frau das Hotel übergab. Den überaus fleißigen, noch gar nicht betagten Eltern Urban Horsters war aber kaum Zeit geblieben, ihren Lebensabend zu genießen; sie waren knapp drei Jahre später rasch hintereinander gestorben.

Urban Horster hatte mit seiner ersten Frau Clara, geborene Höchli, der Tochter eines

Schweizer Gastronomen, in einem Appartement im Hotel gewohnt. Dort waren auch ihre Tochter und ihr Sohn geboren worden und hatten ihre erste Kindheit verlebt. Als Clara im siebten Ehejahr starb – an einer heimtückischen Krankheit, die sie erst sehr spät erkannt und viel zu spät hatte behandeln lassen, weil sie nie Zeit oder Gedanken an ihre Gesundheit verwandt hatte –, war Urban Horster mit seinen Kindern, der damals sechsjährigen Susi und dem drei Jahre alten Teddy, im Hotel wohnen geblieben. Erst als er sich in seine zweite Frau, die junge Jurastudentin Eva, verliebt hatte, war ihm der Gedanke gekommen, in das alte Privathaus überzusiedeln.

Seine junge Frau war froh darüber gewesen. Ihr bedeutete das Hotel nichts, sie war zufrieden, daß sie sich mit den Kindern in das kleine Haus am Ende des Parkes zurückziehen konnte. In den ersten Monaten ihrer Ehe war sie vollauf beschäftigt, hier Gemütlichkeit und Behagen zu schaffen und das Vertrauen ihrer Stiefkinder zu gewinnen. Schon bald zeigte es sich, daß sie selber Mutter werden würde. Etwa ein Jahr nach ihrer Eheschließung brachte sie ihre kleine Tochter Barbara, genannt Babsy, zur Welt, und von nun an war ihr Leben noch mehr mit Hausfrauensorgen und Mutterpflichten ausgefüllt.

Während ihrer ganzen Ehe war sie kaum ein dutzendmal im Hotel gewesen, und auch dann immer nur aus ganz besonderen Anlässen.

Dennoch blieb es nicht aus, daß der Hotelbetrieb sich immer mehr wie eine Macht in ihr Bewußtsein drängte, eine befremdliche, ja, fast feindliche Macht, die ihr die Liebe und die Aufmerksamkeit ihres Mannes zu rauben drohte.

Oft stand sie, wie auch heute, am Fenster ihres Schlafzimmers und sah in den Park hinaus. Sie konnte von hier aus über Büsche und Bäume hinweg die Hinterfront des *Grandhotel Horster* erblicken, und sie versuchte sich vorzustellen, was ihr Mann in diesem Augenblick tat. Dachte er an sie? Sie zweifelte daran. Sie fühlte nur zu deutlich, daß er ihr in der letzten Zeit mehr und mehr entglitten war.

Eva seufzte, senkte den Blick ihrer hellen grauen Augen auf die riesige Baustelle des Schwimmbeckens, die sich vom Hotel aus tief in die wunderbaren Grünanlagen des Parks hineingefressen hatte. Noch immer konnte sie diesen Anblick nicht ertragen, ohne daß ihr Herz sich schmerzhaft zusammenzog.

Wegen dieses Schwimmbeckens hatte es zwischen ihr und ihrem Mann zum erstenmal eine heftige Auseinandersetzung gegeben. Urban hatte ihr erklärt, daß das Publikum immer anspruchsvoller würde und daß das Hotel ohne eigenes Schwimmbad auf die Dauer nicht konkurrenzfähig bleiben könnte. Obwohl sie seine Argumente begriffen hatte, war ihr der Gedanke, daß der alte Park zerstört werden sollte, so verhaßt gewesen, daß sie sich aufs Bitten und Flehen verlegt hatte.

»Hör auf damit«, hatte er grob gesagt, »ich habe genug Kämpfe durchzustehen. Es ist durchaus nicht nötig, daß auch du mir noch in den Rücken fällst. Kümmere dich um Dinge, von denen du etwas verstehst. Ich habe nicht die geringste Lust, mich mit dir herumzustreiten.«

Ich hätte ihm wirklich nicht in Dinge hineinreden dürfen, von denen ich nichts verstehe. Was liegt schon an dem alten Park! dachte sie jetzt.

Sie hatte in letzter Zeit des öfteren Fehler gemacht, aber noch war es nicht zu spät. Sie mußte ihre ganze Ehe neu aufbauen – und plötzlich sah sie den neuen Weg, den sie beschreiten wollte, klar vor sich.

Sie schloß die Fenster, durchschritt den Schlafraum, trat ins Kinderzimmer, wo die kleine Babsy, das Fäustchen vor dem Mund, tief und fest schlief. Sie drückte einen zärtlichen Kuß auf die runde Wange des Kindes und trat auf die Galerie hinaus.

»Susi!« rief sie laut. »Susi! Teddy, kommt, helft mir . . . wir wollen was Feines für Vati vorbereiten!«

Wenig später stand sie in der Küche, hackte Eier, Gurken, Kräuter und Kapern für eine Remouladensoße. Susi, eine große Schürze umgebunden, rührte Teig, Teddy bearbeitete Eiweiß mit dem Schneebesen.

Der Junge war es, der als erster hörte, daß die Haustür aufgeschlossen wurde. »Mutti!« brüllte er. »Susi! Vati kommt!«

Eva stand den Bruchteil einer Sekunde starr und lauschte. Das Geräusch der zuschlagenden Haustür war nicht zu überhören. Eva legte das Kräuterbüschel aus der Hand und sagte mit einem erregten Lächeln:

»Na, so etwas! Und wir sind noch gar nicht fertig!«

Sie schlüpfte aus ihrem hellblauen Kittel und fuhr sich mit der Hand ordnend über das rotblonde Haar.

Susi und Teddy begrüßten ihren Vater stürmisch, während Eva sich zurückhielt. Auch heute fühlte sie – wie jedesmal, wenn sie ihren Mann nach längerer oder kürzerer Zeit wiedersah – das unbeschreibliche Gefühl überwältigender Liebe.

Ich darf ihn nicht verlieren, dachte sie. Lieber Gott, hilf mir, daß alles wieder so wird, wie es früher war!

Urban Horster dehnte die Begrüßung seiner Kinder länger aus, als notwendig gewesen wäre, er scheute sich davor, Eva in die klaren grauen Augen zu sehen. Der vertrauensvolle Blick seiner Frau verstärkte sein Unbehagen, das aus einem uneingestandenen Schuldbewußtsein herrührte.

Endlich mußte er sich ihr doch zuwenden. Sie warf sich in seine Arme, und der frische, herbe Geruch ihres rotblonden Haares erinnerte ihn, ohne daß er es wollte, an die wunderbare Zeit ihrer ersten Liebe, als sie ihm noch eine Welt bedeutet hatte.

»Wie schön, daß du schon da bist!« flüsterte sie dicht an seinem Ohr.

Ohne es zu ahnen, brach sie mit diesen Worten den Zauber. Die Erinnerung verblaßte, die Gegenwart forderte ihr Recht.

Er küßte sie flüchtig auf die Stirn und schob sie sanft von sich. »Leider«, sagte er, »habe ich nur sehr wenig Zeit!«

Diese Erklärung, die wie ein Leitfaden durch die ganzen Jahre ihrer Ehe gegangen war, ließ das Lächeln auf ihrem Gesicht erlöschen.

»Mußt du noch einmal fort?« fragte sie enttäuscht.

»Leider«, sagte er wieder und trat, nur um sie nicht ansehen zu müssen, zum Kamin.

»Aber heute abend kommst du doch«, sagte sie, und es klang nicht wie eine Frage, sondern wie eine Feststellung.

Er sah sie nicht an. »Ich werde versuchen, es einzurichten.«

»Wann?« fragte sie.

Er krauste die Stirn, sagte zögernd:

»Gegen acht Uhr. Bis dahin werde ich es wohl geschafft haben.«

Er nahm sie in die Arme, küßte sie, dann löste er sich sanft von ihr und verließ das Haus.

Langsam, mit einem stillen Lächeln schritt sie die Treppe hinauf. Ihr Herz tanzte vor Glück.

II

Auf der Fahrt nach Straßburg war Urban Horster sehr schweigsam. Lona Simon spürte, daß etwas in der Luft lag. Aber sie hielt es für richtig, seine Gedankenabwesenheit einfach zu überspielen. Sie plauderte munter darauf los und ließ sich durch seine kurzen, unfreundlichen Antworten keineswegs die Laune verderben.

Er parkte seinen Wagen, ein Sportcoupé, hinter dem Münster, schwang seine langen Beine aus dem Wagen und stieg aus.

Dann schloß er das Auto ab und sagte, ohne sie anzusehen: »Ich warte im *Weinhaus Bär* auf dich. Aber beeil dich. Du weißt, ich will sofort zurück.« Damit steckte er die Schlüssel ein und ging davon. Ziellos schlenderte er durch die romantischen alten Straßen. Er war sehr unzufrieden mit sich selber.

Er liebte seine Frau, das war ihm an diesem Nachmittag wieder sehr zu Bewußtsein gekommen, er wollte sie nicht enttäuschen. Er sah die Konsequenz, die sich aus dieser Erkenntnis ergab, ganz klar: Er mußte sich aus der verhängnisvollen Bindung zu Lona Simon lösen.

Ich werde es tun, dachte er, ich muß es tun. Noch heute – nein, nicht heute. Eva erwartet mich, ich habe ihr versprochen, pünktlich zu sein. Aber morgen – morgen ganz bestimmt!

Doch eine unüberhörbare Stimme sagte ihm, daß er die Kraft zu dieser Entscheidung nicht aufbringen würde – weder heute, noch morgen, noch übermorgen.

Schließlich blieb er seufzend stehen, um sich zu orientieren, sein Blick fiel auf die Auslage eines Juweliers. In der Mitte des Schaufensters lag auf dunkelblauem Samt eine kunstvoll geschmiedete goldene Rose, in deren Blütenblättern eine weiße Perle wie ein schimmernder Tautropfen hing.

Urban Horster trat ein und kaufte die Rose – für seine Frau. Bei dem Gedanken daran, wie glücklich Eva über dieses Geschenk sein würde, wurde ihm wohler. Er steckte die goldene Rose, die der Juwelier sorgfältig in eine Schmuckschachtel gelegt und mit Seidenpapier umhüllt hatte, in die Innentasche seiner Jacke und schlug den Weg zum *Weinhaus Bär* ein.

Lona Simon war noch nicht da, er hatte es nicht anders erwartet; sie pflegte sich stets sehr lange und ausgiebig mit ihrer äußeren Erscheinung zu beschäftigen.

Er bestellte sich einen Kognak, trank ihn rasch, dann noch einen. Seine innere Spannung ließ nach, seine Selbstvorwürfe verloren an Schärfe.

In dem großen gemütlichen Raum mit den Butzenscheiben und den weißgescheuerten

Tischen hatten sich viele Männer zum Dämmerschoppen zusammengefunden, vorwiegend Straßburger. Ihr ein wenig rauhes Französisch erfüllte das niedrige, langgestreckte Zimmer. Die Luft war blau von Tabakschwaden.

Dann kam Lona Simon.

Er hatte gar nicht zur Tür geschaut, sondern wurde erst durch die jähe Stille aufmerksam, die ihr Auftauchen hervorrief. Es war, als ob jeder einzelne dieser sehr bürgerlichen Männer bei ihrem Anblick den Atem anhielte.

Sie war schön.

Ein fliederfarbenes Leinenkleid brachte ihre glatte bräunliche Haut und ihre prachtvolle Figur zur Geltung und kontrastierte wundervoll zu ihrem schwarzen Haar. Die schmale Taille wurde durch den breiten Gürtel noch betont, der tiefe Ausschnitt gab den Ansatz ihres festen Busens frei.

Sie trat an Urban Horsters Tisch, als sei sie sich des Aufsehens, das sie erregt hatte, gar nicht bewußt, warf ihren Mantel, den sie über dem Arm getragen hatte, auf einen Stuhl, stellte die große Pappschachtel dazu und lächelte ihn an.

»Jetzt hab' ich aber Hunger!«

Er vergaß, daß er sofort hatte zurückfahren wollen, vergaß alles außer Lona, diesem attraktiven Mädchen, um dessen Freundschaft ihn alle, das fühlte er deutlich, beneideten.

»Such dir was aus«, sagte er und reichte ihr die Speisekarte.

»Und du?« fragte sie, nachdem sie die Karte gründlich studiert hatte.

»Höchstens eine Kleinigkeit«, erwiderte er und schob den Gedanken an die Vorbereitungen, die Eva für diesen Abend getroffen hatte, mit Gewalt beiseite.

»Es gibt frische Krebse«, verkündete Lona und fuhr sich mit der Zunge über die Lippen.

Sie aßen Champignonsalat mit Trüffeln, kleine rote Krebse, zum Abschluß ein Straßburger Soufflé, und sie tranken dazu den rosigen würzigen Wein der Landschaft.

Lona Simon war strahlender Laune, wie Frauen ihrer Art es zu sein pflegen, wenn sie ein neues Kleid tragen, das ihnen gut steht.

Urban Horster ließ sich nur zu gern von ihrer Fröhlichkeit anstecken. Er war sich in jedem Augenblick bewußt, daß Eva zu Hause auf ihn wartete. Aber er fühlte sich wohl. Kognak und Wein hatten die Spannung in seiner Brust gelöst. Er fand dieses unbeschwerte Beisammensein mit Lona in der gemütlichen alten Weinstube wie eine Galgenfrist, die ihm das Schicksal geschenkt hatte. Er brauchte nicht zu denken, er brauchte sich nicht zu entscheiden, nichts wurde von ihm verlangt als Lonas munterer Stimme zu lauschen, in ihre dunkelglänzenden Augen zu schauen.

Als er sich endlich aufraffte, um zu zahlen, war es zehn Uhr vorbei.

Sie passierten die Zollstation Kehl ohne Zwischenfall und erreichten die Bundesstraße 3. Urban Horster gab Gas. Die Tachometernadel stieg zitternd höher und höher. Der Sportwagen flog nur so dahin.

Lona Simon liebte den Rausch der Geschwindigkeit, aber diesmal fühlte sie sich unsicher.

»Du fährst wie ein Verrückter!« sagte sie halb bewundernd, halb mahnend. »Sei vorsichtig!«

Kurz vor der Abzweigung nach Oberkirch kam eine gefährliche S-Kurve. Lona hatte schon den Mund geöffnet, um ihn zu warnen – aber nach einem Blick auf sein blasses, verbissenes Gesicht zog sie es vor zu schweigen.

Urban Horster steuerte mit Vollgas in die Kurve.

»Vorsicht!« schrie Lona unbeherrscht.

Ein böses Lächeln verzerrte seinen Mund – plötzlich spürte er, wie ihm das Steuerrad entglitt, wie er die Gewalt über den Wagen verlor. Mit aller Kraft versuchte er gegenzusteuern – aber da war es schon zu spät.

Das Auto wurde mit ungeheurer Wucht in die Finsternis hinausgeschleudert.

Lona Simon hatte das Gefühl, aus einem abgrundtiefen tintenschwarzen See langsam, ganz langsam wieder an die Oberfläche zu tauchen. Sie spürte, irgendwo war ein Licht.

Sie riß krampfhaft die Augen auf und sah, daß das Licht, das sie genarrt hatte, der linke

Scheinwerfer des Autos war, der eine endlose Bahn frisch gepflügten Ackers beleuchtete.

Plötzlich war alles wieder da, ihr Bewußtsein und gleichzeitig die Erinnerung an das, was geschehen war. Mit heißer Freude wurde ihr klar, daß sie davongekommen war.

Sie tat einen tiefen, zitternden Atemzug. »Mein Gott«, sagte sie, »oh, mein Gott!«

Sie wandte sich zur Seite, um Urban Horsters Blick zu suchen. Aber er war vornüber gesunken, den Kopf auf dem Lenkrad, sein rechter Arm hing unnatürlich verkrümmt herab. Sie griff ihm in das dichte dunkle Haar, versuchte ihn aufzurichten – mit einem Schrei des Entsetzens ließ sie ihn wieder los. Sein Gesicht war unkenntlich, eine blutende Maske des Schreckens.

Ihre Hand war warm und klebrig, und es dauerte eine Sekunde, bis sie begriff, daß sie blutig war. Sie zerrte das verklemmte Handschuhfach auf, zog ein Papiertuch heraus, rieb sich die Hand wie unter einem hysterischen Zwang sauber. In ihrem Kopf wirbelte es. Ihre Zähne klapperten.

Endlich hatte sie sich so weit gefaßt, daß sie das Nächstliegende tun konnte. Mit Überwindung griff sie unter dem Lenkrad hindurch, drehte den Zündschlüssel um, stellte den Motor ab. Der Scheinwerfer erlosch.

Sie rüttelte an der Tür, die nicht nachgeben wollte. Kalter Schweiß trat ihr aus allen Poren. Schließlich sah sie ein, daß es unmöglich war, kletterte über die Sitzlehne und versuchte es hinten. Sie hatte Glück. Die rückwärtige Tür ließ sich öffnen.

Lona Simon stand schon im Freien, als ihr der Karton mit den Kleidern einfiel, die sie in Straßburg gekauft hatte. Noch einmal tastete sie sich in den Wagen hinein, fand, was sie suchte. Mit einem Schwung warf sie die Tür ins Schloß. Jetzt erst spürte sie, daß auch ihr Arm verletzt sein mußte, denn er tat abscheulich weh.

Aber sie achtete nicht darauf, sondern stapfte über den Acker zur Straße hinaus. Ihre hohen Absätze versanken bei jedem Schritt in dem weichen Boden. Sie bückte sich, zog die Pumps aus, nahm sie in die Hand und lief auf Strümpfen weiter. Oben angekommen, schlüpfte sie wieder hinein und marschierte die Straße entlang. Sie warf keinen einzigen Blick auf die Unfallstelle zurück.

Nach etwa drei Kilometern sah sie in der Ferne am Rande einer Ortschaft eine erleuchtete Tankstelle. Unwillkürlich beschleunigte sie ihre Schritte.

Erst als sie näher kam, sah sie, daß im Büroraum der Tankstelle zwar die Deckenbeleuchtung brannte, der Raum aber leer war. Die Eingangstür war verschlossen. Sie drückte heftig und ausdauernd auf die Klingel. Nach einiger Zeit erschien ein junger Mann und schloß auf.

»Ich brauche ein Auto«, sagte sie grußlos,

»bitte, würden Sie die nächste Taxistelle anrufen ... ich habe es sehr eilig!«

Sie stellte den Kleiderkarton auf den Boden, kramte in ihrer Handtasche, drückte dem jungen Mann eine Mark in die Hand.

Er betrachtete erst das Geldstück, dann das junge Mädchen.

Sein forschender Blick machte sie unsicher, sie fuhr sich mit der Hand über das Kinn und entdeckte, daß sie blutete.

»Ich habe mich verletzt«, sagte sie.

»Das sieht man.«

»Würden Sie nun bitte endlich anrufen?«

Er zuckte die Schultern, ging zum Telefon.

»Kann ich mich inzwischen hier irgendwo frisch machen?« rief sie ihm nach.

Er wies mit dem Kinn auf eine Nebentür, und sie befolgte seinen Wink.

Als sie ihr Gesicht in dem trüben Spiegel über dem Waschbecken sah, erschrak sie vor ihrem eigenen Anblick. Kein Wunder, daß der Tankwart sie so merkwürdig angesehen hatte. Sie sah verheerend aus – ihre dunklen Augen starrten riesengroß und tief verschattet, ihr bräunliches Gesicht, ganz blutleer vor Entsetzen, wirkte gelblich-fahl, das schwarze Haar hing wie eine Hexenmähne herab, am Kinn und am Wangenknochen waren blutverschmierte Wunden.

Sie wusch sich das Gesicht mit kaltem Wasser, säuberte die Wunden und verpflasterte sie, kämmte sich sorgfältig ihr schulterlanges

Haar, legte Make-up auf und zog sich die Lippen nach.

Danach sah sie besser aus, aber der verstörte Blick ihrer Augen ließ sich nicht vertuschen.

Als sie den Waschraum verließ, war das Taxi schon gekommen. Der Fahrer lehnte am Kühler und rauchte eine Zigarette, der Tankwart stand daneben. Lona hatte den Eindruck, daß sich die beiden über sie unterhalten hatten.

Sie warf den Kopf in den Nacken und trat auf die Männer zu.

»Bitte, würden Sie mich nach Baden-Baden fahren«, sagte sie.

Der Fahrer blickte sie an.

»Das wird aber ein teurer Spaß, Fräulein.«

»Ich werde Sie im voraus bezahlen.«

»Hin und zurück, denn heute nacht kriege ich keine Fahrt mehr.«

»Wieviel macht das?« fragte sie und öffnete ihre Handtasche.

Der Fahrer nannte den Preis und nahm das Geld entgegen. Er öffnete den Wagenschlag, um sie einsteigen zu lassen.

»Einen Augenblick«, sagte sie und warf den Karton auf den Rücksitz, »ich muß schnell noch mal telefonieren . . .«

Sie wandte sich zu dem beleuchteten Innenraum, rief über die Schulter zurück:

»Ein Ortsgespräch . . .«

Während sie auf das Telefon zuging, beobachtete sie aus den Augenwinkeln mit Erleichterung, daß der Tankwart keine Anstalten machte, ihr zu folgen, sondern bei dem Taxi stehenblieb.

Die beiden Männer unterhielten sich, ohne sie dabei aus den Augen zu lassen.

Eine Papptafel mit den wichtigsten Nummern hing hinter dem Schreibtisch an der Wand. Sie wählte »Unfall«. Eine mürrische Stimme meldete sich.

»Bei der Kurve vor Oberkirch ist ein schwerer Unfall passiert«, sagte sie hastig, »auf der Bundesstraße drei. Bitte, kommen Sie sofort! «

»Verletzte?« fragte die Stimme am anderen Ende der Leitung gleichgültig.

»Ja. Ein Schwerverletzter.«

»Von wo aus telefonieren Sie?« fragte der Mann.

Aber da hatte sie schon aufgelegt.

Eva Horster hatte keine böse Vorahnung, sie war nicht einmal beunruhigt.

Sie war es so gewohnt, auf ihren Mann zu warten, es war schon so häufig vorgekommen, daß er sein Versprechen, pünktlich zu sein, nicht gehalten hatte, daß sie gar nicht auf den Gedanken kam, es könnte etwas passiert sein.

Sie war nur todunglücklich. Sie dachte sich zornig Worte aus, die sie ihm sagen wollte, aber dann ließ sie es wieder. Sie verbot sich Tränen, Klagen, Vorwürfe. Das alles würde ihn nur abstoßen.

Ich werde ihn mit einem Lächeln empfangen, sagte sie sich immer wieder, mit einem Lächeln . . .

Und sie zauberte ein Lächeln auf ihr erschöpftes Gesicht, als kurz nach elf die Haustürklingel ertönte. Ihr Herz klopfte, und sie spürte, wie ihre Wangen sich röteten. Sie war ganz sicher, daß es nur Urban sein konnte, der seinen Türschlüssel im Hotel hatte liegenlassen.

Eva Horster öffnete die Tür weit und rief: »Urban . . . endlich!«

Aber es war nicht Urban Horster, der eintrat, sondern Herr Thomas, der Empfangschef.

Ihr Lächeln erlosch, und noch bevor er den Mund öffnete, wußte sie, daß etwas Schlimmes geschehen sein mußte.

»Sie?« stieß sie fassungslos hervor.

Das Gesicht des Empfangschefs war beherrscht und ausdruckslos wie immer.

»Was ist geschehen?« rief sie mit einer Stimme, die ihr nicht mehr ganz gehorchte.

»Bitte«, sagte er beschwörend, »bitte, seien Sie tapfer. Ihr Gatte hatte einen Unfall.«

Da sie nicht ahnte, daß er im Auto unterwegs gewesen war, löste diese Mitteilung seltsame Assoziationen in ihr aus.

»Im Hotel?« fragte sie. »Er schickt Sie zu mir?«

»Nein«, erklärte Herr Thomas, der alles noch viel schwieriger fand, als er es sich vorgestellt hatte, »ein Autounfall . . .«

»Aber... ich verstehe nicht . . .« stammelte sie.

Dann erst begriff sie, fuhr hoch.

»Er ist . . . tot?«

»Nein, er lebt. Er ist schwerverletzt, aber er lebt.«

Mit den seltsam gleitenden Schritten einer Nachtwandlerin ging sie zur Tür.

»Ich muß zu ihm«, murmelte sie wie zu sich selber. »Ich muß zu ihm . . .«

Mit zwei Sätzen war er hinter ihr her und hielt sie fest.

»Gnädige Frau, bitte, lassen Sie sich doch erst erklären . . .«

Sie fuhr herum. Ihre klaren grauen Augen in dem totenblassen Gesicht waren überraschend wach.

»Haben Sie mich belogen?«

»Nein.«

»Dann bringen Sie mich zu ihm. Sofort!«

Er hielt ihren Arm so fest, als befürchtete er, sie könnte sich losreißen und in die Nacht hin ausstürmen.

»Er ist ohne Bewußtsein«, sagte er, »eine schwere Schädelfraktur. Er würde Sie gar nicht erkennen.«

Sie sah ihn an, mit verdunkelten Augen, in denen er nicht zu lesen vermochte.

»Wo liegt er?«

»In Oberkirch. Auf der Unfallstation des dortigen Krankenhauses. Von dort hat man im Hotel angerufen.«

»Wir müssen sofort einen Spezialisten hinzuziehen«, sagte sie, »Professor Meyer von der Neurochirurgischen Klinik Freiburg. Stellen Sie, bitte, die Verbindung her. Ich gehe inzwischen hinauf und ziehe mich um.«

Es war nicht einfach, den Professor zu erreichen, und Herr Thomas hatte es noch nicht geschafft, als Eva die Treppe wieder herunterkam, in flachen Schuhen, einem graublauen Tweedkostüm, einen Schal in der Hand – nur die funkelnden Ohrgehänge erinnerten noch daran, wie anders sie sich diesen Abend vorgestellt hatte. Ihr schmales Gesicht war immer noch schneeweiß, aber ihre Züge verrieten Beherrschung und äußerste Anspannung.

Sie stand neben Herrn Thomas und wartete, bis es soweit war, dann nahm sie ihm den Hörer aus der Hand und meldete sich.

»Hier spricht Frau Horster, Herr Professor«, sagte sie mit klarer Stimme, »Frau Eva Horster vom *Grandhotel Horster* in Baden-Baden. Mein Mann hatte einen schweren Autounfall . . . Schädelfraktur. Bitte, setzen Sie sich mit der Unfallstation des Krankenhauses in Oberkirch in Verbindung, dort ist er eingeliefert worden. Ich möchte, daß Sie sich um ihn kümmern und die Operation persönlich vornehmen . . . Ich weiß, daß dieser Wunsch Ihnen unverschämt vorkommen muß, Herr Professor, aber es geht um meinen Mann, den Vater von drei Kindern . . . Ich weiß, welche Strapazen und Unannehmlichkeiten ich Ihnen damit zumute ... das glaube ich Ihnen ja, aber ich möchte, daß mein Mann von dem besten Arzt auf diesem Gebiet operiert wird, und das sind Sie, Herr Professor. Bitte, fahren Sie noch heute, fahren Sie jetzt gleich nach Oberkirch! Selbstverständlich bezahle ich den Chauffeur ... selbstverständlich werden alle Ihre Honorarforderungen erfüllt ... es geht um das Leben meines Mannes, Herr Professor, Geld spielt da überhaupt keine Rolle ... ich danke Ihnen, Herr Professor, ich danke Ihnen!«

Eva legte auf. Ihre Augen hatten einen sonderbaren Glanz. Mit einer mechanischen Bewegung schlang sie den Schal um ihr rotblondes Haar.

»Bitte, rufen Sie das Hotel an, Herr Thomas«, sagte sie, »sorgen Sie dafür, daß ein Zimmermädchen oder irgendeine andere weibliche Kraft sofort herüberkommt und bei den Kindern bleibt ... dann holen Sie Ihren Wagen. Ich will bei meinem Mann sein.«

Urban Horster lag auf dem Operationstisch. Sein Gesicht war abgedeckt, der Schädel kahl rasiert. Im kalten schattenlosen Licht der Operationslampe zeigte sich die Deformation der Schädeldecke.

Der Narkosearzt hatte eine Dosis Curare gespritzt, um eine vorübergehende völlige Erschlaffung der gesamten Muskulatur zu bewirken. Nur so war es möglich, den Trachealkatheter vorsichtig durch die erschlafften Stimmbänder einzuführen. Mit Hilfe eines aufblasbaren Gummiballs hatte er ihn so gegen die Wände der Luftröhre gepreßt, daß er sich weder verschieben noch verrutschen konnte. Das andere Ende des Katheters verband er außerhalb des Mundes über ein Ventil mit dem Schlauch des Narkoseapparats.

Jetzt hob er den Blick und sah Professor Meyer an.

»Fertig!«

Die Atmung des Patienten hatte nicht für eine Sekunde ausgesetzt. Die Mischung von Lachgas und Sauerstoff drang in die Lungen.

Die Operationsschwester überprüfte noch einmal seine Lage. Der Körper des Patienten durfte während der Operation keinerlei Druck ausgesetzt sein, sein Kopf lag locker in der Stütze. Noch einmal bestrich sie die Kopfhaut mit Jod.

Professor Meyer hatte sich auf dem verstellbaren Drehstuhl hinter dem Kopf des Patienten niedergelassen. Links neben ihm stand sein Assistent, ein Arzt der Unfallstation. Die Operationsschwester stellte sich zur Rechten des Professors neben den Instrumententisch und reichte ihm das Skalpell.

Bedächtig führte der Professor den ersten halbkreisförmigen Schnitt und schlug den Hautlappen zurück.

Die große Wunde blutete kaum. Der Assistenzarzt betätigte den Sauger. Das Gefäß wurde sichtbar, er ergriff es mit Klemmen.

»Strom!«

Der Assistent legte die Diathermienadel an und trat auf das Kontaktpedal. In wenigen Sekunden war die Blutung gestillt. Das Gefäßende verschmort.

Der Schädelknochen lag frei, die Bruchstelle wurde deutlich sichtbar.

Professor Meyer ergriff den elektrischen Bohrer und legte nacheinander mehrere Bohrlöcher in einem Viereck an, dessen eine Seite die Bruchstelle war.

Die OP-Schwester reichte ihm die Gigli-Säge. Mit der Hand sägte Professor Meyer von Bohrloch zu Bohrloch die Knochendecke durch.

»Kreislauf?« fragte er.

»Nicht zufriedenstellend«, antwortete der Anästhesist, »Puls schwach.«

»Geben Sie noch eine Blutkonserve!«

Der Anästhesist hatte schon vor der Operation eine Dauertropfinfusion an eine Knöchelvene angelegt, durch die er dem Patienten während des Eingriffs die noch zusätzlich notwendigen Medikamente direkt zuführen konnte. Jetzt schloß er eine Blutkonserve an.

»Puls immer noch schwach, aber regelmäßig«, konnte er nach einiger Zeit melden.

»Versuchen Sie weiter den Kreislauf mit allen Mitteln zu stützen!«

Professor Meyer hob das herausgesägte

Knochenstück behutsam ab und reichte es der Operationsschwester. Sie legte es sofort in die bereitgehaltene physiologische Kochsalzlösung.

Die Hirnhaut lag frei. Sie war stark gespannt, blauschwarz schimmerte eine Blutung durch.

Die Operationsschwester reichte Professor Meyer ein feines Skalpell.

»Achtung!«

Ganz leicht ritzte er die Dura an, und in dickem Schwall schoß das Blut heraus.

Professor Meyer wartete, bis der Hirndruck schwand und das Gehirn wieder normale Pulsationen zeigte. Dann, auf einen Wink von ihm, begann der Assistent die blutenden kleinen Gefäße elektrisch zu verschorfen, bis das Gehirn frei von jeder Nachblutung war.

Vorsichtig untersuchte Professor Meyer das Operationsgebiet, vergewisserte sich, daß kein Knochensplitter ins Hirn gedrungen war, daß es sich bei der Unfallverletzung um einen glatten Bruch gehandelt hatte. Das Gehirn hatte sich infolge der Blutstauung aus Raummangel zusammengepreßt. Der Professor führte deshalb noch eine Liquorauffüllung durch, um Unterdruckerscheinungen zu verhindern.

Dann setzte er die Knochendecke wieder ein. Das Vernähen des Hautlappens überließ er dem Assistenten.

Für ihn war die Operation beendet.

Eva Horster fuhr auf, als Professor Meyer das Untersuchungszimmer betrat.

Sie erkannte ihn sofort, obwohl sie ihn noch nie gesehen hatte. Dieser große Mann mit dem durchfurchten Gesicht, der hohen Stirn und den klugen Augen hinter funkelnden Brillengläsern konnte nur der berühmte Neurochirurg sein.

»Herr Professor . . .«

Professor Meyer zog sich einen Stuhl heran und setzte sich.

»Wir haben Glück gehabt, gnädige Frau«, sagte er, »die Operation ist komplikationslos verlaufen. Das Allgemeinbefinden des Patienten ist den Umständen entsprechend zufriedenstellend.«

»Wird er . . . gesund werden?«

»Ihr Gatte lebt. Damit sollten wir uns im Augenblick zufriedengeben.«

Eva strich sich eine Locke ihres rotblonden Haars aus der Stirn.

»Sagen Sie mir ganz ehrlich, Herr Professor . . . welche Chance hat er?«

»Eine gute. Aber es hat keinen Zweck, wenn wir uns etwas vormachen. Die Operation ist geglückt. Jetzt kommt es darauf an, ob sein Kreislauf sich erholt und sein Herz durchhält. Außerdem . . .« Er zögerte.

»Ja?«

»Es ist möglich, daß sich noch andere Komplikationen ergeben. Ich hatte noch keine Gelegenheit, den Patienten allgemein zu untersuchen. Aber mein Kollege nimmt an, daß er durch den Unfall auch eine Rückgratverletzung davongetragen hat . . . bitte, erschrecken Sie nicht! Ich kann diese Diagnose noch nicht bestätigen, und selbst wenn sie stimmt, können erst langwierige Untersuchungen ergeben, ob das Rückenmark geschädigt ist.«

»Und was würde das bedeuten?« fragte Eva mit einer Stimme, die ihr selber fremd klang.

»Lähmungserscheinungen. Aber darüber läßt sich jetzt noch gar nichts sagen. Ich nehme an, Sie haben Vertrauen zu mir . . .«

»Ja, Herr Professor.«

»Dann werden Sie sicher damit einverstanden sein, daß der Patient, sobald sein Allgemeinzustand es zuläßt, nach Freiburg in die Universitätsklinik überführt wird.«

Eva Horster nickte. »Wie lange wird es dauern, bis er wieder gesund ist?«

Professor Meyer lächelte. »Noch vor einer Stunde hätten Sie alles darum gegeben, daß er überhaupt am Leben bleibt. Jetzt werden Sie schon ungeduldig und möchten ihn am liebsten gleich mit nach Hause nehmen.«

»Wie lange?« fragte Eva noch einmal.

»Im besten Fall . . . Monate.«

Sie nickte, als ob er ihr nur etwas bestätigt hätte, was sie selber schon geahnt hatte. »Kann ich ihn sehen?« fragte sie.

Der Professor zögerte. »Dazu würde ich Ihnen nicht raten. Sein Kopf ist vollkommen bandagiert, und es ist noch gar nicht abzusehen, wann er wieder zu Bewußtsein kommt . . .«

»Ich werde solange warten«, sagte sie mit fester Stimme.

Es war heller Tag, als Eva endlich zu ihrem Mann geführt wurde. Sie hatte Herrn Thomas längst nach Hause geschickt, weil sie ihm nicht zumuten wollte, die ganze Nacht mit ihr warten zu müssen.

»Sie müssen jetzt sehr tapfer sein«, sagte die Schwester, die sie begleitete.

Eva nickte.

Sie war ganz gefaßt, dennoch blieb sie unwillkürlich auf der Schwelle des kleinen Zimmers stehen, in dem ihr Mann lag. Eine eisige Hand griff nach ihrem Herzen. Sie erkannte ihren eigenen Mann nicht. Sein ganzer Kopf war in weiße Binden eingehüllt, nur die Nasenlöcher und der Mund waren sichtbar. Sein rechter Arm steckte in einem Gipsverband.

»Auch die Augen?« stammelte sie kaum hörbar.

»Ein Bluterguß« sagte die Schwester, »sie sind völlig verschwollen, aber die Augäpfel sind unverletzt. Sie müssen ihm das sagen, wenn er danach fragt!«

Eva trat näher. Auf dem Nachttisch lagen Urban Horsters Brieftasche, sein Geldbeutel, seine Schlüssel und – eine goldene Rose.

»Urban«, sagte sie und nahm seine gesunde Hand, »mein lieber Urban . . .«

»Du . . .« sagte er schwach.

Seine Stimme schien aus weiter Ferne zu kommen, und dennoch fühlte Eva ihr Herz bei diesem Klang höher schlagen.

»Du hattest einen Autounfall«, sagte sie, »aber du wirst wieder gesund werden. Du brauchst nichts zu fürchten . . .«

»Bin ich blind?«

»Nein, die Augen sind nur verbunden. Du wirst wieder sehen können . . . schon in ein paar Tagen. Glaube mir!«

»Ja, Eva . . .«

Sie nahm das Schmuckstück, das auf dem Nachttisch lag.

»Die goldene Rose . . . ist sie für mich? Bist du deswegen nach Straßburg gefahren?«

»Verzeih mir«, sagte er schwach.

»Genug«, sagte die Schwester, die sich nicht von der Tür gerührt hatte. »Sie müssen jetzt gehen, Frau Horster!«

Eva beugte sich über ihren Mann und küßte ihn zart auf den Mund.

»Ich komme wieder, Urban . . . bald!«

III

Als Eva erwachte, fiel heller Sonnenschein durch die Vorhangspalten. Aus dem Park tönte das Hämmern der Arbeiter vom neuen Schwimmbad her.

Sie begriff, daß sie zu Hause war, daß sie einen halben Tag und eine ganze Nacht geschlafen haben mußte. Alles, was sie durchgemacht hatte, lag wie ein Alpdruck hinter ihr, der sich im Sonnenschein zu einem Nichts verflüchtigte.

Ihr Mann lebte, er würde gesund werden. Selbst wenn es Monate dauern sollte, er würde gesund werden, sie war sich dessen ganz sicher. Alles würde wieder gut werden.

Das Telefon schrillte.

Ihr erster Gedanke war: Urban. Ob sich sein Zustand verschlechtert hatte?

Sie lief in die Halle hinüber und nahm den Hörer ab. Eine tiefe, ein wenig heisere Mädchenstimme meldete sich.

»Guten Morgen, gnädige Frau . . . hier spricht Lona Simon!« »Wer?« fragte Eva Horster verständnislos.

»Die Hotelsekretärin!«

»Ach so!« Eva kannte Lona Simon flüchtig vom Sehen, aber sie war ihr durchaus kein Begriff.

»Zwei Herren von der Bank sind hier«, sagte die Hotelsekretärin. »Sie möchten Sie sprechen. Es ist sehr dringend. Darf ich sie zu Ihnen schicken? Oder wollen Sie herüberkommen?«

»Von der Bank?« fragte Eva. »Aber von diesen Dingen habe ich doch keine Ahnung!«

»Es handelt sich um den Kredit, den Herr Horster aufgenommen hat. Einen Kredit von fünfhunderttausend Mark. Wenn ich die Herren richtig verstanden habe, möchten sie Ihnen einen Vorschlag wegen der Rückzahlung machen.«

Irrte sie sich, oder klang aus der Stimme des Mädchens eine Spur Schadenfreude?

Noch begriff Eva Horster nicht, um was es ging, aber eine böse Vorahnung sagte ihr, daß die eigentlichen Schwierigkeiten jetzt erst begannen.

»Ich komme«, erklärte sie kurz.

Sehr nachdenklich und betroffen ging sie nach oben und zog sich an. Es schien ihr bedeutsam, das richtige Kleid für diese Gelegenheit zu wählen. Sie wollte die Herren von der Bank beeindrucken, und sie wußte auch, daß die richtige Aufmachung ihr eigenes Selbstbewußtsein heben würde.

Sie war nahe daran, ihr schwarzes französisches Kostüm zu wählen, aber sie verwarf diesen Gedanken dann doch, weil man es für Trauerkleidung hätte halten können. Endlich entschied sie sich für ein taubenblaues Kostüm und eine weiße Spitzenbluse. Sehr sorgfältig machte sie ihr Gesicht zurecht, bürstete ihr rotblondes, leicht gelocktes Haar bis es schimmerte. Aber immer noch war sie mit ihrem Aussehen unzufrieden. Sie hätte schön sein können, wenn nicht ein Zug von ängstlicher Spannung in ihrem Gesicht gewesen wäre. Sie versuchte, ihr Spiegelbild anzulächeln, aber es wurde nur eine Grimasse daraus.

Entschlossen wandte sie sich ab, lief die Treppe hinunter, verließ das Haus und ging durch den Park, an der Baustelle des Schwimmbads vorbei, auf das Hotel zu.

Das Vorzimmer war leer.

Eva registrierte es mit Verwunderung. Sie blieb zögernd stehen. Aus dem Chefbüro klangen laute Stimmen, Gelächter, Gläsergeklirr. Mit einem Ruck öffnete sie die Tür. Im gleichen Augenblick wurde es totenstill.

Zwei Herren erhoben sich. Der eine war klein, flink und elastisch wie ein Kastenteufelchen, der andere war ein großer, dicker, schwerfälliger Mann. Lona Simon, die ihnen Gesellschaft geleistet hatte, machte eine Bewegung, als ob sie ebenfalls aufstehen wollte, blieb aber dann doch sitzen.

Mit einem Blick erkannte Eva die Situation. Eine halbvolle Flasche französischer Cognac stand auf dem Tisch, drei Gläser waren gefüllt. Lona Simon hielt eine brennende Zigarette in der Hand. Der enge Rock war ihr bis über die Knie hinauf gerutscht.

»Guten Morgen, meine Herren«, sagte Eva mit einer Sicherheit, über die sie sich selbst wunderte. »Ich hoffe, ich habe Sie nicht zu lange warten lassen.«

»Aber keineswegs«, versicherte der Kleinere der beiden, »wir haben . . .« Er stockte.

»Ich sehe schon«, sagte Eva sarkastisch, »Sie haben sich die Zeit nicht lang werden lassen!«

Sie wandte sich an die Hotelsekretärin.

»Möchten Sie mir die beiden Herren nicht vorstellen, Fräulein Simon?«

»Direktor Presser und Prokurist Klein von der Presser-Bank«, erklärte Lona Simon träge.

Eva Horster reichte den Herren nicht die Hand.

»Ich bin Frau Horster«, sagte sie, »bitte, nehmen Sie doch wieder Platz!«

Mit einem Anflug von Wohlerzogenheit warteten die beiden, bis sie sich gesetzt hatte.

»Fräulein Simon«, sagte Eva scharf, »würden Sie mir, bitte, die Unterlagen bringen!«

»Welche Unterlagen?« fragte Lona frech, ohne sich aus ihrem Sessel zu rühren.

»Die Verträge und die Korrespondenz zwischen meinem Mann und der Presser-Bank.«

Lona Simon hob die sorgfältig gezupften Augenbrauen.

»Ab wann?«

»Das wird gar nicht nötig sein, gnädige Frau«, sagte Prokurist Klein rasch, »es handelt sich um ein ganz unformelles Wechselgeschäft.«

Er bückte sich, nahm eine schwarzlederne Aktentasche auf, legte sie auf seine Knie und öffnete sie.

»Wir sind gekommen, um Ihnen diese Wechsel zu präsentieren!«

Eva merkte, wie ihr Mund trocken wurde.

»Bitte, Fräulein Simon«, sagte sie gepreßt, »lassen Sie uns allein!«

»Wie Sie wünschen!«

Die Hotelsekretärin sprang auf und warf mit einer halb trotzigen, halb verächtlichen Bewegung ihre dunkle Haarmähne in den Nacken.

In dieser Sekunde sah Eva dic Pflaster, die sie sich über Wangenknochen und Kinn geklebt hatte – aber sie schenkte ihnen keine Aufmerksamkeit und vergaß sie sofort wieder, als das Mädchen das Zimmer verlassen hatte.

Direktor Presser nahm seine Zigarre aus dcm Mund.

»Es sind zehn Wechsel«, sagte er, »jeder lautet über fünfzigtausend. Sie sind korrekt ausgestellt und tragen die Unterschrift Ihres Gatten.«

Prokurist Klein hatte die Wechsel wie einen Fächer ausgebreitet, den er Eva zeigte, ohne ihn aus der Hand zu lassen.

»Aber«, wandte sie ein, »die Wechsel tragen kein Fälligkeitsdatum.«

»Richtig«, erklärte Direktor Presser. »Das Datum werden wir jetzt in Ihrer Gegenwart einsetzen. Sie werden zahlen . . . oder wir werden sie zu Protest gehen lassen.«

Ohne es zu merken, hatte Eva die Hände im Schoß verkrampft. Sie war totenblaß geworden. Unfähig, einen klaren Gedanken zu fassen, starrte sie dem Unglück entgegen, das unaufhaltsam wie eine Lawine auf sie zurollte.

»Aber . . . ich verstehe nicht . . .«, stammelte sie, nur von dem einzigen Wunsch beseelt, Zeit zu gewinnen. »Wie konnte mein Mann . . . warum hat er denn . . .«

»Er brauchte Geld, um das Schwimmbad zu bauen«, erklärte Prokurist Klein nüchtern.

Eva war viel zu bestürzt, um zu merken, daß er einen raschen Blick des Einverständnisses mit Direktor Presser wechselte.

»Aber . . . warum ausgerechnet Wechsel! Und solche Wechsel! Hätte er nicht eine Hypothek . . .«

Direktor Presser schnitt ihr das Wort ab.

»Nein«, sagte er, »das Hotel ist mit Hypotheken schon überlastet. Nur durch ein Wechselgeschäft konnte er das nötige Geld auftreiben.«

»Ich verstehe nicht«, erwiderte Eva, »trotz allem, was Sie mir sagen . . . ich verstehe das Ganze überhaupt nicht! Vor drei Jahren, als wir heirateten, habe ich doch eine nicht unbedeutende Summe in das Hotel gesteckt . . .«

»Stimmt«, antwortete Direktor Presser trocken. »Mit diesem Geld sind Sie als Teilhaberin und mitverantwortliche Gesellschafterin eingestiegen.«

»Ich habe mich nie darum gekümmert«, sagte Eva schwach, »mein Vormund hat diese Verträge gemacht, ich habe nur unterschrieben. Aber dieses Geld, wo ist es denn geblieben?«

»Sie dürfen nicht denken, daß Ihr Gatte verantwortungslos oder leichtfertig gehandelt hat, gnädige Frau«, sagte Prokurist Klein rasch. »Ein Hotel zu besitzen ist heutzutage eine kostspielige und riskante Angelegenheit. Unsummen werden jährlich allein dadurch verschlungen, daß man es immer im allerbesten Zustand halten muß. Herr Horster hat mit dem Geld, das Sie in die Ehe gebracht haben, längst fällig gewordene Renovierungen durchführen lassen.«

»Aber das Schwimmbad!« rief Eva Horster. »Warum mußte er es bauen, wenn er sich das Geld nur unter solchen . . .« sie schluckte, »solchen Bedingungen verschaffen konnte?«

Direktor Presser zuckte die Schultern.

»Das war eine Spekulation. Wahrscheinlich plante er, die Zimmerpreise erheblich hinaufzusetzen, sobald das Becken erst fertig war. Er hätte das Haus auch dann noch voll bekommen und mindestens die Hälfte der Wechsel bis zum Herbst einlösen, die anderen verlängern lassen können. Niemand rechnet schließlich damit, daß ihm ein Unfall zustößt.«

»Ach so«, sagte Eva, »Sie sind also nur deshalb ... weil mein Mann verunglückt ist ... deshalb sind Sie gekommen!«

»Selbstverständlich!« entgegnete Direktor Presser und zog an seiner Zigarre. »Verstehen Sie uns richtig ... wir sind aus Sorge um unser Geld und um das Hotel hier.«

»Mein Mann wird nicht sterben, wenn Sie das glauben«, sagte Eva verzweifelt. »Er hat die Operation gut überstanden und ...«

»Wird Monate brauchen, bis er wieder auf den Beinen ist«, fiel ihr Direktor Presser ins Wort. »Sie brauchen uns nichts vorzumachen, gnädige Frau, wir sind orientiert.«

Eva schwieg; sie fühlte die Blicke der beiden Männer auf sich gerichtet.

»Und wenn ich die Wechsel nun auslöse?« fragte sie endlich.

»Das können Sie nicht.«

»Was werden Sie also tun?«

»Gnädige Frau«, sagte der Prokurist, »ich fürchte, dies Gespräch ist ganz schiefgelaufen. Wir wollen Sie ja weder bedrohen noch bedrängen.

Wir sind gekommen, um Ihnen einen sehr kulanten Vorschlag zu machen. Ihr Gatte fällt doch die ganze Saison über arbeitsmäßig aus, Sie selbst verstehen nichts vom Geschäft ... das soll kein Vorwurf sein, sondern nur eine Feststellung. Um Sie aus dieser Klemme zu bringen ... und natürlich, um unser Geld zu retten ... haben wir beschlossen, das Hotel in eigener Regie zu übernehmen. Damit sind Sie aus jeder Verantwortung heraus.«

»Natürlich hat das Hotel mit dem Grundstück einen Wert, der nicht vollständig von den Hypotheken und den Wechseln abgedeckt ist«, sagte der Dicke. »Sobald wir eine Bestandsaufnahme gemacht haben, werden wir sehen, was Ihnen bleibt. Sie bekommen das Geld entweder ausbezahlt und können eine kleine Pension damit beginnen . . .«

»Oder«, ergänzte der Prokurist, »Sie lassen es im Hotel stehen und bekommen monatlich Zinsen und Dividenden ausbezahlt, bestimmt so viel, daß Sie mit den Kindern sorglos davon leben können . . .«

»Wenn Sie Wert darauf legen«, sagte der Dicke, »werden wir in dem Kaufvertrag ausdrücklich festlegen, daß Ihr Gatte weiter als Geschäftsführer arbeitet, sobald er wieder ganz in Ordnung ist . . .« Sie sahen Eva Horster erwartungsvoll an.

»Und wenn ich nicht einwillige?« fragte sie.

»Dann müssen Sie die Wechsel einlösen . . . oder wir lassen sie zu Protest gehen«, erklärte der Prokurist.

»Danke«, sagte Eva und stand auf, »ich danke Ihnen, meine Herren, daß Sie sofort zu mir gekommen sind!«

Die beiden wechselten einen erstaunten Blick.

»Soll das heißen . . .?« fragte Prokurist Klein.

»Ja. Bevor ich in dieser Angelegenheit irgend etwas entscheiden kann, muß ich Rücksprache mit meinem Mann nehmen.«

»Aber warum wollen Sie Ihren Gatten mit diesen Dingen beunruhigen?« fragte der Dikke. »Aus Ihrem Gesellschaftervertrag geht klipp und klar hervor, daß Sie allein genauso zeichnungsberechtigt sind wie Ihr Mann!«

»Das glaube ich Ihnen«, sagte Eva gefaßt, »aber ich möchte trotzdem . . .«

»Setz die Daten ein, Fritz«, sagte der Dicke, »los, setz die Daten ein . . .«

Der Prokurist warf Eva einen Blick zu, mit dem er wohl andeuten wollte, wie sehr er diesen Ausgang des Gesprächs bedauerte, der aber auf sie wie die reinste Heuchelei wirkte. Dann öffnete er seine Mappe, zog die Wechsel wieder heraus und begann flink zu schreiben.

»Das bedeutet für Sie«, sagte der Dicke kalt, »daß Sie das Geld innerhalb von drei Tagen bezahlen müssen. Aber wir sind keine Unmenschen. Sollten Sie zu der Einsicht kommen, daß es so nicht geht . . . unser Angebot bleibt für Sie offen.«

Schweigend öffnete Eva die Tür und ließ die beiden Herren hinaus.

Als Eva die Garage am Haus aufschloß, um ihren kleinen Wagen herauszuholen, kam Alice, ein gutmütiges älteres Mädchen, gerade vom Spaziergang zurück. Sie schob den Kinderwagen mit der kleinen Babsy vor sich her, und die Kleine jauchzte auf und streckte ihre Ärmchen der Mutter entgegen.

In diesem Augenblick war es Eva, als wiche ein Alpdruck von ihrer Seele. Eine heiße Welle von Freude durchströmte sie. Waren dieses Kind, ihr Mann, ihre Liebe, ihre kleine Familie nicht viel wichtiger als alle geschäftlichen Sorgen? Was bedeutete ihr schon das Hotel? Nichts, gar nichts. Es war ja völlig bedeutungslos, ob sie es aufgeben mußten oder nicht – diese unerwartete Entwicklung der Dinge war vielleicht ein Geschenk des Himmels.

Evas Hochgefühl hielt an, bis sie das Krankenhaus betrat. Es steigerte sich noch, als der diensthabende Arzt, ein Dr. Krüger, ihr sagte, daß der Patient eine ruhige Nacht verbracht hatte.

»Sie dürfen ihn fünf Minuten sprechen«, mahnte er, »länger nicht. Daß ihm jede Aufregung schaden würde, brauche ich Ihnen wohl nicht ausdrücklich zu sagen.«

»Natürlich nicht«, sagte Eva rasch und begriff selbst nicht, wie sie auch nur für eine Sekunde die Idee hatte erwägen können, mit dem Schwerkranken über die Zukunft des Hotels zu sprechen.

»Leider sieht es so aus, als ob seine Wirbelsäule tatsächlich auch etwas abbekommen hätte«, berichtete Dr. Krüger. »Aber das besagt nicht, daß das Rückenmark geschädigt ist . . . Wenn alles gutgeht, werden wir den Patienten in etwa einer Woche nach Freiburg überführen lassen können, und der Professor wird ihn schon wieder auf die Beine bringen.«

»Wichtig ist nur, daß er lebt und wieder zu uns zurückkommt«, sagte Eva mit fester Stimme, »und wenn er sein ganzes Leben im Rollstuhl sitzen müßte . . .«

Der junge Arzt sah sie an, Bewunderung und Mitleid im Blick. Er hätte einiges darauf sagen können, denn er wußte, was für eine furchtbare Belastung ein gelähmter Mensch für seine Familie bedeuten kann. Aber er zog es vor zu schweigen. Er öffnete die Krankenzimmertür und trat hinter Eva ein.

»Hallo, Herr Horster«, sagte er fröhlich, »Sie haben Besuch! Ich bringe Ihnen Ihre Frau!«

Urbans Kopf war noch völlig eingebunden, auch die Augen waren von dicken Verbänden bedeckt. Bei den Worten des Arztes bewegte er stumm die Lippen und die linke Hand.

Eva war mit zwei Schritten bei ihm, ergriff seine Hand und zog sie an die Lippen.

»Urban«, sagte sie, »Geliebter . . .«

»Ich habe Angst . . .« sagte Urban Horster kaum hörbar.

»Aber das brauchst du nicht, wirklich nicht«, versicherte Eva mit fester Stimme.

»Du bist in guten Händen . . . in den allerbesten, glaube mir.«

»Ich habe Angst, daß ich . . . ein Krüppel bleiben werde!«

»An so etwas darfst du gar nicht denken! Die Ärzte sind sicher, daß du wieder gesund werden wirst, und ich bin es auch!«

»Das Hotel«, sagte Urban Horster, »du mußt dich um das Hotel kümmern.«

»Natürlich«, versprach sie, »das werde ich auch.«

»Die Presser-Bank . . .«

Sie fiel ihm ins Wort.

»Ich weiß Bescheid. Es ist alles in Ordnung. Du brauchst dir keine Sorgen zu machen.«

»Du darfst dir das Hotel nicht abknöpfen lassen, hörst du? Du darfst nicht . . .«

Urban Horster machte eine vergebliche Anstrengung, sich aufzurichten.

»Aber nein«, versicherte Eva hastig, »natürlich nicht! Die Herren waren sehr verständnisvoll. Sie . . . sie haben mir versprochen, mit ihren Forderungen bis zum Herbst zu warten!«

Eva drückte noch einmal die kraftlose Hand ihres Mannes und gab ihm einen zarten Kuß auf die spröden Lippen. Dann stand sie auf und verließ, von Dr. Krüger begleitet, das Zimmer.

Auf dem Gang blieb sie stehen.

»Herr Doktor«, sagte sie, »ich werde morgen und übermorgen wahrscheinlich nicht kommen können . . .«

Zu ihrer Erleichterung stellte er keine Fragen.

»Das macht gar nichts. Besuche tun den Patienten nur halb so gut, wie die meisten Angehörigen glauben. Wir werden Ihrem Mann einfach sagen, daß Sie die nächsten Tage nicht kommen dürfen, weil er sich zu sehr für seine Geschäfte interessiert. Das wird ihm wahrscheinlich eine Lehre sein.«

»Ja«, sagte Eva, »ja! Ich danke Ihnen, Herr Doktor!«

Sie reichte ihm die Hand, und er hielt sie länger fest, als nötig gewesen wäre.

»Haben Sie Sorgen?« fragte er.

Sie hob mit einer stolzen, entschlossenen Bewegung den Kopf.

»Ich werde damit fertig werden!«

Eva hatte begriffen, daß es für sie nur einen einzigen Weg gab, wenn sie das Leben ihres Mannes und ihre Liebe retten wollte: Sie mußte das Geld auftreiben, um die Wechsel einzulösen.

Es gab einen einzigen Menschen, an den sie sich um Hilfe wenden konnte: den Rechtsanwalt Konrad Kilius, ihren Jugendfreund. Er hatte sie sehr geliebt, und bevor Urban Horster in ihr Leben getreten war, hatte sie selbst geglaubt, einmal seine Frau zu werden. Ihre Absage hatte ihn schwer getroffen. Sie wußte, wie sehr sie ihm damals weh getan hatte, und niemals wäre sie auf den Gedanken gekommen, wieder eine Verbindung mit ihm aufzunehmen oder ihn gar um Hilfe zu bitten, wenn sie nicht in diese äußerste Notlage geraten wäre.

Eva kehrte nicht in ihr Haus zurück, weil sie fürchtete, dort der Kinder wegen vielleicht nicht ungestört sprechen zu können. Sie fuhr vor dem Hotel vor, gab einem der Hausdiener die Autoschlüssel und bat ihn, den Wagen zur nächsten Tankstelle zu bringen, fahrbereit machen zu lassen und ihn vor ihr Haus zu stellen.

Dann ging sie durch die Hotelhalle und trat in das Chefbüro. Sie setzte sich hinter den Schreibtisch ihres Mannes, nahm den Hörer des Haustelefons ab und wählte die Nummer des Vorzimmers.

Die Hotelsekretärin meldete sich.

»Bitte, Fräulein Simon«, sagte sie, »verbinden Sie mich mit Rechtsanwalt Konrad Kilius in München.«

Als sie die Stimme von Konrad Kilius hörte – eine sehr männliche gepflegte Stimme, deren Klang sie fast vergessen hatte –, gab es ihr einen kleinen Schlag aufs Herz.

»Hallo«, sagte er ungeduldig, und noch einmal: »Hallo . . .«

Endlich fand sie die Kraft zu antworten.

»Hier spricht Eva«, sagte sie mühsam.

»Eva! « rief er freudig überrascht.

Sie räusperte sich, um ihre Stimme frei zu bekommen.

»Ich bin in großen Schwierigkeiten, Konrad. Du bist der einzige Mensch, der mir helfen kann . . . vielleicht!«

»Was ist? Sprich deutlicher!«

»Nicht jetzt, nicht am Telefon. Ich komme zu dir.«

»Bist du in München?«

»Nein, ich bin noch in Baden-Baden. Aber wenn du Zeit für mich hast . . . ich kann nach sechs Uhr bei dir sein.«

»Hast du überhaupt meine neue Adresse? Ich wohne München-Bogenhausen, Holbeinstraße 21 . . .«

»Ich werde es schon finden. Bis nachher dann!«

»Fahr vorsichtig!« hörte sie ihn noch sagen, als sie schon im Begriff war aufzulegen.

Typisch Konrad, dachte sie, immer war er so besorgt um mich, immer zärtlich, voll Rücksichtnahme. Der ideale Ehemann. Nur daß ich ihn nicht geliebt habe und niemals lieben werde. Mein Gott, warum ist das Leben nur so kompliziert!

Eilig drückte sie ihre Zigarette aus, stand auf und trat ins Vorzimmer.

Lona Simon sah ihr erwartungsvoll entgegen.

»Ich habe das Gespräch bekommen«, sagte Eva, »danke. Bitte, bestellen Sie mir jetzt ein Einzelzimmer im *Königshof* in München. Mit Bad. Ich bin wahrscheinlich morgen abend wieder zurück, spätestens übermorgen. Wenn etwas Wichtiges sein sollte, können sie mich im *Königshof* erreichen.«

Sie ging, ohne eine Antwort abzuwarten.

IV

Rechtsanwalt Konrad Kilius bewohnte ein schönes altes Haus. Kanzlei und Wohnung lagen auf dem gleichen Stock. Obwohl in der Kanzlei, wie Eva von unten gesehen hatte, noch Licht war, entschloß sie sich, am Privateingang zu klingeln.

Die Tür wurde so rasch geöffnet, als ob Konrad Kilius nur auf ihre Ankunft gewartet hätte, und dann stand er ihr gegenüber, ein schlanker blonder Mann mit leicht gebeugten Schultern, in dessen klugem, schmalen Gesicht reine Freude leuchtete.

»Eva, mein Liebling«, sagte er und zog sie in seine Arme.

Das Gefühl der Erleichterung und des Geborgenseins war so groß, daß sie sich seine Umarmung widerstandslos gefallen ließ. Während er sie fest umschlungen hielt und sanft hin und her wiegte, wie ein unglückliches Kind, spürte sie plötzlich, wie ihre mühsam erzwungene Haltung zerbrach. Hilflos begann sie zu weinen, heiße erlösende Tränen.

»Weine nur«, sagte er, »wein dich nur aus! Es wird ja alles wieder gut!«

Endlich, nach langen Minuten, gewann sie ihre Fassung zurück. Sie löste sich aus seiner Umarmung, zog ein Batisttüchlein aus ihrer Handtasche und wischte sich die Tränen ab.

»Ich bin ja so dumm«, sagte sie, »bitte, verzeih mir . . . ich weiß ja selbst nicht, warum ich mich so dumm benommen habe.«

»Niemand braucht sich echter Tränen zu schämen«, sagte er zärtlich.

Er schob seine Hand unter ihren Ellenbogen, führte sie in sein Wohnzimmer, einen großen, gemütlich eingerichteten Raum, dessen breites Fenster den Blick in den Garten freigab. Aber draußen hatte es bereits zu dunkeln begonnen. Er zog den blauen Samtvorhang zu.

Das Licht in der Stehlampe brannte.

Er drückte sie in einen der lederbezogenen Sessel, nahm ihr gegenüber Platz und legte beruhigend seine Hand auf ihre kalten nervösen Finger.

»Nun sag mir erst einmal, was los ist, ja? Nein, sag mir gar nichts, laß mich raten. Dein Mann hat dich betrogen, das war das Ende all deiner Träume! Und jetzt bist du hier . . . damit ich die Scheidungsklage für dich einreiche!«

»Nein«, sagte sie erstaunt, »wie kommst du auf so etwas? Das ist es gar nicht . . . Ach, wenn es nur das wäre! Urban ist schwer verunglückt, und heute morgen . . . eine Bank hat mir Wechsel über fünfhunderttausend Mark präsentiert. Ich muß das Geld aufbringen oder . . . wir verlieren das Hotel!«

Er zog seine Hand zurück.

»Und deshalb kommst du zu mir?«

»Ja, Konrad, glaub' nicht, daß es mir leichtgefallen ist. Aber ... es gibt sonst niemand, der mir helfen könnte ... der mir helfen würde. Ich brauche das Geld und ...«

Sie sah ihn aus verzweiflungsvoll flehenden Augen an.

»Ich bin bereit, jeden Preis dafür zu zahlen! Verstehst du? Jeden!«

»Nein«, sagte er gepreßt, »nein, Eva. Was du von mir forderst, ist unmöglich! Es ist furchtbar!«

»Aber ...«

»Du spekulierst mit meiner Liebe. Ich kann dir das nicht übelnehmen, denn ich begreife, um was es dir geht. Aber die Rechnung geht nicht auf. Ich liebe dich, ja, ich liebe dich ... Ich will dich nicht für wenige verzweifelte Stunden besitzen, nicht für eine Nacht oder zwei, nein, fürs ganze Leben. Ich habe seit damals auf dich gewartet, als du dich für den anderen entschiedst. Vielleicht war es falsch, einfach zu warten, vielleicht hätte ich kämpfen sollen ...«

»Nein«, erwiderte sie, »nein, Konrad. Das hätte keinen Sinn gehabt!«

»Ich weiß ...«

Sie holte tief Atem.

»Und das Geld«, sagte sie, »du könntest es mir nicht geben? Auch ohne ...«

Sie brach ab, unfähig weiterzusprechen.

»Ich könnte dieses Haus verkaufen«, sagte er, »es gehört mir. Aber ich würde mehr damit verlieren als nur das Haus. Ein solcher Schritt würde mich um Jahre zurückwerfen, ich würde einen Teil meiner Klienten verlieren . . .«

Er ging zum Tisch, nahm seine Pfeife, klopfte sie hart gegen die Aschenschale aus.

»Aber ich täte es für dich, wenn du . . . für immer zu mir kämst.«

»Auch ohne Liebe?«

»Ja. Es würde mir genügen, wenn du hier bei mir wärest . . . zu wissen, daß du meine Frau bist. Alles andere . . .« Er zuckte die Schultern.

»Ich gehöre zu Urban!«

Er nahm Tabak aus einem ledernen Beutel und begann sorgsam seine Pfeife zu stopfen. Sie sah, daß seine Finger zitterten, aber sie empfand kein Mitleid. Nicht einmal ein Schuldgefühl. Er war nicht mehr der Freund, er war der Gegner, mit dem es zu kämpfen galt.

»Du kannst das Geld auftreiben, ich weiß es. Natürlich würde ich die entsprechenden Zinsen zahlen.«

Er setzte sich auf die Lehne eines Sessels, der ihr schräg gegenüber stand.

»Wann brauchst du es?« fragte er.

Er sprach jetzt genauso sachlich wie sie.

»Bis übermorgen.«

»Das wird kaum zu machen sein.«

»Es ist nicht einfach, ich weiß, aber es *muß*

gehen. Schließlich kann ich Sicherheiten bieten. Natürlich lasten Hypotheken auf dem Hotel, aber dieser Bankmensch hat mir selbst gesagt ... der Wert des Hotels und des Grundbesitzes geht weit über die Hypotheken und die Wechselbelastungen hinaus.«

»Dann begreife ich nicht, warum du nicht einfach diese Bank bittest, die Wechsel zu verlängern.«

»Glaubst du denn, ich hätte das nicht versucht? Aber sie wollen nicht. Weil mein Mann schwerverletzt ist und es Monate dauern wird, ehe er die Leitung des Hotels wieder übernehmen kann.«

Sie strich sich mit einer müden Bewegung eine Locke aus der Stirn.

»Zu mir haben sie kein Vertrauen.«

»Wahrscheinlich zu Recht«, kommentierte er trocken. »Oder verstehst du etwas vom Hotelwesen? Hast du in den letzten Jahren mit deinem Mann zusammengearbeitet?«

»Es gibt nichts, was man nicht lernen könnte.«

»Sicher nicht. Aber man braucht einige Zeit dazu, und gewöhnlich fängt man von unten an und übernimmt nicht gleich die Führung.«

»Ich weiß, daß ich es kann«, sagte sie entschieden. »Ich werde es können, weil ich muß.«

»Eva«, sagte er, »nimm doch Vernunft an! Du hast dich da in eine Idee hineingesteigert, die einfach undurchführbar ist. Du ahnst nicht, wie schnell ein Hotel heruntergewirtschaftet ist . . . die Bankleute wissen das, deshalb fürchten sie um ihr Geld.«

»Sie haben kein Vertrauen zu mir . . . du solltest mich aber besser kennen!«

»Ich liebe dich, deshalb kann ich dich nicht richtig beurteilen. Vielleicht sehe ich dich sogar völlig falsch. Aber darum geht es ja gar nicht. Eva, warum überläßt du diesen Leuten nicht das Hotel? Ich halte das für die absolut vernünftigste Lösung. Du wirst nicht behaupten, daß dein Herz so an diesem alten Kasten hängt.«

»Es ist kein . . . ach, du verstehst mich überhaupt nicht. Urban würde mir nie verzeihen, niemals, wenn ich jetzt versage. Das wäre das Ende unserer Ehe.«

Mit zusammengekniffenen Augen beobachtete er sie nachdenklich durch den Qualm seiner Pfeife.

»Bildest du dir das nicht nur ein?«

»Nein. Ich bin ganz sicher. Das Hotel . . . es bedeutet Urban alles.«

»Mehr als du?«

»Ja«, erwiderte sie tonlos.

Er legte die Pfeife auf den Rand des Aschenbechers und richtete sich auf.

»Wenn das so ist«, sagte er langsam, »sehe ich vielleicht doch eine Lösung. Ich werde dich mit einem Geschäftsmann zusammenbringen, wenn du mir versprichst . . .«

»Alles!« sagte sie heftig.

»Wenn du mir versprichst, zu mir zu kommen, falls du es nicht schaffst. Für immer.«

»Das wird nicht geschehen.«

»Aber wenn . . .«

»Dann hat mein Leben ohnehin keinen Sinn mehr. Ich versprech dir . . . dann werde ich zu dir kommen.«

»Eine deiner liebenswertesten Eigenschaften«, sagte er mit einem hintergründigen Lächeln, »ist deine entwaffnende Ehrlichkeit. Aber das macht nichts. Für mich wird dein Leben immer wertvoll sein. Du versprichst mir also, falls es schiefgeht, dich scheiden zu lassen? Und meine Frau zu werden?«

»Ja«, sagte sie. »Ja! «

Aber in ihrem Herzen war sie davon überzeugt, daß es niemals dazu kommen würde.

Lona Simon, die Hotelsekretärin, war Urban Horster direkt unterstellt gewesen. Es gab also keinen Vorgesetzten, den sie, da der Hotelier verunglückt, seine Frau verreist war, um Erlaubnis hätte bitten müssen, das Hotel für ein paar Stunden zu verlassen. Wenn sie es trotzdem tat, so hatte sie dazu einen guten Grund.

Sie paßte den Moment ab, als Herr Thomas, der Empfangschef, in dem Speiseraum des Personals sein Mittagessen einnahm, und trat zu ihm an den Ecktisch.

»Herr Thomas«, sagte sie mit einem Lächeln, das ihre kleinen weißen Zähne entblößte, »ich hoffe, Sie werden nichts dagegen haben, wenn ich heute nachmittag für ein paar Stunden verschwinde.«

»Ich finde es nicht ganz richtig, wenn Sie ausgerechnet heute nachmittag fortgehen«, erklärte er. »Frau Horster kann jede Stunde zurückkommen.«

»Das wird sie nicht«, sagte Lona, »ich habe den *Königshof* in München angerufen. Sie bleibt noch eine Nacht.«

Lona betrachtete ihre spitzgefeilten, ziegelrot gelackten Nägel und fügte nach einer wohlberechneten Kunstpause hinzu:

»Falls sie überhaupt zurückkommt.«

Herr Thomas starrte sie an.

»Was soll das heißen?«

»Genau das, was ich gesagt habe!«

Lona zog ein Zigarettenpäckchen aus ihrer kleinen weißen Handtasche.

Herr Thomas zog sein goldenes Feuerzeug aus der Jackentasche, das er sich eigens zugelegt hatte, um auf die reichen Amerikanerinnen Eindruck zu machen, und ließ es aufschnappen. Lona beugte sich dicht an das Flämmchen heran.

»Danke«, sagte sie mit einem großen Augenaufschlag.

Herr Thomas steckte sein Feuerzeug wieder ein. Er war noch immer irritiert. Der Appetit war ihm vergangen, er schob seinen Teller von sich.

»Wie kommen Sie auf die Idee, daß Frau Horster vielleicht nicht zurückkommen könnte?«

»Liegt doch eigentlich nahe, finden Sie nicht auch?«

Sie musterte ihn mit verhaltenem Spott durch den Rauch ihrer Zigarette.

»Das kann ich wirklich nicht finden«, meinte er ärgerlich.

»Sie hat einen Geliebten!«

»Sind Sie wahnsinnig?«

»Nicht im geringsten. Frau Horster ist zu ihm nach München gefahren.«

»Nein!«

»Doch. Und nachdem Sie das wissen, werden Sie auch die Berechtigung meiner Frage verstehen, ob sie überhaupt noch zurückkommen wird.«

Sie stand auf und drückte ihre Zigarette aus.

»Denken Sie mal darüber nach, Verehrtester! Und im übrigen, falls etwas Dringendes sein sollte ... ich fahre jetzt zum Chef in die Klinik.«

Herr Thomas sprang auf.

»Sie wollen ihm doch nicht etwa sagen ...?«

»Ach was, wo denken Sie hin! Ich will dem armen Mann doch nicht den Todesstoß verpassen. In seinem Zustand kann selbst eine Freudenbotschaft zuviel sein.«

Und damit verließ sie hocherhobenen Hauptes den Speiseraum, beschwingt von dem erhebenden Gefühl, einige sehr wirkungsvolle, explosive Minen gelegt zu haben.

Es war gar nicht so einfach, zu Urban Horster zu gelangen, wie Lona Simon es sich vorgestellt hatte. Die Schwester bei der Anmeldung war nicht bereit, ihr die Zimmernummer zu nennen.

»Ich glaube nicht, daß der Patient überhaupt Besuch haben darf«, sagte sie, »da müssen Sie erst Herrn Doktor Krüger um Erlaubnis bitten.«

»Na schön«, gab Lona nach, »dann sagen Sie mir wenigstens, wo ich den Herrn Doktor finde!«

»Warten Sie, ich werde nach oben telefonieren.«

Es dauerte etwa zehn Minuten, bis Dr. Krüger in die kleine kühle Halle kam. Er sah Lona sofort – sie war nicht zu übersehen.

Donnerwetter! hätte Dr. Krüger beinahe gesagt, denn er war jung, lebenshungrig und sehr empfänglich für weibliche Reize.

»Assistenzarzt Doktor Krüger«, stellte er sich vor. »Ich höre, Sie möchten Herrn Horster besuchen?«

Trotz seines bewußt sachlichen Tones entging es Lona nicht, daß sie Eindruck gemacht hatte – dafür hatte sie einen sechsten Sinn. Sie lächelte zu ihm auf und reichte ihm die Hand.

»Ja«, sagte sie, »das möchte ich. Aber diese

strenge Schwester will es mir nicht erlauben. Sie scheint zu glauben, daß mein Besuch dem Patienten schaden könnte . . .«

»Bestimmt nicht«, meinte Dr. Krüger schmunzelnd, »jeder Mann, der Sie sieht, muß neuen Lebensmut bekommen.«

»Ich wußte, daß Sie so denken würden, Herr Doktor!«

Lona sprang auf. »Bitte, bringen Sie mich jetzt zu Herrn Horster!«

Lona Simon wußte, daß Urban Horster schwerverletzt war. Dennoch prallte sie unwillkürlich zurück, als sie ihn sah, und stieß gegen Dr. Krüger, der hinter ihr ins Zimmer trat.

Diese flüchtige Berührung genügte, um dem jungen Arzt das Blut ins Gesicht zu treiben. Aber ausnahmsweise interessierte sich Lona in diesem Augenblick nicht dafür, welch starken Eindruck sie auf Männer machte.

Sie sah nur Urban Horster, seine leblose, langausgestreckte Gestalt, den bandagierten Kopf und die Augen – diese armen Augen!

Man hatte ihm am Vormittag den Verband abgenommen, und er konnte wieder sehen, aber immer noch war das ganze Gebiet um die Augen herum dick verschwollen, blau und grün verfärbt, und mühsam blinzelte Urban Horster durch schmale Schlitze.

»Lona«, stammelte er, »du?«

Sie hatte ihren ersten Schreck überwunden und lief zu ihm hin, kniete sich neben sein Bett auf den Boden, nahm seine linke Hand und schmiegte ihre Wange hinein.

»Ja, ich bin's, Urban«, stammelte sie, »ich bin's! Ich weiß, was du gedacht haben mußt . . . aber ich konnte mich ja nicht mit dir in Verbindung setzen . . .«

Er tastete ungeschickt über ihr üppiges schwarzes Haar.

»Das du lebst . . . daß du lebst, Lona! Das ist wie ein Wunder für mich!«

Sie sah zu ihm auf, die großen dunkelbraunen Augen voll Tränen.

»Es war auch ein Wunder«, sagte sie lächelnd, »ich habe gar nichts abbekommen, fast gar nichts. Nur ein paar Schrammen. Ich bin ausgestiegen und zur nächsten Tankstelle gelaufen, von dort habe ich die Polizei benachrichtigt.«

Plötzlich begegnete sie dem skeptischen Blick des Arztes.

»Ich wollte nicht, daß du angezeigt würdest«, fügte sie hastig hinzu, »du hast doch einmal gesagt . . .«

»Ja, ja, natürlich . . .«

Er streichelte ihr Haar, ihr Gesicht, ihren Hals.

»Und außerdem . . . deine Frau. Ich wollte nicht, daß sie etwas erfährt. Mir persönlich wäre es ja gleich gewesen. Aber um deinetwillen.«

»Ich bin so froh, daß du gekommen bist«, sagte er aufatmend und schloß die Augen.

Dr. Krüger gab Lona ein Zeichen.

Sie legte seine Hand sanft auf die Bettdecke zurück und erhob sich.

»Auf Wiedersehen, Liebster«, flüsterte sie und verließ auf Zehenspitzen das Zimmer.

»Herr Horster macht sich dauernd Sorgen um sein Hotel«, sagte Dr. Krüger, als sie draußen auf dem Gang standen und er die Tür ins Schloß gezogen hatte.

»Mit Recht«, erwiderte Lona Simon, »wenn er erst wieder auf den Beinen ist, wird es dahin sein!«

»Das darf er nicht erfahren«, sagte Dr. Krüger, »unter keinen Umständen.«

»Von mir bestimmt nicht«, erklärte Lona, die ihre gewohnte Keßheit schon wiedergewonnen hatte. »Diese Eröffnung werde ich gern seiner Frau überlassen.«

Der Anruf kam genau zwanzig Minuten nach zwei.

Eva Horster zündete sich eine neue Zigarette an, tat ein paar tiefe Züge, und erst als der Apparat zum drittenmal läutete, nahm sie den Hörer ab.

»Hallo«, sagte sie mit leiser Stimme.

»Na endlich!«

Konrad Kilius sprach rasch, geschäftsmäßig, ohne eine Spur von Sentimentalität.

»In zehn Minuten bin ich bei dir und hole dich ab. Warte unten in der Halle auf mich.«

Sie tat einen tiefen Atemzug. »Hast du . . .?«

Aber sie kam nicht dazu, ihren Satz zu Ende zu sprechen, denn er hatte schon aufgelegt.

Aber es war auch nicht nötig, daß er länger zuhörte. Sie konnte sich ihre Frage selbst beantworten: Ja, er hatte einen Mann gefunden, der Geld genug hatte, das Hotel zu retten – jetzt lag es nur noch an ihr, ihn davon zu überzeugen, daß er sein Geld gut anlegte.

Eva war fertig angezogen. Sie brauchte nur ihre Tasche und die Handschuhe zu nehmen und das Hotelzimmer zu verlassen. Als sie einen letzten prüfenden Blick in den Spiegel warf, entdeckte sie in ihren Augen einen neuen, harten Glanz. Aber es blieb ihr keine Zeit, über sich selbst nachzudenken und über das, was in diesen letzten Tagen mit ihr geschehen war.

Sie wartete nicht unten in der Halle, wie Konrad Kilius ihr geraten hatte, sondern trat auf die Straße hinaus. Die Sonne schien, und in der Luft lag der flimmernde Glanz eines verheißungsvollen Vorfrühlingstages.

Einen Augenblick stand Eva leicht geblendet von der unerwarteten Helligkeit, dann erkannte sie Konrad Kilius. Er kam mit großen Schritten, die Schultern leicht gebeugt, die Hände in den Taschen seines kurzen Trenchcoats, auf sie zu. Er lächelte, als er sie begrüßte, aber seine klugen Augen blieben ernst. Mit einer besitzergreifenden Geste schob er seine Hand unter ihren Ellenbogen.

»Ich denke, wir lassen den Wagen stehen«, sagte er, »und gehen die wenigen Schritte bis zur Sonnenstraße zu Fuß. Auf diese Weise sparen wir Zeit, und ich brauche nicht erst wieder nach einem Parkplatz zu suchen.«

Sie stellte keine Fragen, sondern paßte sich seinem raschen Schritt an. Sie wußte, daß er jetzt von selbst reden würde.

»Der Mann heißt Georg Makulis«, sagte er, »kein sehr angenehmer Mensch, aber fünfzig Millionen schwer. Ich denke, das ist für dich das Entscheidende.«

»Ist er interessiert?«

»Ja, durchaus. Ich bin sicher, daß er dir das Geld geben wird.«

Unwillkürlich verhielt sie den Schritt.

»Konrad«, sagte sie, »ich weiß wirklich nicht, wie ich dir danken soll!«

»Gar nicht«, wehrte er ab und zog sie weiter, »ich bin keineswegs sicher, daß ich dir mit dieser Vermittlung einen Dienst erweise.«

»Aber . . .«

»Georg Makulis ist ein gerissener Mensch. Er hat in seinem ganzen Leben noch niemals etwas ohne Hintergedanken getan. Er wird versuchen, dir Sand in die Augen zu streuen, aber du darfst dich nicht verdummen lassen. Er gibt dir das Geld nur, weil er ganz sicher ist, daß du es ihm nicht zurückzahlen kannst.«

»Das verstehe ich nicht.«

»Wirklich nicht? Das Hotel ist ihm nicht so wichtig, er ist scharf auf das Grundstück. Er will daraus teure, elegante Eigentumswohnungen machen. Er rechnet damit, daß du das Hotel herunterwirtschaften wirst, dann kann er das Ganze billig haben.«

»Na, dann verrechnet er sich eben«, erwiderte sie fest.

Georg Makulis war genauso, wie Eva sich ihn nach den Andeutungen des Rechtsanwalts vorgestellt hatte – eher noch unsympathischer. Ein schwerer Mann mit einem eckigen Kinn, einem schmalen Mund, den er beim Reden kaum öffnete, weil er seine schlechten Zähne nicht zeigen wollte, und tiefliegende farblose Augen.

Er empfing Eva Horster und den Anwalt mit überschwenglicher, unechter Herzlichkeit, drückte einen feuchten Kuß auf Evas Hand und schob ihr väterlich einen Sessel hin.

»Ah, da haben wir also die kleine Frau mit den großen Sorgen!« sagte er. »Ich bin froh, daß mein Freund Kilius Sie zu mir gebracht hat . . .«

»Darf ich vorschlagen, daß wir uns gleich mit der geschäftlichen Seite unserer Zusammenkunft befassen?« sagte Konrad Kilius kühl.

Georg Makulis sah ihn kopfschüttelnd an.

»Immer ungeduldig, diese jungen Leute, immer ungeduldig!«

Konrad Kilius holte aus der Jackentasche einen Stoß sorgfältig zusammengelegter Papiere hervor.

»Ich habe hier den Vertrag aufgesetzt«, sagte er, »wenn Sie beide ihn durchlesen möchten . . .«

Er gab Eva den ersten Durchschlag, dem Makler das Original.

Sie mußte sich zwingen, den Vertrag aufmerksam zu prüfen – oder wenigstens so zu tun. Sie las die Summe, las zahlbar sofort und hätte am liebsten alles andere unbesehen unterschrieben. Aber sie durfte ihre Schwäche nicht so deutlich zeigen.

»Neun Prozent Zinsen«, sagte sie dann endlich, »das scheint mir doch ein bißchen zu hoch!«

»Vollkommen richtig«, stimmte Georg Makulis zu, »ich bin doch kein Halsabschneider! Da müssen Sie sich verhört haben, Kilius . . . machen wir acht Prozent daraus.«

»Wie Sie wünschen«, entgegnete der Rechtsanwalt kühl.

»Ich bin Witwer«, erklärte der Makler, »ein einsamer alter Mann . . . was sollte es für mich einen Zweck haben, Geld zu scheffeln? Mehr als trinken und essen kann der Mensch nicht, sage ich immer . . .«

Er rieb sich die Hände.

»Mit acht Prozent bin ich einverstanden«, erklärte Eva.

»Na schön, dann ändern wir jetzt den Vertrag, und dann unterschreiben wir«, sagte der Makler.

»Du weißt, daß du damit Herrn Makulis ein Vorkaufsrecht auf den gesamten Besitz einräumst«, warnte der Rechtsanwalt.

»Diese Klausel muß bleiben«, sagte Georg Makulis rasch, »darauf muß ich bestehen. Es ist reine Formsache, versteht sich . . . denn es wird sicher nie dazu kommen, daß Sie verkaufen müssen!«

Eva zuckte nicht mit der Wimper.

»Ich bin einverstanden«, erklärte sie.

V

Als Eva nach Baden-Baden zurückkam, erwartete sie im Hotel eine böse Überraschung. Herr Thomas war nirgends zu sehen, und hinter dem Empfangstisch stand ganz allein der junge Assistent Dieter Brüdern. Mit rotem Kopf erklärte er auf Evas erstaunte Frage, daß der Empfangschef erkrankt sei.

»Krank?« fragte sie erstaunt. »Aber was fehlt ihm denn?«

»Ich weiß es nicht«, sagte Dieter Brüdern verlegen, »ich glaube, er . . . er hat Ihnen einen Brief geschrieben!«

Er drehte sich um, zog einen dicken weißen Umschlag aus einem der Fächer und reichte ihn ihr mit einer kleinen Verbeugung.

Eva nahm den Brief entgegen. Das Schreiben des Empfangschefs enthielt, mit vielen Höflichkeitsformeln verbrämt, die Kündigung. »Aus gesundheitlichen Gründen muß ich meine Stellung leider sofort aufgeben«, las Eva, »ein Attest des Amtsarztes liegt bei.«

Mit steinernem Gesicht wandte sie sich dem Assistenten zu.

»Ist Herr Thomas noch im Haus?« fragte sie.

»Ich weiß es nicht«, antwortete der junge Mann.

Sie steckte den Brief in die Tasche und ging auf den Lift zu. Ein Boy riß die Türe vor ihr auf.

»Fahr mich nach oben«, sagte sie, »du weißt doch sicher, in welchem Zimmer Herr Thomas wohnt? Zeig es mir bitte!«

Sekunden später hatten sie den fünften Stock erreicht. Von hier aus führte eine schmale steinerne Stiege unter das Dach, wo die Schlafräume der Angestellten lagen.

Der Boy lief vor Eva her und blieb vor einer der Türen stehen. Eva drückte die Klinke nieder und trat ohne anzuklopfen ein. Herr Thomas hatte einen geöffneten Koffer aufs Bett gestellt; er war dabei zu packen.

Er ließ die Krawatten sinken, die er gerade in den geöffneten Koffer hatte legen wollen, und starrte Eva mit einem seltsamen Ausdruck von Unglauben und Verwirrung an.

»Es tut mir leid, Sie stören zu müssen, Herr Thomas«, sagte Eva kühl.

Sie trat einen Schritt weiter in das Zimmer, ließ aber die Tür hinter sich angelehnt.

Der sonst immer so beherrschte Mann, wurde rot bis an die Haarwurzeln.

»Frau Direktor . . .«, stammelte er.

Es war das erstemal, daß Eva Horster mit diesem Titel angeredet wurde, aber ihre Nerven waren so bis aufs äußerste gespannt, daß ihr das nicht einmal bewußt wurde.

»Sie wollen mich also verlassen, Herr Thomas«, sagte sie, »ausgerechnet in dieser Situation!«

»Aber ich . . . ich wußte ja gar nicht . . .«

Sie sah ihn fest an, bis er den Blick senkte.

»Was wußten Sie nicht?«

»Das Sie überhaupt zurückkommen würden!« platzte er heraus. Jetzt war es an ihr, verblüfft zu sein.

»Daß ich . . .?« wiederholte sie. »Aber, Herr Thomas . . . Sie konnten doch nicht im Ernst annehmen, ich würde das Hotel im Stich lassen?«

»Das Hotel . . . aber es wird doch verkauft!«

Sie hob die schmalen Augenbrauen.

»Wie kommen Sie darauf?«

»Stimmt es etwa nicht? Alle sagen es . . . die Presser-Bank wird das Hotel übernehmen. Es ist nicht mehr zu halten.«

»Selbst wenn Sie das annehmen«, sagte Eva kühl, »bedeutet das nur eine sehr fadenscheinige Entschuldigung für Ihr Verhalten. Sie hätten zumindest warten müssen, bis ich zurück war und Sie Gelegenheit hatten, persönlich mit mir zu sprechen. Ich bin bereit zu glauben, daß Ihre Gesundheit angegriffen ist ... der Arzt bestätigte das ja ... Aber so krank werden Sie wohl kaum sein, daß Sie nicht mehr imstande sind, zumindest Ihren Nachfolger einzuarbeiten.«

»Frau Direktor«, sagte er erschüttert, »aber das alles ist ...« Er suchte verzweifelt nach den richtigen Worten: »Ein furchtbares Mißverständnis!«

»Sie haben sich in Ihrem Kündigungsschreiben überaus klar ausgedrückt«, entgegnete sie hart, »Sie brauchen nicht zu befürchten, daß ich Sie gegen Ihren Willen halten werde. Aber ich werde dafür sorgen, daß Ihr Verhalten in der Fachwelt bekannt wird. Sie werden sehr viel Zeit haben, Ihrer Gesundheit zu leben ... wenigstens in dieser Saison werden Sie anderswo kaum eine Stellung bekommen.«

Sie drehte sich brüsk um und wandte sich zur Tür.

Was sie erwartet hatte, geschah. Herr Thomas lief ihr nach und versuchte, sie aufzuhalten.

»Frau Direktor, bitte, lassen Sie sich doch erklären ...«

Mit hocherhobenem Kopf verließ sie den Raum.

»Wenn Sie mir noch etwas zu sagen haben,

können Sie mich in meinem . . . im Büro meines Mannes aufsuchen.«

Sie ging, ohne ihn noch einmal anzusehen.

Eva trat in das Arbeitszimmer ihres Mannes.

Sie drückte auf die Telefontaste, die die Verbindung mit dem Vorzimmer herstellte, aber niemand meldete sich. Lona Simon war nicht zurückgekehrt.

In der obersten Schreibtischschublade entdeckte sie ein ledernes Notizbuch mit Adressen. Sie schlug den Buchstaben P auf, fand die Privatnummer Pressers und wählte.

Noch bevor sie Hugo Pressers Stimme hörte, klang sein asthmatisches Keuchen an ihr Ohr.

»Hallo gnädige Frau«, sagte er beflissen, »also das freut mich . . . das freut mich wirklich! Ist die kleine Frau also doch zur Vernunft gekommen . . .«

»Herr Presser«, erwiderte Eva. »Ich fürchte, Sie haben mich mißverstanden. Ich bin keineswegs bereit, mich mit Ihnen zu arrangieren. Ich werde die Wechsel einlösen. Ich habe das Geld.«

Einen Atemzug lang blieb es still in der Leitung.

Dann war Hugo Pressers Stimme wieder da, aber jetzt nicht mehr einschmeichelnd, sondern böse und mißtrauisch.

»Das ist ein Bluff!« sagte er.

»Keineswegs. Ich habe das Geld wirklich. Ich habe Sie nur angerufen, um Sie zu fragen, ob es Ihnen genügt, wenn ich es morgen früh auf Ihr Konto überweisen lasse?«

»Nein«, bellte er, »kommen Sie mir nicht so! Das ist eine Verzögerungstaktik. Mit so etwas können Sie mich nicht hereinlegen! Entweder bar . . .«

»Ganz, wie Sie wünschen«, sagte Eva, »aber Sie werden sicher verstehen, daß ich eine solche Summe nicht in der Handtasche herumtragen möchte. Treffen wir uns also morgen früh in meiner Bank . . . um zehn, wenn es Ihnen recht ist?«

»Wenn das ein Trick ist«, meinte Hugo Presser böse, »dann werden Sie etwas erleben, meine Teuerste, dann hilft kein Betteln und kein Flehen, dann werde ich . . .«

»Es bleibt also dabei . . . bis morgen früh, Herr Presser!« unterbrach Eva die Drohungen und legte auf, ehe er noch ein weiteres Wort sagen konnte.

Sie drückte die Zigarette aus, die fast ihre Fingerspitzen verbrannt hätte. Es war ein kühler Abend, dennoch standen ihr feine Schweißtröpfchen auf der Stirn. Erst nach diesem Gespräch begriff sie ganz, was es bedeutet hätte, diesem Dunkelmann ausgeliefert zu sein.

Sie wollte sich gerade erheben, als an die Tür geklopft wurde und Herr Thomas eintrat.

»Entschuldigen Sie bitte, wenn ich störe«,

murmelte er, sichtlich verlegen und wagte nicht, sie anzusehen.

»Ich hatte Sie erwartet«, sagte Eva beherrscht.

Er blieb wenige Schritte vor dem Schreibtisch stehen und starrte auf seine gepflegten, sorgfältig manikürten Fingernägel.

»Ich möchte Sie um Verzeihung bitten, Frau Direktor«, sagte er mit Überwindung. »Ich fürchte, ich habe mich unglaublich benommen. Ich weiß selbst nicht mehr, was in mich gefahren war . . .«

»Sie sind also bereit, so lange zu bleiben, bis Sie Ihren Nachfolger eingearbeitet haben?«

»Ich möchte meine Kündigung zurücknehmen . . . wenn es jetzt nicht schon zu spät dazu ist.«

Eva hatte Mühe, ihre Erleichterung zu verbergen. Wolfgang Thomas war eine erstklassige Kraft und durchaus nicht von heute auf morgen zu ersetzen.

»Setzen wir uns«, sagte Eva trocken. »Ich habe Ihnen einige sachliche Fragen zu stellen; Sie wissen ja, daß ich erst beginnen muß, mich über Verschiedenes zu orientieren.«

Sie ließ sich in der Sitzecke nieder.

»Soviel ich weiß, hat mein Mann früher ein Appartement hier im Haus bewohnt?«

»Ja, Frau Direktor.«

»Was ist mit diesen Räumen jetzt?«

»Wir vermieten sie nur zur Hauptsaison.«

»Sie stehen also leer?«

»Augenblicklich schon!«

»Dann lassen Sie sie herrichten. Ich werde ab morgen hier im Haus wohnen.«

Lona Simon wohnte nicht im Hotel.

Sie hatte sich, dank Urban Horsters Großzügigkeit und der eigenen Skrupellosigkeit, am Stadtrand von Baden-Baden eine Wohnung einrichten können, die eines angehenden Filmstars würdig gewesen wäre.

Aber als sie an diesem Abend von ihrem Krankenbesuch bei Urban Horster zurückkehrte, hatte sie kein Auge für den riesigen Buchara-Teppich, die tiefen modernen Ledersessel, die zarten, geschmackvoll aufeinander abgestimmten Farben der breiten Couch, der Vorhänge und Kissen. Sie war nachdenklich und sehr deprimiert.

Die Situation, die durch den Unfall des Hotelbesitzers entstanden war, war auch für sie außerordentlich kompliziert. Sie war sicher, daß das Hotel in den Besitz der Presser-Bank übergehen würde, aber es reizte sie durchaus nicht, unter der neuen Regie zu arbeiten.

Sie ging zum Musikschrank und suchte nach einer Platte, die der leicht melancholischen Stimmung dieses Abends entsprach, und schenkte sich dann einen Whisky ein. Im gleichen Augenblick klingelte es an der Wohnungstür.

Sie öffnete die Tür nur einen Spalt breit,

eben genug, um zu sehen, daß es Prokurist Klein von der Presser-Bank war.

»Bitte lassen Sie mich ein!« sagte der Prokurist ungeduldig.

»Na, hören Sie mal! Um diese Zeit! Hätten Sie nicht wenigstens vorher anrufen können?«

»Es ist sehr wichtig, Fräulein Simon, also machen Sie keine Umstände!«

Er versuchte, seinen Fuß in den Türspalt zu schieben, aber Lona stemmte sich mit aller Kraft dagegen.

»Wichtig? Für wen?«

»Auch für Sie! Wir brauchen nichts als eine Auskunft von Ihnen, und wir sind bereit, Sie sehr gut zu bezahlen.«

Lona Simon zögerte den Bruchteil einer Sekunde, dann entschloß sie sich, die Tür zu öffnen und den Prokuristen einzulassen.

Er drängte sich an ihr vorbei ins Wohnzimmer. Auf der Türschwelle blieb er verdutzt stehen. Der unerwartete Anblick des eleganten Raums beeindruckte ihn wider Willen. Er stieß einen Pfiff durch die Zähne aus.

»Donnerwetter!« sagte er. »Sieh mal einer an!«

Er setzte sich und fuhr sich mit dem Taschentuch über die Stirn. Dann beugte er sich zu ihr hinüber.

»Eine einzige Frage ... auf welche Weise und durch wen hat Frau Horster das Geld für die Wechsel aufgebracht?«

Lona Simon machte erstaunte Augen.

»Wirklich?« fragte sie. »Das ist das Neueste, was ich höre!«

»Ach, tun Sie doch nicht so! Mich können Sie nicht hereinlegen.«

»Aber wenn ich Ihnen sage ... ich weiß wirklich nichts davon!«

Der Prokurist atmete auf.

»Ach so. Also doch ein Bluff! Das hätte ich mir denken können.«

»Ich bluffe nicht.«

»Sie nicht. Aber Frau Horster.« Lona nippte an ihrem Glas.

»Alle Achtung«, sagte sie nachdenklich, »das hätte ich ihr gar nicht zugetraut.«

Lona stellte das Whiskyglas auf den Couchtisch.

»Bevor ich überhaupt ein Wort sage, erst einmal eine andere Frage: Was würde für mich herausspringen, wenn ich etwas wüßte?«

»Ein Tausender auf die Hand.«

»Ein bißchen wenig!«

Lona Simon setzte ihr bestes Pokergesicht auf und betrachtete den Prokuristen unauffällig durch ihre langen, seidigen Wimpern.

»Wenn Sie etwas wissen, was uns tatsächlich hilft, die Auslösung der Wechsel zu verhindern, erhalten Sie zehntausend.«

»Dreißig. Und das ist noch bescheiden.«

»Na schön. Ich sehe schon, Sie sind mit allen Wassern gewaschen.«

»Geben Sie's mir schriftlich.«

»Aber ich bitte Sie ...«

»Ich bin von Natur aus mißtrauisch, Herr Klein . . . ein Charakterfehler, ich weiß. Aber er hat mich vor einigen Dummheiten bewahrt.«

Der Prokurist stöhnte. Er zog ein Notizbuch und einen Kugelschreiber aus seinem Jackett, schrieb ein paar Zeilen auf eine leere Seite, riß sie heraus und reichte sie Lona.

»Jetzt beruhigt?«

»Durchaus nicht. Wieso schreiben Sie: Falls die Auskünfte von Fräulein Simon dazu beitragen . . .! Das gefällt mir nicht. Nachher werden Sie behaupten, Sie hätten die Einlösung der Wechsel auch ohne meine Hilfe verhindern können, und ich müßte mich um das Geld mit Ihnen streiten. Aber ich hasse Streit, verstehen Sie? Schreiben Sie einfach: Falls Frau Eva Horster nicht imstande ist, die Wechsel rechtzeitig einzulösen und das Grandhotel Horster in das Eigentum der Presser-Bank übergeht, erhält Fräulein Simon . . . und so weiter . . .«

Sie zerriß das kleine Schriftstück und ließ die Schnipsel in den Aschenbecher flattern.

»Das ist unverschämt!« schrie der Prokurist.

Lona Simon lächelte.

»Wie Sie meinen . . .«

Sie stand auf, trat an das große Fenster und zog langsam die Vorhänge zu. Ihre Gedanken arbeiteten fieberhaft. Sie war sich ihrer Sache ganz sicher – Prokurist Klein würde letzten Endes auf ihre Bedingungen eingehen.

Das war es nicht, was sie beunruhigte. Sie fragte sich, ob es überhaupt richtig war, diesem Abgesandten der Presser-Bank eine Auskunft zu geben. Wenn es Eva Horster tatsächlich gelingen sollte, das Hotel im Familienbesitz zu erhalten, so war das ja auch für sie selber die beste Lösung. Vielleicht würde Urban Horster schon sehr bald wieder ganz gesund sein und alles konnte so werden wie früher. Selbst im schlimmsten Fall aber würde sie durch diese unerwartete Entwicklung der Dinge wenigstens Zeit gewinnen.

Natürlich war es nicht viel, was sie überhaupt sagen konnte, und dreißigtausend Mark waren für Name und Adresse des Rechtsanwalts Konrad Kilius ein schöner Preis. Lona Simon zweifelte nicht daran, daß er es war, der Eva Horster das Geld gegeben oder wenigstens vermittelt hatte. Wahrscheinlich war das Geschäft auch schon längst unter Dach und Fach, und ihre Auskunft konnte weder schaden noch nützen.

Lona Simon kämpfte einen schweren Kampf mit sich, aber als sie sich umdrehte, war ihr Entschluß gefaßt.

»Ich will nicht Spionin spielen. Weder für Sie noch für sonst jemand«, erklärte sie.

Der Prokurist packte sie am Arm.

»Aber hören Sie doch . . .«

»Hände weg!« sagte sie eisig. »Und nun gehen Sie endlich!«

Klein wich einen Schritt zurück. Sein Gesicht war vor Wut verzerrt, seine Augen funkelten gefährlich.

»Wenn Sie mir so kommen«, zischte er, »ich kann auch anders!«

Lona Simon warf den Kopf so heftig in den Nacken, daß ihr schwarzes Haar, das sie noch hochgebunden trug, sich löste und wie eine dunkle Flut auf ihre Schultern niederfiel.

»Bilden Sie sich nur ja nicht ein, daß Sie mich einschüchtern können!« rief sie.

»Mit Presser und Co. kann man kein doppeltes Spiel spielen, mit uns nicht!« zischte der Prokurist. »Glauben Sie, ich weiß nicht, was in ihrem törichten Kopf vor sich geht? Sie haben sich bei Urban Horster in ein weiches Nest gesetzt, und Sie wollen Ihren Platz an der Sonne nicht riskieren. Aber damit ist es jetzt vorbei . . . so oder so. Entweder Sie sagen mir, was Sie wissen, oder ich werde Frau Horster die Augen öffnen. Ein Wink genügt, und sie wird begreifen, was Sie und der ehrenwerte Herr Horster miteinander getrieben haben!«

Lona Simon war blaß geworden.

»Was ich weiß, hat wahrscheinlich gar keine Bedeutung.«

»Das zu beurteilen überlassen Sie lieber uns! Von wem hat Frau Horster das Geld?«

»Ich weiß es nicht«, sagte Lona Simon, aber dann, als der Prokurist sich scheinbar zum Gehen wandte, fügte sie rasch hinzu: »Sie hat mit München telefoniert. Gleich nachdem Sie bei ihr waren. Mit einem Rechtsanwalt Konrad Kilius.«

»Und was hat sie gesagt? Los, los, los! Sie haben doch mitgehört!«

»Sie hat ihn um Hilfe gebeten und gesagt, daß sie sofort zu ihm kommen würde.«

»Mehr nicht?«

»Nein.«

»Na, ich denke, das genügt.«

Fritz Klein lächelte boshaft.

»Leben Sie wohl, schönes Kind, und Dank für Ihre Unterstützung. Ziehen Sie eine Lehre aus dem, was Ihnen heute passiert ist. Das nächste Mal, hoffe ich, werden Sie nicht wieder versuchen, überschlau zu sein.«

Lona Simon rührte sich nicht von der Stelle, bis sie hörte, wie die Wohnungstür hinter ihm ins Schloß fiel. Dann ging sie langsam zur Hausbar und goß sich einen zweiten Whisky ein – diesmal einen doppelten.

In ihrem Kopf wirbelte es. Sie kämpfte mit dem Impuls, auf der Stelle Eva Horster anzurufen und sie zu warnen.

Aber sie tat es nicht.

Wie komme ich denn dazu, dachte sie, so sympathisch ist sie mir schließlich nicht. Sie soll ruhig sehen, wie sie allein fertig wird. Mir hilft ja auch niemand. Und außerdem ... wenn ich ihr morgen früh einen Wink gebe, wird es noch zeitig genug sein!

VI

Eva Horster war am nächsten Morgen schon kurz nach sieben Uhr früh auf der Baustelle des Schwimmbads. Eine innere Unruhe hatte sie in der Nacht kaum Schlaf finden lassen.

Sie fühlte sich hilflos. Wenn sie schon vom Hotelwesen sehr wenig verstand, so begriff sie von diesem Bauvorhaben gar nichts. Die Arbeiter grüßten respektvoll, aber es war ihr nicht ein mal möglich, den Bauführer unter ihnen zu erkennen.

»Hallo, gnädige Frau«, sagte ein junger Mann in grauer Hose und offenem blauem Sporthemd, der vom Hotel her auf die Baustelle zugekommen war. »Sie wollen sicher sehen, wie weit wir inzwischen sind?«

Eva lächelte unsicher.

»Guten Morgen.«

Sie las in den Augen des jungen Mannes einen flüchtigen Schimmer von Bewunderung, den er jedoch gleich zu unterdrücken suchte.

»Ich bin Herbert Dartner, der Architekt«, stellte er sich vor. »Ich kann Ihnen die erfreuliche Mitteilung machen, daß wir termingemäß fertig werden. Zum ersten Mai.«

»Das ist gut.« Eva atmete auf. »Und wann wird man das Bad fotografieren können? Ich möchte gern Prospekte herstellen lassen, verstehen Sie . . .«

»Natürlich. Über dieses Problem haben Herr Horster und ich uns schon ausgiebig unterhalten. Ich habe bunte Zeichnungen angefertigt . . . das Schwimmbad von außen und von innen. Ihr Gatte wollte sie als Vorlage für die Prospekte benutzen. Es schien uns so die ansprechendste Lösung. Wenn Sie allerdings anderer Meinung sind . . .«

Eva errötete.

»Natürlich nicht. Ich muß zugeben, mich mit dieser ganzen Angelegenheit bisher noch gar nicht befaßt zu haben.«

»Sie haben meine Zeichnungen noch gar nicht gesehen? Wie schade! Aber ich kann Ihnen jederzeit Duplikate zustellen.«

»Das wird nicht nötig sein«, sagte Eva rasch, »sie müssen ja bei den Unterlagen sein.«

Sie nickte Herbert Dartner zu, kletterte den kleinen Erdhügel hinunter, auf dem sie gestanden hatte, und ging auf das Hotel zu. Sie spürte die Blicke des jungen Mannes in ihrem Rücken und mußte gegen die Versuchung ankämpfen sich umzusehen.

Sie ärgerte sich, weil sie die eigene Unsicherheit so deutlich hatte merken lassen. Es war ja keine Schande, daß sie nicht orientiert war. Warum hatte sie Dartner nicht einfach gebeten, ihr die Zeichnungen noch einmal zuzuschicken? In den Unterlagen ihres Mannes hatte sie sie bisher noch nicht gefunden.

Wenige Minuten später trat sie, diesmal durch den Hintereingang, in das Büro. Lona Simon war noch nicht erschienen, aber das hatte sie um diese Zeit auch nicht erwartet.

Plötzlich kam ihr der Gedanke, im Vorzimmer nach den Unterlagen zum Bau des Schwimmbades zu suchen.

Lona Simons Schreibtisch wirkte gut aufgeräumt. Sie setzte sich auf den Bürostuhl, zog die oberste linke Schublade heraus – ein ganzer Stoß unerledigter Post flog ihr entgegen.

Sie nahm ihn heraus, sammelte die Blätter auf, die auf den Boden gefallen waren, sah ihn flüchtig durch und suchte weiter.

Als Lona Simon eine halbe Stunde später das Vorzimmer betrat – früher als sonst, denn auch sie hatte eine unruhige Nacht verbracht –, sah sie ihre Chefin zwischen einem Wust von Papieren an ihrem Schreibtisch sitzen.

Lona Simon blieb wie angewurzelt auf der Schwelle stehen und holte tief Atem. Aber es gelang ihr nicht, die Beherrschung zu bewahren. Sie schoß auf Eva Horster zu.

»Was fällt Ihnen ein?« rief sie empört.

Eva maß Lona mit einem so eisig abschätzendem Blick, daß diese unwillkürlich stehenblieb.

»Ich habe die Zeichnungen gesucht, die Herr Dartner von unserem neuen Schwimmbad angefertigt hat. Wo sind sie?«

»Selbstverständlich da, wo sie hingehören«, erwiderte Lona patzig.

Eva tat, als bemerkte sie ihren aufsässigen Ton gar nicht.

»Dann seien Sie bitte so nett und geben Sie sie mir«, sagte sie gelassen.

Lona Simon öffnete den breiten Schrank und holte einen Ordner heraus.

»Hier«, sagte sie und schmetterte ihn auf den Schreibtisch, »sind sämtliche Unterlagen für den Bau. Die Zeichnungen müssen dabei sein.«

»Suchen Sie sie mir nachher heraus und bringen Sie sie mir in mein Arbeitszimmer. Außerdem benachrichtigen Sie bitte den Architekten, daß ich ihn heute nachmittag sprechen möchte ...«

Sie überlegte kurz.

»Sagen wir um fünf. Ich nehme an, daß wir mit einer bestimmten Druckerei zusammenarbeiten?«

»Mit Spieker und Co.«

»Dann rufen Sie Herrn Spieker an und bestellen ihn ebenfalls für fünf Uhr.«

»Herr Spieker ist zur Zeit in New York«, erklärte Lona Simon, der es wohltat, die neue Chefin spüren zu lassen, daß sie besser unterrichtet war.

»Dann eben seinen Stellvertreter. Außerdem brauche ich die Unterlagen und die Preislisten für die letzten Druckaufträge, die wir dorthin vergeben haben.«

Eva nahm sich eine Zigarette und wartete darauf, daß die Sekretärin ihr Feuer gab. Aber

Lona Simon rührte sich nicht. Sie stand herausfordernd da, den Kopf mit der schwarzen Mähne hoch erhoben und sah ostentativ über ihre Chefin hinweg.

Doch Eva wollte nicht nachgeben. Sie spürte, daß sie dieses Mädchen bändigen mußte, ein für allemal, wenn eine Zusammenarbeit überhaupt möglich sein sollte.

»Geben Sie mir bitte Feuer«, sagte sie kurz.

Lona Simon gehorchte widerwillig.

»Danke«, sagte Eva gleichmütig.

»Haben Sie sonst noch Wünsche?«

»Ja. Rufen Sie noch heute vormittag zwei weitere Druckereibetriebe an und erkundigen Sie sich, wie hoch man dort vierseitige Werbeprospekte im Kleinformat, die erste Seite Vierfarbendruck, kalkulieren würde. Bei einer Auflage von zwanzig-, dreißig- und fünfzigtausend.«

»Jawohl, Frau Direktor.«

Lona Simon holte tief Atem, es war ihr anzusehen, daß sie noch etwas sagen wollte – tatsächlich war sie in dieser Sekunde drauf und dran, Eva vor den Machenschaften der Presser-Bank zu warnen, wie sie es sich vorgenommen hatte. Dann aber unterließ sie es doch. Ihr weiblicher Instinkt siegte über ihren Verstand. Sie gönnte der, wie es ihr schien, allzu selbstsicheren Chefin die Niederlage und die Blamage von ganzem Herzen, auch auf die Gefahr hin, daß sie selber in Mitleidenschaft gezogen wurde.

»Ja?« fragte Eva, der das Zögern des Mädchens nicht entgangen war.

»Nichts, das heißt, ich wollte nur fragen ... wie geht es Herrn Horster?«

»Er wird morgen in die Universitätsklinik nach Freiburg gebracht.«

»Ist es ... so schlimm?«

»Ich hoffe nicht. Genaueres werden wir erst wissen, wenn die letzten Untersuchungen durchgeführt worden sind.«

Eva spürte, daß die Sorge Lona Simons um den verunglückten Chef echt war, und da sie die wahren Beweggründe nicht durchschaute, wurde ihr das Mädchen dadurch plötzlich wesentlich sympathischer.

»Wir können nur hoffen und arbeiten«, sagte sie weicher, »hoffen, daß er bald wieder ganz gesund ist ... und arbeiten, daß er sein Hotel in gutem Zustand vorfindet. Sie werden mir dabei helfen, nicht wahr?«

»Ja, Frau Direktor«, antwortete Lona Simon, die Lider mit den dunklen Wimpern niedergeschlagen.

Eva entging die Verlegenheit des Mädchens.

»Um auf die Post zurückzukommen«, fuhr sie fort, »es ist vielleicht ganz gut, daß sie bisher noch nicht beantwortet ist. Wir wollen sie liegenlassen, bis die neuen Prospekte fertig sind. Inzwischen habe ich eine andere Arbeit für Sie. Suchen Sie die Adressen sämtlicher Gäste zusammen, die sich ab Mai bei uns angesagt haben. Sie müssen alle einen Prospekt mit den geänderten Preislisten bekommen. Ab Mai, wenn das Schwimmbad in Gebrauch genommen werden kann, werde ich sämtliche Zimmer- und Pensionspreise um 30 Prozent erhöhen.«

»Dann müssen Sie aber mit Absagen rechnen.«

»Ich weiß. Aber ich kann es nicht ändern. Es nützt ja nichts, ein volles Haus zu haben. Das Hotel muß wieder rentabel werden.«

Eva Horster ging nicht in ihren Arbeitsraum hinüber, sie fuhr mit dem Empfangschef in den fünften Stock hinauf, um das Apartement zu besichtigen, in dem früher ihr Mann mit seiner ersten Frau gewohnt hatte und das jetzt für sie und die Kinder hergerichtet werden sollte.

Die Zimmer waren gelüftet, geputzt und aufgeräumt, und dennoch legte sich bei der Vorstellung, daß sie ihr schönes Haus verlassen und von jetzt an hier leben sollte, ein schwerer Druck auf Evas Herz.

»Wollen Sie wirklich hierherziehen? Glauben Sie, daß Sie sich wohl fühlen werden?« fragte Herr Thomas teilnahmsvoll.

Eva Horster lächelte.

»Ich werde im Hotel leben, wie es sich für eine richtige Hotelbesitzerin gehört.«

Das Klingeln des Telefons unterbrach ihre Unterhaltung.

Herr Thomas nahm den Hörer ab und meldete sich.

Er lauschte einen Augenblick und sagte dann: »Für Sie, Frau Direktor!« und reichte ihr den Hörer. Lona Simon war am Apparat.

»Ein Rechtsanwalt Doktor Konrad Kilius möchte Sie sprechen, Frau Direktor«, meldete sie mit einer Stimme, die ihre sensationslüsterne Neugier nur zu gut verriet.

»Bitte verbinden Sie mich«, sagte Eva kurz angebunden.

»Sie mißverstehen mich, gnädige Frau! Herr Doktor Kilius ist hier im Haus. Er wartet in meinem Büro.«

Eva brauchte einen Atemzug lang, um mit ihrer Überraschung fertig zu werden.

»Ich komme sofort«, sagte sie dann.

Als Lona Simon wenige Augenblicke später den Rechtsanwalt in Evas Arbeitszimmer führte, blieb sie länger als notwendig gewesen wäre in dem großen, elegant eingerichteten Raum stehen.

Aber ihre Neugier wurde nicht befriedigt. Alles, was sie miterlebte, war eine kurze und keineswegs aufschlußreiche Begrüßung. Sie zog daraus den Schluß, der ihrem Charakter entsprach.

Aha, sie verstellen sich! dachte sie.

Sie wäre nur zu gern Zeugin des anschließenden Gesprächs gewesen, aber ihr fiel kein Vorwand ein, unter dem sie noch hätte bleiben können, und so unauffällig sie sich auch zu verhalten suchte, Eva Horster war sich ihrer Gegenwart doch bewußt und schickte sie hinaus.

Eva war über den unerwarteten Besuch des Rechtsanwalts eher erschrocken als erfreut.

»Ist etwas passiert?« fragte sie alarmiert, kaum daß Lona das Zimmer verlassen hatte.

»Ich bin gekommen, um das zu verhindern«, erwiderte Konrad Kilius.

»Das verstehe ich nicht . . .«

»Kannst du auch nicht. Ich werde es dir gleich erklären. Hast du die Wechsel schon eingelöst?«

»Noch nicht.« Eva sah auf ihre Armbanduhr. »Ich bin in einer halben Stunde mit Presser in meiner Bank verabredet.«

»Ich bin nicht ganz sicher, daß er kommen wird.«

»Aber . . .«

»Es ist nur ein Verdacht. Aber diesen Leuten gegenüber ist höchste Vorsicht geboten. Kannst du von deinem Telefon aus durchwählen?«

»Ja, aber . . .«

Konrad Kilius ging ohne ein weiteres Wort zum Telefon, zog ein Notizbuch aus der Jakkentasche und wählte die Nummer der Presser-Bank.

»Hier spricht Rechtsanwalt Doktor Konrad Kilius«, sagte er, »Rechtsanwalt Kilius aus München. Bitte verbinden Sie mich mit Herrn Presser. Es ist dringend.«

Eva verstand gar nichts mehr. Beunruhigt beobachtete sie das angespannte Gesicht Konrads.

»Ja, guten Morgen, Herr Presser«, sagte er, und, nach einer kleinen Pause: »Gerade deswegen möchte ich Sie sprechen. Nein, nicht am Telefon. Ich bin in Baden-Baden. Gut, ich bin in zehn Minuten bei Ihnen.«

Konrad Kilius legte den Hörer auf. Er lächelte erleichtert.

»Das hat geklappt«, sagte er.

»Was?« fragte sie. »Wovon sprichst du eigentlich?«

»Komm mit. Ich werde dir unterwegs alles erklären.«

Sie folgte ihm benommen durch die Halle zu seinem Auto, das gegenüber dem Hotel geparkt war. Er ließ sie einsteigen, setzte sich hinters Steuer und fuhr an.

»Möchtest du mir jetzt nicht endlich erklären . . .« drängte sie.

»Augenblick. Wie weit ist es bis zur Presser Bank?«

»Mit dem Auto fünf Minuten.«

»Sehr gut. Dann haben wir Zeit.«

Dr. Kilius stoppte den Wagen außer Sichtweite des Hotels, zog ein Päckchen Zigaretten aus seiner Manteltasche, bot ihr eine Zigarette an und nahm sich selbst eine.

»Woher hast du überhaupt Pressers Telefonnummer?« fragte sie, nachdem er ihr Feuer gegeben hatte.

»Presser hat sie mir selber gegeben«, antwortete er.

»Aber wieso . . .?«

»Das frage ich dich. Wem hast du erzählt, daß ich dir den Kredit vermittelt habe?«

»Keiner Menschenseele.«

»Bist du ganz sicher?«

»Vollkommen. Ich habe ja niemanden, mit dem ich über diese Dinge sprechen könnte.«

»Dann hast du einen Spion im eigenen Hause.«

»Unmöglich!«

»Bitte, Eva«, sagte er und legte seine Hand auf ihren Arm, »reagiere nicht so furchtbar weiblich. Da du dich entschlossen hast, Unternehmerin zu werden, solltest du es auch einmal mit männlicher Logik versuchen.«

»Aber wer könnte überhaupt ein Interesse daran haben, mir nachzuspionieren?«

»Jemand, der sich einen Vorteil davon verspricht, daß euer Hotel in Pressers Besitz übergeht. Jemand, der sich eine bessere Position von dieser Veränderung erhofft oder dem einfach eine größere Geldsumme in Aussicht gestellt worden ist.«

»Vielleicht fehlt es mir wirklich an männlichem Verstand«, meinte sie, »aber ich begreife immer noch nichts.«

»Hugo Presser hat mich gestern nacht angerufen«, erklärte Dr. Kilius. »Er wußte, daß ich dir den Kredit vermittelt habe und wollte herausbekommen, wer der Geldgeber ist.«

»Aber warum, um Himmels willen?«

»Um die Einlösung der Wechsel noch in letzter Minute zu verhindern. Diese Antwort liegt ja klar auf der Hand.«

»Du hast ihm doch hoffentlich gesagt, daß es dazu zu spät ist?«

»Nein, das habe ich nicht, weil das grundverkehrt gewesen wäre. Solche Leute arbeiten mit Praktiken, die du dir nicht einmal erträumen kannst. Ich gehe jede Wette ein . . . wenn ich ihnen nicht ein Fünkchen Hoffnung gelassen, und vor allem, wenn ich sie jetzt nicht angerufen hätte, würdest du um zehn Uhr mutterseelenallein in deiner Bank stehen, und weder Presser noch sein Prokurist würden sich sehen lassen.«

»Dann hätte ich sie eben angerufen . . .«

»Und feststellen müssen, daß beide verreist wären, mitsamt den Wechseln, und niemand im Haus zuständig, die Geldtransaktion durchzuführen.«

»Ach so«, sagte Eva beeindruckt. »Aber immerhin . . . ich hätte die Überweisung vornehmen können.«

»Und damit den Termin verpaßt. Wie ich dich verstanden habe, muß das Geld ja spätestens heute in Pressers Besitz gelangen.«

»Das stimmt.«

»Na also.«

Er drückte seine Zigarette aus.

»Aber«, sagte sie, »damit hätten sie sich

doch ins Unrecht gesetzt. Ich habe Presser doch gestern angerufen . . .«

»Hast du einen Zeugen dafür? Nein. Solche Verabredungen müssen mit eingeschriebenen Briefen getroffen werden. Dafür blieb dir nicht mehr die Zeit, und gerade damit haben diese Burschen gerechnet. Sie waren fest dazu entschlossen, dir das Hotel abzuknöpfen!«

»Das hätte ich mir bestimmt nicht gefallen lassen!«

»Du hättest dich gewehrt, das weiß ich. Aber sie hätten es auf einen Prozeß ankommen lassen, dem du weder nervlich noch finanziell gewachsen gewesen wärst.«

»Und jetzt?« fragte sie. »Was werden wir jetzt tun?«

Konrad Kilius ließ den Motor an und löste die Handbremse.

»Ich werde sie schon aus ihrem Bau herauslocken. Du wartest unten im Wagen auf mich. Wenn ich als dein Rechtsanwalt persönlich die Verbindung mit ihnen aufnehme, bleibt ihnen keine Möglichkeit mehr, die Wechsel zu blokkieren.«

Sie kurbelte das Fenster herunter und warf ihren Zigarettenstummel hinaus.

»Ach Konrad«, sagte sie, »wenn ich dich nicht hätte! Ich weiß gar nicht, wie ich dir danken soll!«

»Ich will keinen Dank«, erwiderte er ruhig. »Ich bin nicht einmal sicher, ob das, wobei ich dir jetzt helfe, überhaupt gut für dich sein wird.«

»Aber Konrad, das Hotel . . .«

Er unterbrach sie.

»Es geht nicht um das Hotel. Es geht um dich, um deine Ehe und um mich. Vielleicht wirst du mich eines Tages verwünschen, daß ich dir die Möglichkeit gegeben habe, dich in dieses Abenteuer zu stürzen. Du spielst mit hohem Einsatz, Eva.«

»Ich weiß . . .«

»Das ist gut. Und vergiß nie, was wir abgemacht haben . . . daß ich auf dich warte, Eva!«

»Mutti«, fragte Teddy, »ist es wahr, was Alice erzählt?«

Eva fuhr ihm mit der Hand durch die kurzgeschnittenen dunklen Locken.

»Woher soll ich das wissen, solange du mir nicht sagst, was sie erzählt hat?«

»Das wir alle ins Hotel ziehen!«

Jetzt war es heraus. Eva sah die Augen der Kinder mit erwartungsvoller Spannung auf sich gerichtet, und das Herz tat ihr weh.

Sie wußte, daß sie die beiden jetzt furchtbar enttäuschen mußte, aber es ließ sich nicht vermeiden.

Der Gedanke an dieses unvermeidliche Gespräch hatte sie schon lange bedrückt, wenn auch die Sorgen um die Existenz stärker gewesen waren. Sie hätte es gern noch hinausgeschoben, aber da die Kinder selber das Thema angeschnitten hatten, gab es kein Ausweichen mehr. Sie hatte es sich von allem Anfang an, seit sie die Rolle einer zweiten Mutter übernommen hatte, zum Prinzip gemacht, sie niemals zu belügen, und es wäre ihr gerade jetzt doppelt unehrlich erschienen, sie mit halben Versprechungen abzuspeisen.

»Ich glaube, das ist ein Problem, über das wir uns einmal in aller Ruhe unterhalten müssen«, sagte sie vorsichtig. »Also paßt auf . . . euer Vater ist verunglückt . . .«

»Das ist schließlich nicht mehr neu!« warf Susi ein.

»Jetzt sei du mal still und laß Mutti reden!« rief Teddy.

»Vater kann die nächsten Wochen, wahrscheinlich sogar die nächsten Monate, nicht arbeiten«, fuhr Eva fort, »aber jemand muß sich um das Hotel kümmern. Wir haben tüchtige Angestellte, aber niemanden, der es wirklich leiten kann, versteht ihr? Deshalb muß ich das jetzt tun . . .«

»Kannst du das denn überhaupt?« fragte Teddy, ohne Bosheit, sondern nur kindlich interessiert.

»Wenn man etwas wirklich will, dann schafft man es schon. Aber gerade weil ich sehr wenig vom Hotelbetrieb verstehe, muß ich doppelt soviel arbeiten wie jemand anderer, der diesen Beruf richtig erlernt hat. Deshalb, damit ich keine Minute verliere und immer an Ort und Stelle bin, ziehe ich ins Hotel«

»Und wir?« rief Teddy enttäuscht. »Uns willst du allein lassen?«

»Ihr beide werdet in ein Internat kommen . . . nicht für lange, nur bis euer Vater wieder gesund ist und die Leitung des Hotels übernehmen kann. Dann . . .«

»Nein«, sagte Teddy, »in ein Internat mag ich nicht! Ich will überhaupt nicht hier weg. Meine Freunde . . .«

»Teddy, Liebling, hör mich doch an! Glaubst du denn, ich weiß nicht, daß das für euch alles andere als schön ist? Aber es muß sein, begreifst du denn nicht? Es geht nicht anders!«

»Und Babsy?« fragte er. »Was geschieht mit ihr?«

Eva wollte antworten, aber Susi kam ihr zuvor.

»Hast du denn immer noch nicht begriffen?« rief sie. »Babsy bleibt natürlich bei ihr . . . sie ist ja auch ihr Kind, verstehst du? Wir sind ihr ja immer nur zur Last gewesen, von Anfang an.«

»Susi! Ich verbitte mir . . .«

Susi riß sich von ihr los und warf den Kopf in den Nacken.

»Man wird doch wohl noch reden dürfen! Oder kannst du die Wahrheit nicht vertragen? Mit uns hast du bloß schöngetan, um bei Vater Eindruck zu schinden. Aber jetzt, wo er verunglückt ist, interessiert er dich nicht mehr . . . jetzt hast du ja einen anderen. Da sind wir dir bloß im Weg, du willst freie Bahn haben . . . ja, das ist es!«

Eva mußte sich sehr zusammennehmen, um nicht die Nerven zu verlieren. Sie stand auf, packte Susi an den Oberarmen und schüttelte sie leicht.

»Komm doch zur Vernunft!« rief sie. »Was redest du denn da? Du weißt selbst genau, daß kein Wort davon wahr ist! Wie kannst du dir nur so häßliche Sachen ausdenken!«

»Doch, es ist wahr!« schrie Susi. »Ich habe es ja mit eigenen Augen gesehen! Wie er dich geküßt hat und . . .«

Klatschend fiel Evas Hand auf die Wange ihrer Stieftochter. Sie hatte das nicht gewollt, aber nachdem es geschehen war, bereute sie es nicht.

Susis Gesicht war dunkelrot vor Zorn geworden, ihre Augen hatten sich mit Tränen gefüllt.

»Das wirst du bereuen!« zischte sie.

Sie drehte sich auf dem Absatz um und rannte die Treppe hinauf.

Eva blieb mit hängenden Armen mitten in der Diele stehen.

»Aber du, Teddy«, sagte sie mühsam, »du glaubst das doch nicht . . . dieses scheußliche Zeug, was Susi sich da ausgedacht hat?«

Teddy schüttelte stumm den Kopf und schmiegte sich an die Stiefmutter – und plötzlich weinten beide heiße, verzweifelte Tränen.

VII

Die Besprechung, die Eva Horster an diesem Nachmittag mit dem Architekten Herbert Dartner und dem Buchdrucker Spieker junior, der in Vertretung seines Vaters gekommen war, zu führen hatte, erwies sich als weit schwieriger und langwieriger, als sie gedacht hatte.

Die Kalkulation war nicht das schlimmste. Es stellte sich heraus, daß ein Vierfarbendruck zu teuer kommen würde, aber die beiden Herren versicherten der Hoteldirektorin, daß auch ein Zweifarbendruck durchaus wirksam herauskommen würde. Herr Spieker war auch bereit, Eva Horster auf die große Bestellung einen erheblichen Rabatt einzuräumen.

Die größte Schwierigkeit aber stellte der Text dar. Eva gefiel die Gestaltung der früheren Prospekte überhaupt nicht. Sie hatte eine bestimmte Vorstellung von dem, was sie haben wollte, aber sie konnte es nicht formulieren, weil ihr jede Erfahrung fehlte. So war sie besonders dankbar, daß Herbert Dartner und der junge Spieker ihr nach Kräften halfen.

Endlich, kurz vor zehn Uhr, trennte man sich.

Als Eva nach Hause kam, saß Alice in der Diele und strickte.

»Guten Abend«, grüßte Eva, »was ist los? Warum sind Sie noch nicht zu Bett gegangen?«

»Ich warte auf die Kinder.«

»Was?« fragte Eva erschrocken. »Sind sie nicht zu Hause?«

»Nein«, erwiderte Alice, »sie sind, kurz nachdem Sie weg waren, auch gegangen. Sie sagten, sie wollten zu Ihnen ins Hotel. Es wäre so ausgemacht.«

»Aber nein! Davon ist ja kein Wort wahr!« rief Eva.

Einen Augenblick sah sie Alice entsetzt an, dann stürzte sie hinauf ins Schlafzimmer der Großen.

An Susis Kopfkissen war mit einer Stecknadel ein Zettel gespießt. Eva riß ihn ab und las die kindlichen Worte.

»Such nicht nach uns. Wir sind fort für immer. Du willst uns ja doch nur lossein. Wir kommen nie mehr wieder.«

Eva starrte fassungslos auf die kindlich ungelenken Buchstaben, die vor ihren Augen zu tanzen begannen, dann drehte sie sich auf dem Absatz um und stürzte in das kleine Zimmer nebenan. Sie knipste das Nachtlicht an und lief zu dem Bett ihrer kleinen Tochter.

Babsy schlief friedlich, eine Faust gegen die Wange gepreßt, den rosigen Mund fest geschlossen.

Unendlich erleichtert beugte sie sich über das Kind, drückte ihm einen sanften Kuß auf die Stirn, machte das Licht wieder aus und verließ das Zimmer.

Dann stieg sie, Susis Brief immer noch in der Hand, die breite geschwungene Treppe hinunter.

Alice war aufgestanden und kam ihr bis zum Treppenabsatz entgegen.

»Kann ich jetzt gehen, gnädige Frau?«

Dann erst sah sie das Entsetzen in Evas Augen und fragte erschrocken: »Was ist passiert?«

»Sie sind fort«, sagte Eva mit einer Stimme, die ihr selbst fremd klang, »alle beide!«

»Nein!«

»Doch, Alice«, sagte Eva, »Susi hat mir sogar einen Abschiedsbrief geschrieben . . .«

»Vielleicht ist sie zu ihrem Vater«, meinte Alice.

Eva sah sie mit weitaufgerissenen Augen an.

»Was?«

Alice wurde verlegen unter diesem Blick.

»Ich dachte bloß so«, sagte sie. »Sie hat doch immer sehr an ihrem Vater gehangen und Teddy hat sie einfach mitgenommen!«

»Aber bis Oberkirch . . . das sind doch beinahe fünfzig Kilometer!«

»Vielleicht haben sie's gar nicht geschafft«, entgegnete Alice. »Ich könnte mir aber vorstellen, daß sie es versucht haben. Vielleicht irre ich mich ja auch.

»Schon gut, Alice«, sagte Eva, »Sie brauchen sich nicht zu entschuldigen. Es kann schon sein, daß Sie recht haben, nur . . .«

Sie schwieg, weil sie begriff, daß es unmöglich war, Alice ins Vertrauen zu ziehen.

»Soll ich nicht doch die Polizei anrufen?« fragte das Mädchen.

Eva kämpfte noch um einen Entschluß, als das Telefon klingelte. Alice nahm den Hörer ab, reichte ihn der Chefin.

Eve meldete sich, ein wenig atemlos vor Aufregung.

»Krankenhaus Oberkirch«, sagte eine gleichgültige Frauenstimme, »einen Augenblick, bitte, ich verbinde . . .«

Dann war Dr. Krüger am anderen Ende der Leitung.

»Hallo, gnädige Frau«, sagte er munter, »falls Sie zwei Kinder vermissen sollten . . . die beiden Ausreißer sind hier!«

»Haben sie«, sagte Eva mühsam, »haben sie mit ihrem Vater gesprochen?«

»Aber nein. Wir haben sie schon vorher eingefangen!«

Eva stieß einen erleichterten Seufzer aus.

»Das ist gut! Ich kann Ihnen gar nicht sagen, wie froh ich darüber bin . . . daß sie bei Ihnen sind, meine ich. Ich habe ihr Verschwinden gerade erst entdeckt und mir schreckliche Sorgen gemacht.«

»Das kann ich mir vorstellen.«

Eva sah auf ihre Armbanduhr.

»Ich werde sofort losfahren und werde gegen . . . gegen halb zwölf Uhr dort sein, um sie abzuholen.«

»Aber das ist gar nicht nötig, gnädige Frau. Die beiden Ausreißer waren todmüde. Sie werden gerade ins Bett gesteckt, glücklicherweise haben wir ein Zimmer frei. Wenn Sie morgen früh kommen würden . . .«

»Ich möchte doch lieber . . .«

»Ach was, bis Sie kommen, schlafen die Kinder längst.«

Eva schwieg.

Dann sagte sie: »Also . . . bis morgen!«

»Auf Wiedersehen, gnädige Frau . . .«

»Und noch einmal Dank, daß Sie sich um die Kinder gekümmert haben! Ich werde morgen spätestens um acht Uhr dort sein!«

Schon um sechs Uhr war Eva wieder auf den Beinen, lief ins Hotel hinüber, um nach dem Rechten zu sehen, legte einen Zettel auf Lona Simons Schreibtisch, in dem sie der Sekretärin Anweisungen für den Tag gab.

Punkt sieben Uhr rief sie im Internat Dr. Malter an und erfuhr, daß die wenigen Plätze des Heims auf Jahre hinaus vorbestellt waren und keine Möglichkeit bestand, die Kinder aufzunehmen.

Ziemlich entmutigt versuchte sie es daraufhin beim Landschulheim Hahnenhof. Eine noch etwas verschlafene Sekretärin erklärte sich bereit, Susi und Teddy für den Beginn des nächsten Schuljahrs vorzumerken. Als Eva dringlicher wurde und darauf bestand, daß die Kinder sofort aufgenommen werden müßten, erklärte die Sekretärin dies für unmöglich. Eva verlangte daraufhin den Chef, einen Herrn Dr. Hofner, zu sprechen. Nach einigem Hin und Her gelang es ihr, ihn ans Telefon zu bekommen. Sie bemühte sich, ihm die Situation klarzumachen, verschwieg aber wohlweislich, daß die Kinder nur vorübergehend im Landschulheim untergebracht werden sollten.

Mit dieser Taktik hatte sie Erfolg. Herr Dr. Hofner erklärte sich bereit, sofort alles für die Ankunft der Kinder vorzubereiten.

Erleichtert lief Eva in das Privathaus zurück. Als sie an der Baustelle vorüberkam, traf sie den Architekten Herbert Dartner, der sie in ein Gespräch verwickeln wollte. Sie hatte Mühe loszukommen, ohne ihn zu kränken.

Zu Hause packte sie hastig einen kleinen Koffer für Teddy und Susi, nur mit dem Notwendigsten, denn Dr. Hofner hatte ihr gesagt, daß Wäsche und Kleidungsstücke der Kinder mit einem Monogramm gekennzeichnet werden müßten, und dazu blieb jetzt keine Zeit mehr. Eva gab Alice die nötigen Anordnungen und beschloß, in den nächsten Tagen einen großen Koffer nachzusenden.

Mit einer halben Stunde Verspätung traf Eva im Krankenhaus Oberkirch ein.

»Na endlich!« sagte Dr. Krüger zur Begrüßung, »Sie werden schon sehnsüchtig erwartet.«

Eva zwang sich zu einem Lächeln. »Eigentlich kann ich mir das gar nicht recht vorstellen. Das schlechte Gewissen wird wohl stärker als die Sehnsucht sein.«

»Gehen Sie nicht zu streng mit den beiden ins Gericht«, bat der Arzt.

»Das habe ich gar nicht vor.«

Eva hatte sich nicht getäuscht. Susi und Teddy begrüßten sie sehr zurückhaltend, Susi mit trotzig verbissenem Gesicht, Teddy deutlich schuldbewußt.

»Na, na, na«, mahnte Dr. Krüger, »ein bißchen netter könntet ihr zu eurer Mutter aber schon sein! Sie hat sich große Sorgen um euch gemacht.«

»Sie ist nicht unsere Mutter«, erklärte Susi verstockt.

»Sie hat recht, ich bin die Stiefmutter«, sagte Eva.

»Ach so«, meinte der junge Arzt, »und zu einer Stiefmutter, glaubt ihr, kann man ruhig ungezogen sein?«

»Ich habe es nicht gewollt«, murmelte Teddy, »ich . . . aber ich konnte Susi doch nicht allein lassen.«

»Ich weiß schon, Liebling«, sagte Eva, »ich habe dir auch gar keinen Vorwurf gemacht.«

»Und mit mir kannst du schimpfen, soviel du willst«, rief Susi, »ich mache mir gar nichts draus!«

Sie schnippte verächtlich mit den Fingern. Dr. Krüger griff ein.

»Hör mal, Susi, bist du nicht eigentlich nach Oberkirch gekommen, um deinen Vater zu besuchen?«

»Ja! Und ich werde ihm alles sagen, was . . .«

»Schade«, unterbrach sie Dr. Krüger, »sehr schade!«

Susi stutzte. »Wieso?« fragte sie, »was soll schade sein?«

»Daß ich dich nicht zu ihm lassen kann. Deinem kranken Vater gegenüber muß man rücksichtsvoll sein.«

»Begreifst du denn nicht, Susi?« fragte Eva. »Dein Vater ist wirklich sehr, sehr krank. Die kleinste Aufregung kann ihm den Tod bringen. Das kannst du doch nicht wollen, nicht wahr? Du hast ihn doch lieb! Versprich uns, daß du Vater kein Wort davon erzählen wirst, daß du von zu Hause weggelaufen bist . . . kein Wort davon, daß wir uns gestritten haben . . .«

»Und daß du uns abschieben willst, damit du mit deinem Freund poussieren kannst!« rief Susi außer sich.

Eva spürte, daß sie zu zittern begann.

»Sie dürfen das nicht glauben, Herr Doktor«, sagte sie mühsam, »Susi bildet sich Dinge ein, die einfach nicht stimmen.«

»Davon bin ich völlig überzeugt«, sagte Dr. Krüger mit Nachdruck. »Also gehen wir, gnädige Frau . . .«

Er führte Eva und Teddy zur Tür. Als Susi nachdrängen wollte, drehte er sich zu ihr um.

»Du bleibst hier«, sagte er scharf.

Urban Horster lag lang ausgestreckt auf seinem Bett. Die Schwellung um die Augen war zurückgegangen, doch fiel es ihm immer noch schwer, die Lider ganz zu öffnen. Das Gesicht wirkte schmal und blaß, die Wangen waren eingefallen.

»Eva . . . du?« Sein Lächeln war gezwungen. »Das ist aber eine Überraschung!«

»Wen hattest du denn sonst erwartet?« fragte Eva ahnungslos.

»Niemanden, nur dich. Aber . . . du hast dich sehr rar gemacht in den letzten Tagen.«

»Ich weiß, Liebster.« Sie streichelte seine Hand. »Ich hatte soviel zu tun. Das Hotel . . .«

»Es geht sicher alles drüber und drunter«, meinte er. »Wenn ich bloß erst wieder gesund wäre!«

»Es dauert ja nicht mehr lange«, tröstete sie und wechselte rasch das Thema. »Rate mal, wen ich dir mitgebracht habe . . . Teddy!«

Auf dieses Stichwort hin öffnete Dr. Krüger die Tür des Krankenzimmers und ließ Teddy herein.

Befangen blieb der Junge in einigem Abstand vom Bett seines Vaters stehen.

»Na, dann laß dich mal anschauen, Teddy, wie geht's dir denn?« fragte Urban Horster.

»Danke, gut, Vati«, sagte der Junge mit rauher Stimme.

»Und wie kommt es, daß du nicht in der Schule bist?«

»Ich will die Kinder heute ins Landschulheim bringen, Urban«, erklärte Eva rasch. »Ich kann mich augenblicklich zu wenig um sie kümmern, und sie sind noch zu jung, als daß man sie sich selber überlassen könnte.«

»Ins Landschulheim?« fragte Urban Horster verständnislos. »Ja, möchtest du denn das, Teddy?«

»Ja, Vati«, behauptete Teddy tapfer.

»Es ist ja nur für die Zeit, bis du wieder bei uns bist, Urban«, sagte Eva, »dann holen wir sie natürlich sofort wieder nach Hause.«

In diesem Augenblick wurde jäh die Tür aufgerissen, und ehe Dr. Krüger oder Eva noch etwas unternehmen konnten, stürzte Susi ins Zimmer und mit einem Aufschrei auf ihren Vater zu. Aber einen Schritt vor seinem Bett blieb sie plötzlich stehen und starrte entsetzt auf den schwerkranken Mann, in dem sie nur mit Mühe ihren geliebten Vater erkennen konnte.

»Ja, da ist auch Susi«, sagte Eva mit mühsam errungener Fassung, »unsere zweite Überraschung! Beinahe hätten wir sie draußen vor der Tür vergessen!«

»Vati!« rief Susi verstört. »O Vati!«

»Na, wie geht's, Susi?« fragte Urban Horster.

»Wie geht es dir, Vati?«

»Es könnte schlimmer sein, Susi.«

»Wann kommst du wieder nach Hause zurück?«

»Wenn ich wieder gesund bin.«

»Und wie lange ... wie lange wird das dauern?«

»Stell doch nicht solche Fragen, Susi«, mahnte Eva, »Vati wird sich mit dem Gesundwerden beeilen, so sehr er nur kann ... nicht wahr, Urban? Aber es liegt doch nicht in seiner Macht, den Zeitpunkt zu bestimmen.«

»Eva«, sagte Urban Horster, »ich würde gern mit Presser sprechen. Wenn ich wenigstens mit ihm telefonieren könnte ...«

»Das ist gar nicht mehr nötig, Urban«, erwiderte Eva ruhig, »ich habe die Wechsel eingelöst.«

»*Was* hast du?«

»Natürlich habe ich einen anderen Kredit dafür aufnehmen müssen. Konrad Kilius hat ihn mir verschafft.«

»Der gute Konrad, sieh mal an!«

»Er hat Mutti geküßt!« platzte Susi heraus.

Eine atemlose Stille folgte diesen Worten.

Urban Horster war es, der das Schweigen brach.

»Das kann ich mir vorstellen«, sagte er, »schließlich ist er ja ein alter Verehrer von Mutti.« Er lächelte schwach. »Hoffentlich hast du ihm klargemacht, Eva, daß du nicht so bald Witwe werden wirst?«

»Aber, Urban«, protestierte Eva, »du weißt doch genau, wie ich zu Konrad stehe!«

»So jetzt aber Schluß«, mischte Dr. Krüger sich ein, »der Patient braucht Ruhe!«

Wenige Minuten später stand Eva mit den

Kindern draußen auf dem Gang. Dr. Krüger war im Krankenzimmer zurückgeblieben.

»Ich weiß, daß du mir jetzt böse bist«, sagte Susi, »aber ich ... ich mußte einfach zu ihm ... und ich mußte es sagen!«

»Sprechen wir nicht mehr darüber. Es ist ja noch einmal gutgegangen.«

»Ich wußte nicht, daß Vater ihn kannte.«

»Das hatte ich dir doch gesagt«, entgegnete Eva ernst. »Ich habe dich doch nie angelogen ... und ich werde es auch niemals tun.«

Susi senkte den Kopf.

»Es tut mir leid«, sagte sie, »alles ... daß ich so war.«

»Das freut mich, Susi!« Eva strich ihrer kleinen Stieftochter über das Haar. »Nun komm aber. Wir fahren jetzt zum Internat.«

VIII

In den nächsten Wochen spürte Eva, daß die Mehrzahl der Hotelangestellten sie ablehnten und ihre Anordnungen sogar zu sabotieren versuchten. Wenn sie die Leitung des Hotels zu einem günstigen Zeitpunkt übernommen hätte, würde sie die Hälfte aller Angestellten entlassen und durch neue ersetzt haben. Man nahm sie nicht ernst und zeigte es ihr, behandelte sie wie eine Außenstehende und freute sich, wenn sie sich eine Blöße gab.

Manchmal war Eva der Verzweiflung nahe, aber niemals dachte sie daran, aufzugeben. Sie wollte sich Respekt verschaffen, wollte das *Grandhotel Horster* durch diese Krise hindurchführen und ihrem Mann und ihrer Familie erhalten.

Das Schwierige war, daß es nicht genügte, einfach im alten Trott weiterzumachen. Eva ließ sich die Bilanzen der letzten Jahre vorlegen und stellte fest, daß eigentlich immer mit Verlust gearbeitet worden war. Die Ausgaben für Neuanschaffungen und Renovierungen hatten Jahr für Jahr den Gewinn überstiegen.

Personal zu entlassen oder die Gehälter zu kürzen, verbot sich von selbst. Eva saß nächtelang über den Listen der Ausgaben, um einen Ansatzpunkt für die Einsparungen zu finden, dic ihr vorschwcbtcn.

Sie rechnete und rechnete. Sie strich das Gehalt ihres Mannes – zum Glück übernahm die Krankenversicherung voll und ganz die Kosten für seinen Krankenhausaufenthalt, die ärztliche Behandlung und die Operationen. Das nötige Geld für Extra-Ausgaben konnte sie ihm von ihren eigenen Bezügen schicken. Da sie aber außerdem noch für den Internatsaufenthalt der Kinder aufkommen mußte, blieb ihr selbst so gut wie nichts mehr.

Ein Zufall kam Eva zu Hilfe. Die Kurverwaltung von Baden-Baden wandte sich an alle Hotelbesitzer mit einer dringenden Anfrage.

Amerikanische Multimillionäre – zwei verschwägerte Ehepaare mit vier Kindern – suchten ein möglichst abgeschlossenes Haus, in dem sie ganz unter sich sein, aber doch die Vorteile der Betreuung durch ein Hotel genießen konnten.

Sofort dachte Eva an ihr Privathaus am Ende des Parkes. Sie war drauf und dran, ihren Mann anzurufen und ihn um Rat zu fragen, unterließ es dann aber.

Er war völlig mit seiner Krankheit beschäftigt und hatte in letzter Zeit immer weniger Interesse für die Angelegenheiten des Hotels gezeigt.

So entschloß sie sich, Rechtsanwalt Kilius übers Wochenende zu sich zu bitten.

Es war Freitagabend, als sie ihn anrief, am späten Nachmittag traf er ein.

Sie empfing ihn in ihrem Büro.

»Wie schön, daß du gleich gekommen bist!« sagte sie und reichte ihm beide Hände.

»Na, wo brennt's denn?« fragte er lächelnd. »Kommst du nicht zurecht?«

»Doch. Schon.«

»Bitte, lies das doch einmal.« Sie reichte Konrad Kilius die Anfrage der Kurverwaltung.

Der Rechtsanwalt überflog den Brief.

»Hm«, sagte er, »sehr interessant.«

»Du kannst dir sicher vorstellen, woran ich gedacht habe . . . an unser Privathaus.«

»Eine ausgezeichnete Idee! Diese Amerikaner sind offenbar bereit, einen horrenden Preis zu zahlen.«

»Aber was wird Urban dazu sagen? Noch habe ich keine Ahnung, wann er entlassen wird . . . sicher aber noch vor Oktober. Und den Kindern habe ich auch versprochen, sie in den Sommerferien zurückzuholen. Kann ich ihnen das überhaupt antun?«

Konrad Kilius hielt ein Streichholz an seine Pfeife, zog andächtig und behutsam.

»Wenn die Dinge so liegen«, meinte er schließlich, »mußt du eben wohl oder übel auf das Geld verzichten!«

Eva, die gehofft hatte, er würde ihr zureden, war tief enttäuscht.

»Also . . . umwerfend sind deine Ratschläge wirklich nicht.«

»Wozu brauchst du das Geld überhaupt?« fragte er. »Machst du dir solche Sorgen, ob du den Kredit zurückzahlen kannst? Erinnere dich daran, daß ich dir gleich abgeraten hatte, ihn überhaupt aufzunehmen.«

»Ach, daran denke ich jetzt noch gar nicht«, sagte Eva wegwerfend, »wenn alle Stricke reißen, könnte ich ja immer noch das Privathaus verkaufen.«

»Stimmt«, erwiderte er ruhig, »an diese Möglichkeit hatte ich noch gar nicht gedacht.«

»Aber ich will nicht verkaufen, ich will den Besitz erhalten. Und das kann ich nur, wenn es mir gelingt, das Hotel wieder rentabel zu machen.«

Eva stand auf. »Ich werde jetzt sofort die Kurverwaltung anrufen.«

»Und dein Mann? Die Kinder? Dein Heim? Hast du sämtliche Bedenken so schnell über Bord geworfen?«

»Wir müssen alle Opfer bringen«, sagte Eva, den Telefonhörer schon in der Hand. »Anders geht es nicht.«

Für Konrad Kilius wurde das Wochenende in Baden-Baden zu einer Enttäuschung.

Eva bemühte sich, lieb und dankbar zu sein – aber das Bemühen blieb jeden Augenblick spürbar. Es gelang ihm nicht, zu privatem Kontakt mit ihr zu kommen. Ihr Interesse galt nur dem Hotel, und immer wieder kam sie auf geschäftliche Dinge zu sprechen.

Am Sonntag, kurz nach dem Mittagessen, verabschiedete er sich.

»Du hast dich sehr verändert, Eva«, sagte er.

»Ach, das kommt dir nur so vor.«

»Bestimmt nicht. Ich liebe dich sehr, das weißt du . . . aber manchmal könnte ich geradezu Angst vor dir bekommen.«

Sie lachte.

»Und Angst um dich«, fügte er ernst hinzu, »du bist wie eine zu straff gespannte Saite. Der kleinste Mißgriff des Schicksals kann sie zum Reißen bringen.«

»Ach Unsinn, Konrad«, sagte sie leichthin, »ich versuche einfach, energisch und tüchtig zu sein. Aber im Kern habe ich mich überhaupt nicht verändert.«

»Vielleicht kommt dein wahrer Kern erst jetzt zum Vorschein. Aber ich warne dich, Eva! Der berufliche Erfolg ist nicht das Wichtigste im Leben, besonders nicht für eine Frau. Die menschlichen Beziehungen haben einen größeren Wert.«

»Soll das ein Vorwurf sein? Habe ich dich vernachlässigt?«

»Ja, Eva. Wenn nicht als Berater, so doch als Freund.«

»Verzeih mir, wenn du kannst«, erwiderte sie ungerührt.

Sie hatte keine Lust, sich weiter in dieses Thema zu vertiefen. Tatsächlich hatte sie die Anwesenheit des Rechtsanwalts als Belästigung empfunden, sein ständiger, wenn auch unausgesprochener Wunsch um Beachtung hatte sie gestört. Nach nichts stand ihr im Augenblick weniger der Sinn als nach Flirt oder gar nach Liebe. Sie bedauerte es nicht einmal, ihn enttäuscht zu haben. Es war viel besser, wenn die Dinge zwischen ihnen klar lagen.

Aber entmutigt war Konrad Kilius trotz allem nicht.

»Denk an unsere Abmachung«, war sein letztes Wort, »ich warte auf dich!«

Sie lächelte und winkte ihm nach, aber im tiefsten Herzen war sie fest davon überzeugt, daß es niemals zu dieser Niederlage kommen würde, die den Sieg seiner Liebe bedeutet hätte.

IX

In der nächsten Woche erschien ein Beauftragter der amerikanischen Millionäre, begutachtete das Haus und zeigte sich zufrieden. Eva gelang es, einen sehr günstigen Vertrag auszuhandeln. Allerdings blieb es dabei, daß die Amerikaner das Haus bis Ende Oktober bewohnen wollten und sich auch das Recht vorbehielten, eventuell den Winter über zu bleiben.

Eva unterschrieb, kassierte den Vorschuß, die Miete für einen Monat – jeden Gedanken an ihren Mann und die Stiefkinder, denen sie damit auf absehbare Zeit das Heim nahm, schob sie beiseite.

Es ging ihr nur um das Hotel.

Sie sprach mit dem Architekten Herbert Dartner, der ihr versicherte, daß das Schwimmbad termingemäß zum 1. Mai fertig sein würde. Die neuen Prospekte mit den erhöhten Zimmerpreisen waren zum Teil schon in alle Welt verschickt worden. Mit einiger Spannung sah Eva Horster den ersten Antworten entgegen.

Sie ließen nicht auf sich warten.

Mit kaum verhohlener Schadenfreude legte Lona Simon ihrer Chefin gegen Ende der Woche einen Stapel Briefe auf den Tisch.

Eva merkte schon an dem Gesichtsausdruck der Sekretärin, daß etwas schiefgegangen war. Sie durchflog die Briefe mit unbewegter Miene. Sieben Absagen waren an diesem ersten Tag gekommen.

Sie las weiter, und allmählich gewann sie ihre Sicherheit zurück. Sie fand Anfragen von Eheleuten, die ihre Kinder mitbringen wollten und Sonderpreise wünschten; es lagen sogar einige feste Bestellungen dieser Art vor.

»Warum haben Sie denn diese Briefe zuunterst gelegt, Lona?« fragte sie.

»Wir nehmen keine Kinder auf, höchstens in Ausnahmefällen«, erklärte die Sekretärin.

»Warum das denn?«

»Weil unsere Gäste Ruhe wünschen. Kinder benehmen sich schlecht im Speisesaal, schreien, lärmen, zertrampeln die Beete . . .«

Eva sah auf.

»Haben Sie wirklich diese Erfahrungen gemacht, Lona?«

»Ich nicht«, erwiderte die Sekretärin, »ich gebe Ihnen nur die Ansicht des Chefs wieder.«

»Nun, Ansichten kann man ändern. Statt der alten Leute, die nichts als Ruhe und ein friedliches Bridge wünschen, werden wir eben von nun an Eltern oder Großeltern mit Kindern aufnehmen, die ihre eigene Kur mit einem Erholungsurlaub für die Kinder verbinden wollen.«

»Das würde der Chef niemals gutheißen.«

Eva hörte gar nicht zu, die neue Idee hatte von ihr Besitz ergriffen.

»Auf diese Weise«, sagte sie, »können wir weit mehr Gäste aufnehmen als sonst. Wir können die Couchen in den Doppelzimmern für Kinder beziehen, zwei Kinder in Einbettzimmer stecken. Ich glaube, das ist überhaupt die Lösung.«

»Und tagsüber wird hier ein Durcheinander sein wie in einem Kindergarten!«

»Stimmt«, sagte Eva und erhob sich. »Deshalb brauchen wir auch eine Kindergärtnerin, die die Kleinen tagsüber beaufsichtigt. Da haben Sie mich auf etwas gebracht, Lona . . . Wir werden ein eigenes Kinderspeisezimmer einrichten, so daß die Kleinen auch während des Essens nicht stören können, und ich werde speziell für das *Horster* einen Babysitterdienst aufziehen, damit die Eltern abends getrost ausgehen können!«

Eva war ganz begeistert von ihrem Vorhaben, und Lona Simons skeptisches Gesicht störte sie durchaus nicht. Aber auch Herr Thomas, der sie bisher immer unterstützt hatte, stellte sich zu diesem neuen Plan unerwartet ablehnend.

»Das wäre absolut unüblich«, sagte er.

»Ja, ja, ich weiß!« rief Eva ungeduldig. »Aber das besagt doch nicht, daß es nicht zu machen wäre!«

»In einer Familienpension vielleicht. Aber nicht in einem Hotel der ersten Kategorie.«

Eva war nicht überzeugt, aber ihre Erfahrungen im Hotelwesen waren so gering, daß sie in diesem Fall doch nicht ganz selbständig und gegen den Rat der Fachwelt zu handeln wagte.

Sie nahm sich den Nachmittag frei, um nach Freiburg zu fahren und mit ihrem Mann zu sprechen. Unterwegs verdichteten sich ihre Pläne mehr und mehr. Sie sah alles schon ganz klar und in allen Einzelheiten vor sich und suchte noch nach den richtigen Worten, um es Urban schmackhaft zu machen.

Aber der Pförtner ließ sie nicht zu ihrem Mann.

»Frau Horster?« sagte er. »Bitte, würden Sie zuerst in den zweiten Stock hinauffahren. Herr Professor Meyer wünscht Sie zu sprechen!«

Eva war es, als legte sich ihr eine kalte Hand aufs Herz.

Professor Meyer empfing Eva in seinem Arbeitsraum, einem großen Eckzimmer, das er offensichtlich mit eigenen Möbeln hatte ausstatten lassen.

»Wie geht es meinem Mann?« fragte Eva, sobald die ersten Worte der Begrüßung gewechselt waren.

»Ich bin mit seinem Zustand sehr zufrieden ...«

»Ja?« fragte Eva ein wenig ungläubig.

»Wirklich, gnädige Frau. Unsere Untersuchungen haben ergeben, daß das Rückenmark des Patienten glücklicherweise nicht beschädigt ist.«

»Und das bedeutet?«

»Das die Lähmungserscheinungen durch eine entsprechende Therapie behoben werden können.«

»Haben Sie diese Therapie schon angewandt?«

»Ja. Aber wir könnten schon weiter sein, wenn der Patient mehr Vertrauen hätte . . .«

»Mein Mann hat kein Vertrauen zu Ihnen?« fragte Eva erstaunt.

»Sie müssen das verstehen, gnädige Frau. Immerhin handelt es sich um eine ernsthafte Verletzung, das heißt, die Besserung kann nur sehr langsam, Schritt für Schritt vorangehen. Ihr Gatte ist sehr ungeduldig. Er sieht nicht die Erfolge, sondern nur die Rückschläge.«

Er glaubt nicht daran, daß er wieder ganz gesund werden wird?«

»So ist es. Deshalb möchte ich Sie bitten, in dieser Hinsicht auf ihn einzuwirken.«

»Das werde ich gern tun.«

»Das weiß ich«, sagte Professor Meyer.

»Wie lange wird er noch hierbleiben müssen?«

»Im besten Fall vier Wochen . . . im schlechtesten die doppelte Zeit!«

»Ach«, sagte Eva fast erschrocken. Die widerstreitendsten Gedanken und Gefühle überfielen sie bei dieser Auskunft.

Der Professor beobachtete sie aufmerksam durch seine funkelnden Brillengläser.

»Hatten Sie mit einem früheren Termin gerechnet?«

»Nein, das nicht, nur . . .«

Eva errötete. Sie fühlte sich durchschaut. Sie schämte sich vor sich selbst, daß sie sich nicht auf die Heimkehr ihres Mannes einfach freuen konnte. Aber Urbans rasche Gesundung würde alle ihre Pläne über den Haufen werfen. Wie sollte sie unter diesen Umständen ihm gegenüber verantworten, daß sie das Familienhaus auf lange Sicht hin vermietet hatte?

»Sie brauchen mir nichts zu erklären«, sagte Professor Meyer ruhig.

»Sie dürfen nicht glauben, daß ich meinen Mann nicht liebe, nur . . .«

Eva stockte. Es war unmöglich, Professor Meyer die Situation deutlich zu machen.

»Haben Sie Sorgen?«

»Ja«, gab Eva zu. »Ich habe nach dem Unfall meines Mannes die Leitung des Hotels übernommen und . . .«

Sie zögerte weiterzusprechen.

»Allerlei Umstellungen vorgenommen, wie?« ergänzte Professor Meyer ihren Satz.

»Nicht aus Ehrgeiz oder Besserwisserei«, sagte Eva, »es war einfach notwendig. Unumgänglich notwendig.«

»Ich verstehe.« Professor Meyer strich sich mit der Hand über die hohe, durchfurchte Stirn.

»Und nun bedrückt mich einfach der Gedanke, wie ich das meinem Mann klarmachen soll!«

»Auf alle Fälle noch nicht jetzt«, sagte der Professor. »Er neigt dazu sich fallenzulassen. Was er braucht, ist Auftrieb, das Gefühl, zu Hause notwendig zu sein . . . und die Gewißheit, wieder auf die Beine zu kommen.«

»Das weiß ich ja.«

»Na also. Dann halten Sie ihm weiter alle Sorgen fern. Zeigen Sie ihm nur, daß Sie sich nach ihm sehnen, daß Sie ihn brauchen . . . daß Sie sicher sind, er wird bald wieder bei Ihnen sein . . .«

»Aber . . . wenn er wirklich schon in vier Wochen heimkommt . . .«

»Davon habe ich kein Wort gesagt. Es ist möglich, daß er dann entlassen wird. Aber anschließend muß er noch einen Erholungsurlaub machen, und zwar in einem Sanatorium, wo die Behandlung . . . Unterwassermassagen und so weiter . . . fortgeführt werden kann.«

Eva mußte sich sehr zusammennehmen, um nicht zu zeigen, wie erleichtert sie war.

»Ich werde sehr froh sein, wenn er wieder zu Hause ist«, sagte sie.

Professor Meyer rückte seine Brille zurecht.

»Sie müssen sich allerdings darauf gefaßt machen, daß Ihr Gatte noch einige Zeit unter den Folgen des schweren Schädeltraumas zu leiden haben wird.

»Wird er Schmerzen haben?«

»Nein, das nicht. Es handelt sich bei diesen Folgen um eine Hirnleistungsschwäche. Bitte erschrecken Sie nicht, sie *muß* nicht eintreten, aber ich möchte Sie immerhin schon jetzt auf diese Möglichkeit aufmerksam machen.«

Eva konnte ihre Nervosität nicht verbergen. Es fiel ihr schwer, ihre Hände ruhig zu halten.

»Sie meinen, er wird . . . nicht mehr logisch denken können?«

»Das schon. Es hilft Ihnen vielleicht, wenn ich Ihnen die Merkmale einer solchen Beeinträchtigung der Hirnfunktion aufzähle: leichte Ermüdbarkeit, Antriebs- und Konzentrationsschwäche, Vergeßlichkeit, Verlangsamung des Denkablaufs, depressive Verstimmung. Erschrecken Sie jetzt aber bitte nicht. Es ist nicht wahrscheinlich, daß alle diese Symptome gemeinsam auftreten . . . vielleicht werden Sie sogar nicht eines bei Ihrem Mann feststellen müssen. Aber da Sie eine ganz besonders tapfere und vernünftige Frau sind, hielt ich es für richtig, Sie auf alle Eventualitäten vorzubereiten.«

Eva stand auf. Sie spürte, daß es um ihre Fassung bald geschehen sein würde.

»Ich danke Ihnen, Herr Professor«, sagte sie mühsam.

»Noch eins«, fuhr er fort, »Ihr Gatte muß unbedingt auf absehbare Zeit hinaus Alkohol meiden. Selbst das kleinste Gläschen könnte ihm schaden.

Auch Professor Meyer erhob sich.

»Hat man ihm nach dem Unfall den Führerschein entzogen?«

»Nein . . .«

»Dann werde ich das beantragen . . .«

»Aber Herr Professor! «

»Nur zu seinem eigenen Schutz. Mindestens ein Jahr lang darf er sich nicht mehr ans Steuer setzen. Vergessen Sie nicht, daß seine Reaktionsfähigkeit entscheidend herabgemindert ist.«

»Bitte, Herr Professor«, sagte Eva, »bitte, tun Sie das nicht! Es würde ihn zu stark treffen. Er würde sich . . . minderwertig vorkommen.«

»Das ist immer noch nicht so schlimm, als wenn er sein eigenes Leben und das anderer Verkehrsteilnehmer in Gefahr bringt.«

»Ich werde den Führerschein an mich nehmen, Herr Professor, ich werde ihn einschließen, ich werde . . .«

»Muten Sie sich da nicht ein bißchen viel zu? Er ist ein Kranker . . . und, glauben Sie mir, die meisten Kranken sind leider überaus uneinsichtig.«

»Ich werde ihm die Situation schon klarmachen. Ich übernehme die volle Verantwortung.«

»Überlegen Sie sich die Sache noch einmal, Frau Horster«, meinte Professor Meyer freundlich. »Wir brauchen die Angelegenheit ja nicht von heute auf morgen zu entscheiden. Sprechen Sie jetzt erst einmal mit Ihrem

Mann. Ich erwarte mir sehr viel von Ihrem Besuch.«

Urban Horster saß im Schlafrock am Fenster, als Eva eintrat.

»Du bist auf?« rief sie erfreut.

»Nun ja«, sagte er mit einem bitteren Lächeln, »man kann es so nennen . . .«

Er legte das Buch aus der Hand, in dem er gerade geblättert hatte.

Sie zog sich einen Stuhl heran und setzte sich. Sie sah ihn an. Äußerlich war er fast nicht verändert. Sein Gesicht war voller geworden, aber noch ziemlich blaß. Seine Augen hatten den alten Glanz zurückgewonnen. Nur um seine Lippen war ein Zug nach unten, ein zynischer Zug, den es früher nicht gab.

»Was starrst du mich an?« fragte er böse.

Sie zwang sich zu einem Lächeln.

»Es tut mir gut, dich anzusehen. Ich liebe dich, Urban. Hast du das ganz vergessen?«

»Wenn das wirklich so wäre, würdest du dich ein bißchen öfter bei mir sehen lassen.«

»Zwischen Baden-Baden und Freiburg liegt doch eine ziemliche Entfernung . . .«

»Dann zieh nach Freiburg. Hier im Nebenzimmer liegt ein Patient, dessen Frau ist von Lörrach hierhergezogen, nur um ihrem Mann nahe zu sein . . .«

»Du scheinst das Hotel zu vergessen, Urban!«

»Willst du mir etwa einreden, daß du dort unabkömmlich bist?«

»Jemand muß sich schließlich darum kümmern.«

»Nimm dir einen tüchtigen Direktor.«

»Das dürfte sich kaum lohnen, Urban. Professor Meyer sagte mir . . .«

»Kommst du schon wieder mit dem Professor an?«

Sie ließ sich nicht unterbrechen.

»Daß du in vier bis sechs Wochen entlassen werden kannst!«

»Als Krüppel?«

Eva spürte, daß sie nahe daran war, die Beherrschung zu verlieren. Sie biß sich auf die Lippen.

»Tu mir den einen Gefallen, Urban«, bat sie, »und benutze dieses Wort nicht noch einmal.«

»Das habe ich mir gedacht«, sagte er bitter. »Du bist nicht die Frau, die es vertragen kann, mit einem Krüppel – oh, entschuldige bitte – mit einem Invaliden, wenn dir das besser gefällt, verheiratet zu sein.«

»Du wirst wieder völlig gesund werden, Urban. Ob du es nun glaubst oder nicht. Nur wenn du so weitermachst, dich gegen deine Genesung sträubst, anstatt mitzuhelfen, wird es ein bißchen länger dauern. Aber anscheinend kommt es dir auf ein paar Wochen mehr oder weniger ja nicht an.«

Jetzt war er endlich alarmiert.

»Was sagst du da?«

»Die Wahrheit. Dein Rückenmark ist überhaupt nicht verletzt, Urban, deshalb wird die Lähmung auch nicht bleiben. Es liegt an dir, wie lange du noch ein Krüppel bleiben willst.«

»Ist das wahr? Schwörst du es mir?«

»Aber ja, Urban! Ich wette, die Ärzte haben dir das schon mehr als einmal erklärt. Wenn du ihnen nur hättest glauben wollen . . .«

Er hob den Kopf. In seinen Augen standen Tränen, aber sein Mund zeigte endlich wieder das vertraute Lächeln.

»Ach, Eva . . . für was für einen Narren mußt du mich halten!«

Sie erwiderte sein Lächeln.

»Ganz ehrlich . . . ein bißchen närrisch bist du mir schon vorgekommen.«

»In vier Wochen kann ich also wieder nach Hause?«

»Es können auch sechs werden«, sagte sie vorsichtig, »so genau läßt sich das nicht berechnen. Und dann mußt du erst noch einen kleinen Erholungsurlaub antreten.«

»Das macht nichts, Eva. Das macht gar nichts. Hauptsache, ich weiß, daß es in absehbarer Zeit überstanden sein wird.«

»Das wird es, Urban, ganz bestimmt . . . und so lange werde ich schon die Festung halten können!«

»Wird das Schwimmbad rechtzeitig fertig?« fragte er.

»Es wird übermorgen eingeweiht«, erwiderte sie lächelnd.

»Großartig! Dieser Dartner ist ein tüchtiger Kerl, was?«

Es verletzte sie ein wenig, daß er gar nicht daran zu denken schien, wieviel Anteil sie selbst daran genommen hatte, den Bau des Bades voranzutreiben.

»Du mußt die Preise heraufsetzen, Eva«, fuhr er fort. »Bis zu zwanzig Prozent kannst du ruhig gehen. Je schneller sich diese Investition amortisiert, desto besser.«

»Ja, ich weiß . . .«

Er wurde plötzlich mißtrauisch.

»Was heißt das? Woher willst du wissen . . .«

»Du vergißt, daß ich sehr eng mit Lona Simon zusammenarbeite. Sie hat doch all deine Pläne gekannt.«

Er runzelte die Stirn.

»Mit Lona Simon?« fragte er unbehaglich. »Hör mal, das paßt mir aber gar nicht!«

Sie begriff nicht, was in ihm vorging.

»Urban, über was regst du dich eigentlich auf? Schließlich ist sie seit zwei Jahren deine Sekretärin . . .«

»Das ist noch lange kein Grund, daß du jetzt dauernd mit ihr zusammenhockst.«

Sie lachte unbefangen.

»Davon kann doch gar keine Rede sein! Sie ist eine sehr tüchtige Person, aber menschlich ist sie mir durchaus nicht so sympathisch, daß ich mich näher mit ihr einlassen würde.«

»Ich mache mir Sorgen«, murmelte er.

»Aber das sollst du nicht, Liebling«, erklärte sie eifrig, »das brauchst du auch gar nicht. Im Hotel geht alles seinen guten Gang. Wir machen alles genauso, wie du es gewünscht hättest . . . und überhaupt, nun bist du ja bald wieder zurück und kannst die Zügel selbst in die Hände nehmen.«

Eva hatte mit ihrem Besuch in Freiburg nicht das erreicht, was sie sich vorgenommen hatte. Sie hatte einsehen müssen, daß sie ihren Mann nicht mit geschäftlichen Sorgen belasten durfte und er im Augenblick auch gar nicht in der Lage war, die Situation zu übersehen und ihr zu raten.

Sie allein war jetzt für das *Grandhotel Horster* verantwortlich, und sie mußte ihre Entscheidungen ganz allein fällen.

Sie setzte alle Hebel in Bewegung, um eine tüchtige Kindergärtnerin zu finden, die nicht nur ihr eigenes Töchterchen betreuen, sondern gegebenenfalls auch die Kinder der Gäste beaufsichtigen konnte.

Es meldeten sich unerwartet viele junge Mädchen, die durch den Reiz des Hotellebens angelockt wurden. Sie entschied sich für ein Fräulein Veronika Werndel, achtundzwanzig Jahre alt, die auf sie einen ausgesprochen günstigen Eindruck machte. Sie wirkte adrett und sympathisch, konnte ausgezeichnete Zeugnisse vorweisen und schien – was bei der Wahl den Ausschlag gab – Humor und Lebensfreude zu besitzen.

Eva Horster gab sich damit nicht zufrieden.

Sie bat das Studentenwerk Freiburg um Vermittlung einer Studentin, die während der Semesterferien, die ja in die Hauptsaison fielen, Fräulein Werndel unterstützen sollte. Sie erhielt daraufhin verschiedene Angebote und schrieb zurück, daß sie bei ihrem nächsten Besuch in Freiburg persönlich mit den Mädchen verhandeln würde.

Drei Tage nach der Einweihung des Schwimmbads ließ sie den Architekten Herbert Dartner kommen und führte ihn in den Speiseraum des Personals. Dieser Raum lag im Souterrain, zum Garten hinaus, war sehr groß und ausgesprochen ungemütlich. Die Tische, an denen die Angestellten des Hotels zu essen pflegten, standen in eine Ecke gedrängt. Der übrige Platz wurde von allerlei Gerümpel beansprucht.

»Na, wie gefällt es Ihnen?« fragte Eva.

»Ziemlich scheußlich«, gestand Herbert Dartner unumwunden.

»Dann sind wir völlig einer Meinung. Ich möchte, daß der ganze Raum umgestaltet wird. Das Gerümpel muß heraus. Ich habe mir das so gedacht . . . die eine Hälfte soll weiter Speiseraum des Personals bleiben, aus der anderen soll ein Kinderzimmer werden.«

»Für Ihre Kinder?« fragte Herbert Dartner verdutzt.

»Natürlich nicht. Wir erwarten diesen Sommer viele kleine Gäste. Ich glaube, daß die meisten Eltern es begrüßen würden, wenn die

Kinder hier unten gemeinsam äßen. Und auch einen Raum hätten, wo sie bei schlechtem Wetter spielen könnten.«

Der Architekt lächelte verständnisvoll.

»Auf diese Weise werden sie den Gästen nicht so auf die Nerven fallen, daran denken Sie doch wohl hauptsächlich?« Eva lächelte.

»Ich bin durchaus nicht so berechnend, wie Sie anzunehmen scheinen . . .«

Er sah sie bewundernd an, und tatsächlich wirkte sie in ihrem ärmellosen türkisfarbenen Seidenkleid, das prachtvoll mit ihrem rotblonden Haar harmonierte, schöner denn je.

»Sie sind die wunderbarste Frau, die mir je begegnet ist«, sagte Herbert Dartner aufrichtig. »Es dürfte gar nicht so schwer sein, Ihre Vorstellungen zu verwirklichen, gnädige Frau«, fuhr er fort. »Allerdings . . . ist das eine Kostenfrage.«

Eva verzog ihr Gesicht zu einer kleinen Grimasse. »O je! Sie wissen, wie knapp ich bei Kasse bin!«

Der junge Architekt ergriff ihre Hand.

»Ihnen zuliebe«, sagte er warm, »würde ich zum Selbstkostenpreis arbeiten!«

Sie bekämpfte den Drang, ihm ihre Hand zu entziehen.

»Das wäre riesig nett«, erwiderte sie gezwungen. »Später, wenn ich erst aus dem Gröbsten heraus bin, werde ich . . .«

»Sie brauchen mir nichts zu versprechen, Eva!«

Sie hätte gern gegen seine allzu vertrauliche Anrede protestiert, aber sie war klug genug, einzusehen, daß sie ihn nicht verletzen durfte.

»Sie sind ein schrecklich netter Kerl«, meinte sie.

»Und würden Sie diesem netten Kerl die Ehre und das Vergnügen geben, mit ihm auszugehen?«

»Ach, wissen Sie, ich habe so schrecklich viel zu tun . . .«

Sie sah die Enttäuschung auf seinem Gesicht und fügte rasch hinzu: »Wenn ich mal Zeit habe, rufe ich Sie einfach an, ja?«

»Ehrenwort?« Er hielt ihre Hand noch immer fest.

»Abgemacht!«

Plötzlich wurde die Tür aufgerissen, und Lona Simon steckte ihren Kopf herein.

»Frau Direktor«, rief sie, »ich habe Sie überall gesucht . . .«

Dann verstummte sie mitten im Satz, blickte von ihrer Chefin zu dem Architekten.

»Pardon, ich störe wohl?«

»Seien Sie nicht albern, Lona«, sagte Eva ärgerlich. »Was gibt es?«

»Ein Anruf für Sie. Ein Herr Georg Makulis möchte sie dringend sprechen.«

Eva eilte in ihr Büro, wartete, bis Lona Simon die Verbindung hergestellt hatte und nahm dann den Hörer ab.

»Eva Horster«, meldete sie sich. Ihr Stimme klang heiser, und sie mußte sich räuspern.

»Hallo, gnädige Frau«, dröhnte die tiefe Stimme des Maklers, »endlich habe ich Sie erwischt . . . Sie scheinen ja sehr beschäftigt zu sein!«

»Ja, ich habe allerhand zu tun.«

»Kann ich mir denken, gnädige Frau, kann ich mir lebhaft vorstellen!«

Eva schwieg. Sie hoffte, daß er möglichst bald zur Sache käme.

»Sie können sich bestimmt nicht denken, warum ich Sie anrufe«, sagte Georg Makulis.

»Nein. Wirklich nicht.«

»Mein Arzt hat mir eine Badekur verordnet«, dröhnte Makulis, »na, was sagen Sie jetzt?«

»Ich hoffe, Sie sind nicht krank«, meinte Eva zurückhaltend.

»Nein, das nicht. Nur ein bißchen angeschlagen, urlaubsreif. Und da dachte ich mir . . . schließlich bin ich ja an Ihrem Hotel beteiligt, nicht wahr?«

Eva holte tief Atem.

»Das sind Sie nicht, Herr Makulis. Sie haben mir einen Kredit gegeben, aber von Beteiligung kann keine Rede sein.«

»Wirklich nicht? Da sehen Sie, was einem passieren kann, wenn man so viele Geschäfte gleichzeitig laufen hat. Ein Irrtum also. Tut mir leid.«

»Macht nichts, Herr Makulis.«

»Aber ich hoffe, Sie werden mich ... wenn auch nicht als Teilhaber, so doch als Freund des Hauses ... bei sich aufnehmen?«

»Als Gast ... jederzeit.«

»Darf ich Sie dann bitten, mir ein Zimmer zu reservieren ... sagen wir für den zwanzigsten Mai?«

»Mit Bad?«

»Aber selbstverständlich. Am liebsten wäre mir ein ganzes Appartement ... falls Sie meinen, daß ich das bei Ihren Preisen erschwingen kann!«

Georg Makulis lachte, als ob er einen blendenden Witz gemacht hätte.

»Sie erhalten eine Bestätigung Ihrer Reservierung mit Preisliste«, entgegnete Eva kühl. »Also dann ... ich erwarte Sie!«

Als sie den Hörer auflegte, spürte sie, daß ihr der kalte Schweiß auf die Stirn getreten war. Sie machte sich nichts vor. Dieser Besuch des Maklers kam nicht von ungefähr, und er hatte nichts Gutes zu bedeuten.

Sie zündete sich eine Zigarette an, nahm ein paar tiefe Züge, ging unruhig im Raum auf und ab.

Dann endlich war sie zu einem Entschluß gekommen und rief die Hotelsekretärin herein.

»Bitte schreiben Sie einen Brief an Herrn Georg Makulis, München ... die Adresse werden Sie im Telefonbuch finden«, bat sie.

Lona Simon hatte sich gesetzt und ihre Beine so weit übereinandergeschlagen, daß ihr enger Rock hoch hinaufrutschte.

Aber Eva Horster beachtete es gar nicht.

»Lieber Herr Makulis«, diktierte sie, »zu meinem größten Bedauern mußte ich feststellen, daß wir für den von Ihnen gewünschten Termin, 20. Mai, kein Zimmer zur Verfügung haben, das Ihren Ansprüchen genügen könnte. Wir sind schon jetzt bis Ende Oktober völlig ausgebucht . . .«

»Aber das stimmt doch gar nicht«, wandte Lona Simon ein.

»Ich habe Sie nicht um Ihre Meinung gefragt«, erwiderte Eva, »schreiben Sie, was ich Ihnen diktiere . . .«

Lona Simon ließ sich nicht einschüchtern.

»Aber wenn er den Braten riecht, kann er doch einfach unter einem anderen Namen ein Zimmer bestellen.«

Eva zuckte die Schultern.

»Das muß ich riskieren«, sagte sie knapp.

X

Eva hatte noch ein schweres Gespräch vor sich, das sie immer wieder hinausgeschoben und am liebsten ganz vermieden hätte. Aber das war nicht möglich. Sie mußte mit Peter Stünzli, dem Chefkoch des *Grandhotel Horster* ein ernstes Wort reden. Sie hatte in mühsamer Kleinarbeit festgestellt, daß die Einkäufe für das Hotel, die durch die Küche getätigt wurden, viel zu teuer waren.

Lona Simon hatte ihr auch eine Erklärung dafür gegeben. »Das ist gar nicht so ungewöhnlich«, sagte sie. »Der Koch bekommt von den Geschäftsleuten Schmiergelder, zum Dank dafür kauft er zu überhöhten Preisen.«

»Das heißt also praktisch, dieser Zuschlag auf Kosten des Hotels wird zwischen den Geschäftsleuten und dem Koch geteilt.«

»So ungefähr.«

»Aber das ist doch kein Zustand!«

»Das schon. Fragt sich nur, ob es ein guter ist.«

»Ich werde so etwas jedenfalls nicht länger dulden!«

»Da bin ich aber mal gespannt«, hatte Lona Simon gesagt, »ich prophezeie Ihnen schon jetzt, Frau Direktor . . . bei dem geringsten Vorstoß in dieser Richtung wird Peter Stünzli auf und davon gehen.«

Eva wußte, daß eine Kündigung des Chefkochs gerade jetzt, zu Anfang der Saison, einer Katastrophe gleichkommen würde. Dennoch bestellte sie ihn zu sich.

»Wir werden in dieser Saison mehr Kinder als sonst im Hause haben«, begann Eva, »und ich möchte es so einrichten, daß sie gemeinsam und zu ganz bestimmten Zeiten essen. Mittags um zwölf und abends um sechs Uhr.«

»Das geht nicht«, erklärte der Koch wie aus

der Pistole geschossen. »Das Menü ist mittags nicht vor halb eins fertig und abends erst um halb acht.«

»Ich habe nicht an das Menü für die Erwachsenen gedacht«, entgegnete Eva. »Es wäre bestimmt rentabler, wenn wir für die Kinder extra kochen würden.«

»Aber . . .«

Peter Stünzli wollte wieder einen Einwand machen, doch sie ließ ihn nicht zu Wort kommen.

»Ich weiß, das das allerhand Umstände für Sie mit sich bringt«, fuhr sie fort, »aber versuchen Sie doch bitte, meinen Standpunkt zu verstehen. Besonders abends würden die Kinder im Speisesaal stören. Die meisten sind dann schon übermüdet und fangen an lästig zu werdcn. Es würde für die Eltern eine große Erleichterung sein, wenn sie sie zu Bett bringen könnten, bevor sie selber zum Essen gehen.«

»Sie sollen ihre Kinder zu Hause lassen«, erwiderte der Koch grob, »dann haben sie ihre Erholung und wir unsere Ruhe.«

»Das mag richtig sein«, sagte Eva vorsichtig, »aber wir sind in dieser Saison darauf angewiesen, Kinder aufzunehmen. Ältere Herrschaften legen keinen Wert auf das Schwimmbad. Sie fürchten den Lärm und die Unruhe, und deshalb . . .«

»Das geht mich nichts an.«

»Herr Stünzli«, sagte Eva geduldig, »die Kinder kommen, ob Sie es nun wünschen oder nicht. Wir können für sie nicht die gleichen Preise berechnen wie für die Erwachsenen. Was den Kindern unten serviert ist, wird oben an den Menüs eingespart. Im übrigen erwarte ich ja nicht, daß Sie es umsonst tun. Ich hatte ohnehin vor, Ihr Gehalt zu erhöhen.«

Eva sah, wie es in den Augen des Kochs aufblitzte.

»Ich hatte an zweihundert Mark mehr gedacht«, sagte sie.

Peter Stünzli verzog den Mund zu einem breiten Grinsen.

»Das hätten Sie mir gleich sagen sollen, Frau Direktor!«

»Sie sind also einverstanden?«

»Ja.«

»Großartig! Damit Sie nicht unter der zusätzlichen Arbeit zusammenbrechen, werde ich Sie übrigens auf einem anderen Gebiet entlasten.«

»Sie?«

»Ja. Ich. Ich werde in Zukunft den Einkauf für die Küche übernehmen!«

Eva beobachtete den Koch bei dieser Bemerkung scharf, und es entging ihr nicht, daß sein Gesicht sich verdüsterte. Lona Simon hatte also recht gehabt – er arbeitete tatsächlich in die eigene Tasche.

»Davon verstehen Sie doch nichts!« meinte er verächtlich.

Sie sah ihm fest in die Augen. »Vielleicht mehr, als Ihnen lieb ist.«

»Sie wollen also morgens um fünf Uhr auf den Markt fahren?«

»Genau das.«

»Sie werden sich einen schönen Schund andrehen lassen.«

»Ich bin sehr damit einverstanden, wenn Sie mich die erste Zeit begleiten und mich in bezug auf Qualität beraten«, schloß sie das Gespräch.

Eva lernte viel in den nächsten Wochen, Dinge, von denen sie früher nicht einmal eine Ahnung gehabt hatte. Aber das Übermaß an Arbeit, das sie übernommen hatte, zehrte an ihren Kräften. Sie wurde schmal dabei, bläuliche Schatten lagen unter ihren Augen, ihr schönes Gesicht wirkte fast durchsichtig. Völlig erschöpft sank sie abends ins Bett, schlief tief und traumlos, um frühmorgens, wenn der Wecker klingelte, kaum ausgeruht wieder aufzustehen.

In dieser Zeit erwies es sich als ein besonderer Segen, daß sie Veronika Werndel hatte, die die kleine Babsy gewissenhaft und liebevoll betreute. Fräulein Veronika kümmerte sich auch um die ersten kleinen Gäste, die im Mai kamen. Es waren vorläufig vier, und sie aßen an einem Extratisch im großen Speisesaal.

Herbert Dartner hielt sein Versprechen. Die Umwandlung des Personalspeiseraums ging rasch voran, und was er aus dem ehemals so trostlos ungemütlichen Souterrainzimmer machte, grenzte an Zauberei. Nicht nur für die Kinder, sondern auch für das Personal hatte er einen Aufenthaltsraum geschaffen, in dem man sich wohl fühlen konnte.

An einem Sonntagabend, Mitte Mai, fand die Einweihung für das Personal statt. Für die Gäste gab es an diesem Abend kalte Platten, die schon am Vormittag vorbereitet worden waren, so daß fast alle Angestellten des Hauses Gelegenheit hatten, dabeizusein. Zu dieser Feierlichkeit wurde die Schiebetür zwischen beiden Räumen geöffnet und das Kinderzimmer mit einbezogen, weil es sonst an Platz gefehlt hätte.

Eva Horster spendierte Bier, Wein und Sekt, und sie nahm selbst an Herbert Dartners Seite an dem kleinen Fest teil. Kurz nach neun brach Eva auf, und der junge Architekt heftete sich an ihre Fersen.

Sie gingen in die Hotelbar, tranken Champagner und plauderten.

Herbert Dartner hatte sich diesen Abend eigentlich anders vorgestellt. Die Räumlichkeiten des *Grandhotel Horster* waren nicht gerade geeignet für einen Flirt mit der Chefin. Die Anwesenheit des Barmixers störte ihn. Aber das war Eva gerade recht. Sie legte Wert auf Distanz, denn sie spürte sehr gut, daß der junge Architekt Feuer gefangen hatte.

Kurz vor zwölf Uhr machte sie Anstalten, in ihr Appartement zu gehen.

»Schon?« fragte Herbert Dartner enttäuscht.

»Sie vergessen, daß ich morgen um fünf Uhr aus den Federn muß.«

»Und wenn Sie mir zuliebe darauf verzichten würden?«

»Herr Dartner, ich . . .«

»Sprechen Sie nicht weiter«, unterbrach er, »ich habe längst gemerkt, daß Sie sich nichts aus mir machen.«

»Das stimmt nicht. Ich bin Ihnen sehr dankbar.«

»Klingt ein bißchen schwach, finden Sie nicht auch?«

»Sie sind mir sehr sympathisch, Herr Dartner . . .«

»Um Himmels willen, sagen Sie wenigstens Herbert zu mir!«

»Herbert«, wiederholte sie gehorsam, wenn auch ohne Wärme.

Er ließ plötzlich die Schultern sinken.

»Es ist nicht Ihre Schuld«, sagte er in verändertem Ton, »ich habe mir eben falsche Hoffnungen gemacht . . .«

»Aber Herbert . . . Sie haben von Anfang an gewußt, daß ich verheiratet bin.«

Er hob den Kopf.

»Ist es nur das?«

Sie mußte unwillkürlich lächeln.

»Nur?«

»Sie weisen mich also zurück, weil Sie glauben, Ihrem Gatten Treue zu schulden?«

»Ich liebe meinen Mann«, entgegnete Eva mit fester Stimme.

»Sind Sie sicher, daß er diese Liebe verdient?«

»Ganz sicher. Ich würde ihn niemals betrügen.« Und mit diesen Worten verabschiedete sie sich von ihm.

XI

Urban Horsters Genesung machte jetzt rasche Fortschritte. Anfang Juli erhielt Eva einen Anruf von Professor Meyer aus Freiburg. Er teilte ihr mit, daß ihr Mann aus der Universitätsklinik entlassen und in ein Sanatorium im Schwarzwald, das er selbst führ ihn ausgesucht hatte, überführt werden könnte.

Im Hotel herrschte Hochbetrieb. Eva begann die Arbeit fast über den Kopf zu wachsen. Dennoch ließ sie es sich nicht nehmen, persönlich nach Freiburg zu fahren und ihren Mann in das Sanatorium zu bringen.

Sie hatte vor, ihm bei dieser Gelegenheit vorsichtig von den Veränderungen, die sie während seiner Abwesenheit im Hotel vorgenommen hatte, zu erzählen. Aber Professor Meyer riet ihr, den Patienten keinesfalls zu beunruhigen, weil er Aufregungen immer noch nicht gewachsen sei.

In spätestens vier Wochen würde sie Urban

heimholen können, und bis dahin war immer noch Zeit zu einem offenen Gespräch.

Sie ahnte nicht, daß eine andere Frau ihr zuvorkommen sollte.

Urban Horster war eine Woche im Sanatorium, als Lona Simon ihren freien Tag dazu benutzte, ihn zu besuchen. Sie fand ihn auf einem Liegestuhl im weitläufigen Park des Sanatoriums.

Als er sie sah, erhob er sich sofort und kam ihr mit ausgestreckten Händen entgegen. Sie flog an seine Brust.

»O Urban«, stammelte sie, »Urban! Wie froh ich bin!«

Er umfaßte ihre Oberarme und schob sie ein Stück zurück, so daß er in ihr braunes, frisches Gesicht sehen konnte.

»Worüber denn?« fragte er lächelnd. »Was für ein Glück ist dir begegnet?«

»Du, Urban!« Sie strahlte ihn aus ihren dunklen Augen an.

Er legte seinen Arm um ihre Schultern, zog ihn aber gleich darauf so hastig wieder zurück, als ob er sich verbrannt hätte. Ein heftiges Begehren war in ihm aufgestiegen. Seine Stimme klang heiser, als er jetzt weitersprach.

»Es ist abscheulich langweilig hier. Lauter alte kranke Leute!«

Sie hatte seine Reaktion sehr wohl bemerkt, aber sie verstand es, ihre Genugtuung zu verbergen.

»Was hast du denn von einem Sanatorium

erwartet?« fragte sie neckend. »Schöne, unglückliche junge Mädchen, die auf deinen Trost warten?«

Er hielt es nicht länger aus.

»Findest du es nicht furchtbar heiß hier draußen?« fragte er. »Gehen wir doch lieber nach oben . . . auf mein Zimmer.«

Sie machte erstaunte Augen.

»Geht das denn?«

»Aber ja. Erstens bin ich noch Patient, und zweitens bist du ja meine Sekretärin! Wir haben also zwei gute Gründe . . .«

»Nein, nein, das möchte ich nicht . . . nicht schon jetzt!«

»Warum bist du dann überhaupt gekommen?«

»Um dich zu sehen, Urban . . . um mit dir zu plaudern!«

»Mach keine Geschichten«, sagte er und grub seine Hand in ihren nackten Arm. Trotz der Hitze fühlte sich ihre Haut kühl und glatt an.

»Fahren wir doch lieber ein bißchen spazieren«, schlug sie vor.

»Ich habe keinen Wagen.«

»Aber ich!«

Mit einer raschen, geschickten Bewegung machte sie sich von ihm frei.

»Da staunst du, wie?«

»Du hast dir ein Auto gekauft?« fragte er verblüfft.

»Aber nein! Wo denkst du hin! Woher sollte

ich denn das Geld haben! Seit du krank bist, bin ich ja lediglich auf mein Gehalt angewiesen ... das ist ziemlich wenig für ein verwöhntes kleines Mädchen wie mich.«

»Ich bin ja bald wieder zurück«, tröstete er sie.

»Hoffentlich! Du kannst mir glauben, ich habe eine karge Zeit hinter mir. Viel Arbeit gab's und wenig Brot ...«

»Na, na, na!« mahnte er. »Überarbeitet hast du dich doch noch nie!«

»Mir scheint, du ahnst gar nicht, was inzwischen im *Horster* vor sich gegangen ist«, entgegnete sie spöttisch.

Er verstand sie nicht.

»Hat meine Frau Schwierigkeiten?«

»Gemacht, ja, und zwar jede Menge ... Sie hat das ganze Hotel umgekrempelt, sie hat einen wahren Affenstall daraus gemacht. Aber sie verdient sich dabei dumm und dämlich, daß muß ihr der Neid lassen. Um so gemeincr, daß sie dich hier darben läßt.«

»Ich begreife kein Wort ...«

»Na, dann setz dich mal erst!«

Lona Simon wies mit einer Handbewegung auf den Liegestuhl.

»Ich möchte nicht verantworten, daß du am Ende noch vor Schreck umfällst!«

Er zögerte, sah sie an und setzte sich dann.

»Deine Frau hat aus dem Hotel einen Kindergarten gemacht. Wir haben Kinder jeden Alters, jeder Herkunft, jeder Nation und jeder Hautfarbe im Haus. Alle Zimmer sind überbelegt. Es wimmelt nur so von Kindern.«

»Aber . . .«

»Hör dir nur erst alles an! Unsere guten alten Stammgäste sind daraufhin natürlich weggeblieben . . . und die wenigen, die trotzdem kamen, sind vorzeitig abgereist. Aber das läßt sie kalt. Bei ihr dreht sich alles nur noch um die Kinder. Sie haben einen eigenen Speisesaal, für sie wird extra gekocht, und zwei Kindergärtnerinnen sind engagiert, die sich von früh bis spät mit den Kleinen beschäftigen . . .«

»Aber das ist doch . . .«

»Und damit nicht genug! Das Hotel ist so überbelegt, daß wir keinen Platz für Reisegesellschaften haben! Gestern habe ich einen Brief an Direktor Gautier von *Round the World* schreiben müssen. Sie möchte ihn sprechen, und rat' mal, warum? Ich bin sicher, sie will den Vertrag mit ihm lösen!« schloß Lona Simon triumphierend.

Urban Horster war blaß geworden.

»Nein«, stöhnte er, »nein! Aber das ist doch Wahnsinn!«

»Genau das versuche ich dir ja die ganze Zeit zu erklären!«

»Wenn sie mich wenigstens um Rat gefragt . . . wenn sie mir ein Wort von alledem erzählt hätte!«

»Das hat sie wohlweislich nicht getan. Sie

konnte sich ja an allen fünf Fingern ausrechnen, daß du es ihr verbieten würdest!«

Urban Horster erhob sich mühsam.

»Lona«, sagte er mit belegter Stimme, »ich muß sofort zurück!«

»Ins Haus?« fragte sie. »Ist dir nicht gut?«

»Nein. Nach Baden-Baden. Ins Hotel . . . in mein Hotel!«

»Aber Urban«, sagte sie, über die Wirkung ihrer Worte nun doch erschrocken, »ich dachte, du müßtest noch . . . der Professor hat doch verordnet . . .«

»Das zählt jetzt nicht. Ich kann keinen Tag, keine Stunde länger hierbleiben. Wo steht dein Wagen?«

»Vor dem großen Tor«, sagte Lona zögernd, »auf dem Parkplatz.«

»Bring mich nach Baden-Baden.Sofort!«

»Aber Urban, du kannst doch nicht einfach . . .«

»Doch. Die Rechnung kann ich von Baden-Baden aus begleichen. Ich werde einen Brief schreiben und alles erklären.«

»Aber warum willst du dich nicht wenigstens verabschieden?«

»Weil ich keine Lust habe, irgend jemandem Rede und Antwort zu stehen!« Er ging mit großen Schritten über den knirschenden Kies auf das Gartentor zu, als ob er nie krank gewesen sei.

Plötzlich verengten sich seine Pupillen, Schweiß trat auf seine Stirn, er schwankte.

»Urban!« rief Lona entsetzt. »Was ist mit dir? Was hast du?«

Sie versuchte, ihn zu stützen, aber sie konnte den schweren Körper nicht halten. Er sackte in sich zusammen und glitt zu Boden.

Einen Augenblick war Lona Simon starr vor Schreck. Dann rannte sie um Hilfe.

Als Urban Horster aus der Ohnmacht erwachte, lag er auf seinem Bett. Das helle Licht des Sommertages flutete durch die Balkontür in das kleine Zimmer. Der Sanatoriumsarzt Dr. Blücher beugte sich über ihn.

»Es ist alles in Ordnung, Herr Horster«, sagte er, »bleiben Sie ganz ruhig liegen . . . entspannen Sie sich!«

Urban Horster versuchte sich aufzurichten. »Aber ich muß . . .«

»Nichts müssen Sie! Sie sind noch Patient und haben die Pflicht, sich zu schonen.«

Urban Horster ließ sich zurücksinken. Er hatte das dumpfe Gefühl, handeln zu müssen. Aber er fühlte sich noch zu schwach. Irgendwie war es ihm angenehm, daß er noch einmal jeder Verantwortung enthoben war.

»Schließen Sie die Augen!« sagte der Arzt. »Ich habe Ihnen eine Spritze gegeben. Gleich werden Sie sich besser fühlen.«

»Bin ich denn noch . . . so krank?«

»Nein. Aber Sie sind auch noch nicht ganz gesund. Das ist alles.«

Urban Horster schloß gehorsam die Augen. Er versuchte sich zu erinnern, was geschehen war. Aber alles drehte sich in seinem Kopf.

Plötzlich kam ihm ein Bruchstück der Erinnerung zurück.

»Lona!« rief er unterdrückt. »Wo ist Lona?«

»Ich bin hier, Herr Horster«, hörte er die klare Stimme seiner Sekretärin. »Ich habe Sie auf Ihr Zimmer bringen lassen.«

»Das ist gut«, sagte er, ohne die Augen zu öffnen.

»Herr Doktor«, hörte er Lona sagen, »würden Sie mich wohl ein paar Minuten mit dem Patienten allein lassen?«

»Sie dürfen Herrn Horster nicht aufregen«, sagte der Arzt zögernd.

»Aber das weiß ich doch! Nur ein paar Minuten . . . bitte!«

»Also schön. Aber ich warte draußen.« Urban Horster hörte die Schritte, die sich entfernten, das Geräusch der zuschlagenden Tür. Dann war Lonas Stimme ganz nahe bei ihm.

»Liebling«, flüsterte sie, »es tut mir so leid!«

Er tastete nach ihrer Hand.

»Es ist ja nicht deine Schuld!«

Sie strich ihm zärtlich mit den Fingerspitzen über den Handrücken.

»Ich hätte dich nicht so aufregen dürfen . . . Aber ich dachte . . . du müßtest endlich die Wahrheit wissen. Was deine Frau mit deinem Hotel angestellt hat, meine ich.«

»Ich bin froh, daß du es mir gesagt hast«, murmelte er, »daß ich es jetzt weiß.«

»Aber du darfst nichts unternehmen, hörst du?« flüsterte Lona eindringlich.

»Was könnte ich denn schon . . .«

»Du bist noch nicht gesund genug. Deine Frau ist ein Drachen. Wenn du mit ihr fertig werden willst, mußt du ganz auf dem Posten sein.«

»Ja, ja«, sagte er schläfrig.

»Warte bis dahin, Urban! Und wenn sie dich besucht . . . hörst du mir noch zu?«

»Ja, sprich nur . . .«

»Dann laß dir nicht anmerken, daß du alles weißt. Versprichst du mir das?«

»Ich verspreche es dir . . .« sagte er schwach.

»Vergiß es nicht!«

Sie küßte ihn zärtlich auf die Stirn, den Mund, die geschlossenen Augen.

»Leb wohl, Liebster . . . du weißt, ich werde immer auf deiner Seite stehen.«

Dann schlüpfte sie aus dem Zimmer.

Wenige Sekunden später war Urban Horster eingeschlafen.

In Baden-Baden angekommen, brachte Lona zuerst den Leihwagen in die Garage zurück, dann ging sie die wenigen Schritte bis zum Hotel zu Fuß. Sie sehnte sich zwar nach einem heißen Bad und einem Kognak, aber sie wußte, daß sie jetzt sofort mit Eva Horster sprechen mußte, wenn sie glaubhaft wirken wollte.

Es ging auf Mitternacht zu. Sie fand die Chefin in der schon verlassenen Bar, wo sie die Tagesabrechnung des Mixers einer Prüfung unterzog. Nur noch an dem kleinen Ecktisch, an dem Eva Horster saß, brannte eine abgeschirmte Lampe.

»Guten Abend, Frau Direktor«, sagte Lona laut.

Eva hatte die Sekretärin nicht kommen hören. Sie schrak zusammen.

»Sie Lona? Noch so spät?«

»Ich muß Sie unbedingt sprechen, Frau Direktor!«

»Dann setzen Sie sich zu mir, Lona . . . Also, was gibt es?«

Die Sekretärin setzte eine Schulmädchenmiene auf.

»Mir ist etwas Schreckliches passiert«, gestand sie.

»Mit der Korrespondenz? Haben Sie etwas verwechselt?«

»Nein, das nicht . . . überhaupt nichts dergleichen!«

Lona Simon machte eine Kunstpause. Aber Eva drängte sie nicht zum Reden.

Sie saß still und müde da und wartete ab. Ihr rotblondes Haar schimmerte im Lampenlicht.

»Ich war heute nachmittag bei Herrn Horster!« platzte Lona heraus.

Sie beobachtete Eva Horster dabei aufmerksam durch die halbgesenkten Lider, aber die Chefin reagierte überhaupt nicht. Entweder war sie zu erschöpft oder wußte sich glänzend zu beherrschen.

»Ich hatte eine Autotour gemacht«, erzählte Lona, »mit einem Bekannten ... plötzlich fiel mir auf, daß wir ganz in der Nähe des Sanatoriums waren, und da dachte ich, geh doch mal auf einen Sprung 'rein und sag Herrn Horster guten Tag! Ich setzte also meinen Bekannten in einem Gasthof ab und fuhr ...«

Jetzt unterbrach Eva den Bericht.

»Sagen Sie mal ... wozu erzählen Sie mir das alles?«

»Die Hauptsache kommt ja noch!«

»Dann möchte ich Sie bitten, sich kurz zu fassen. Ich habe einen arbeitsreichen Tag hinter mir. Wie geht es meinem Mann?«

»Das ist es ja eben! Also, er sah blendend aus, wirkte ganz gesund und schien sich auch über meinen Besuch zu freuen ... Und dann fing er an, mich mit Fragen nach dem Hotel zu löchern. Na, ich erzählte ihm natürlich, daß alles bestens steht, daß wir überbelegt sind und auf vollen Touren arbeiten ...«

Eva hatte schon begriffen.

»Und daß wir den Betrieb umgestellt haben, nicht wahr?«

»Ich habe mir nichts dabei gedacht, wirklich nicht! Ich erwähnte das mit den Kindern auch nur so am Rande, ich konnte ja nicht wissen, daß er keine Ahnung hatte ...«

»Entschuldigen Sie sich nicht dauernd«, sagte Eva, »erzählen Sie lieber, was geschehen ist.«

»Er hat sich furchtbar aufgeregt und wollte sofort mit mir nach Baden-Baden fahren. Ich versuchte natürlich ihm das auszureden, aber dadurch wurde er noch wütender ... und dann, dann fiel er auf einmal um!«

Evas klare Augen wurden dunkel vor Schreck.

»Um Gottes willen!« rief sie und sprang auf. »Ich muß sofort anrufen!« Lona Simon legte ihr die Hand auf den Arm.

»Das ist wirklich nicht mehr nötig, Frau Direktor! Der Arzt hat ihn gleich ins Bett gepackt. Es ist wieder alles mit ihm in Ordnung ... wirklich! Ich habe ausführlich mit Dr. Blücher gesprochen, und er bat mich, Ihnen das zu bestellen!«

Eva ließ sich wieder in ihren Sessel zurückfallen. Sie bedeckte das Gesicht mit den Händen.

»Es tut mir so furchtbar leid, Frau Direktor«, sagte Lona Simon zerknirscht.

Eva strich sich über die Stirn und hob den Kopf.

»Wenn Sie mir nur vorher gesagt hätten, daß Sie zu meinem Mann fahren wollten!«

»Ich hatte es ja nicht vor, es ergab sich nur ganz zufällig ...«

»Schon gut!« Eva erhob sich, ein wenig schwankend vor Müdigkeit.

»Wir sprechen morgen weiter darüber!«

Aber zu diesem Gespräch sollte es nicht kommen, denn als Eva in die Hotelhalle trat, erwartete sie eine neue böse Überraschung.

Georg Makulis stand, umgeben von seinen Koffern, am Empfangstisch.

»Guten Abend, Frau Direktor«, sagte er mit einem bösen Lächeln. »Sie werden sich sicher freuen, daß ich doch noch eine Unterkunft im *Grandhotel Horster* bekommen habe!«

Eva erstarrte. Es dauerte einen Moment, bis sie ihre Fassung wiedergewonnen hatte. Sie hob den Kopf und sah Georg Makulis fest in die Augen.

»Die Freude liegt ganz auf meiner Seite«, behauptete sie mit erzwungener Herzlichkeit.

Der Makler ließ sich nicht täuschen.

»Ah, wirklich?« meinte er mit einem spöttischen Lächeln.

»Ich hoffe, daß Sie sich in unserem Hause wohl fühlen werden«, erwiderte Eva beherrscht.

Sie wandte sich an den Empfangschef!

»Geben Sie mir bitte die Zimmerschlüssel. Ich werde unseren Gast selbst nach oben begleiten. Sorgen Sie dafür, daß das Gepäck sofort hinaufgebracht wird.«

Herr Thomas überreichte ihr die Schlüssel und verbeugte sich.

»Sehr wohl, Frau Direktor!«

Eva ging schon auf den Lift zu.

»Kommen Sie, Herr Makulis!«

Sie öffnete die Kabinentür, trat ein und hielt sie offen, bis Georg Makulis ihr gefolgt war.

»Ich hoffe, Sie hatten eine angenehme Reise, Herr Makulis«, sagte sie konventionell.

»Vor allem eine angenehme Ankunft«, erwiderte Georg Makulis mit unverhohlenem Spott. »Auf unsere Begegnung hatte ich mich schon seit langem gefreut.« Eva tat, als verstünde sie ihn nicht.

»Wie schmeichelhaft für mich«, entgegnete sie gelassen.

Der Aufzug hielt, sie öffnete die Tür und trat auf den Gang hinaus.

»Ich habe es seinerzeit sehr bedauert, Ihre Zimmerbestellung nicht annehmen zu können«, log Eva, ohne mit der Wimper zu zucken. »Tatsächlich sind wir seit Monaten ausgebucht. Aber Sie wissen ja sicher, wie es in einem Hotel zugeht . . . es kommt immer wieder zu unvorhergesehenen Umstellungen. Sie haben wirklich Glück gehabt, daß wir Ihren Wunsch doch noch erfüllen konnten.«

»Glück?« Georg Makulis lachte. »Ich nenne das Köpfchen. Wenn ich die Bestellung nicht über mein Züricher Büro und auf einen anderen Namen vorgenommen hätte, wäre ich bestimmt nicht bei Ihnen untergekommen.«

Eva sah ihn mit großen Augen an.

»Jetzt verstehe ich Sie wirklich nicht mehr, Herr Makulis!«

»Das sollte mich wundern.«

Der Makler trat hinter Eva in das elegante, geräumige Appartement.

»Seien wir doch mal ehrlich, gnädige Frau . . . mein Besuch paßt Ihnen ganz und gar nicht!«

»Wie kommen Sie darauf?«

»Es ist Ihnen vom Gesicht abzulesen. Sie sind eine schlechte Lügnerin, Frau Horster . . . was natürlich durchaus nicht gegen Sie spricht!«

Eva biß sich auf die Lippen.

»Nun, wenn ich ganz aufrichtig sein soll . . .«

»Sehen Sie, so sind Sie mir lieber! Immer heraus mit der Sprache!«

»Ich fürchte, daß Sie sich bei uns nicht sehr wohl fühlen werden. Sie sind doch Junggeselle, nicht wahr?«

»O nein! Geschieden, zum drittenmal.«

»Also doch nicht gerade das, was man einen Familienvater nennt. Es wimmelt zur Zeit im Hotel von Kindern . . .«

»Na und? Glauben Sie, das wird mich stören?«

»Ja. Eben das fürchte ich.«

»Da tun Sie mir aber Unrecht. Ich habe es zwar selber bisher noch nicht zu Nachwuchs gebracht, bin aber trotzdem . . . oder vielleicht gerade deshalb . . . ein großer Kinderfreund.«

Eva warf den Kopf mit dem schimmernden rotblonden Haar in den Nacken.

»Das nehme ich Ihnen nicht ab, Herr Makulis!«

Er lachte selbstgefällig und keineswegs gekränkt.

»Also . . . was wollen Sie wirklich hier?« fragte Eva. »Es gibt Hunderte von Hotels in Deutschland. Warum wollen Sie sich ausgerechnet hier niederlassen? Und dazu noch während der Hauptsaison, wo nur Leute reisen, die ihren Urlaub nicht auf eine günstigere Zeit verlegen können?«

Georg Makulis strich sich über das Kinn.

»Ist Ihnen noch nie der Gedanke gekommen, daß Sie, als Frau, einen großen Eindruck auf mich gemacht haben könnten?«

»Nein«, entgegnete Eva kühl.

»Aber es ist tatsächlich so, und deshalb . . .«

Sie fiel ihm ins Wort.

»Konnten Sie es nicht länger aushalten und sind Hals über Kopf hierher gereist?« ergänzte sie. »Das nehme ich Ihnen nun wieder nicht ab, Herr Makulis.«

Er lachte.

»Wir haben eine ganz klare geschäftliche Abmachung getroffen«, sagte Eva, »und ich habe diesen Vertrag bisher in keinem Punkt verletzt. Sie haben pünktlich Ihre Zinsen erhalten, und Sie werden auch die Rückzahlung Ihres Kredites genau auf den Tag bekommen. Es ist deshalb wirklich nicht nötig, daß Sie sich persönlich überzeugen, wie die Dinge hier stehen, ich schwöre Ihnen . . .«

»Aha!« sagte er. »Endlich lassen Sie die Katze aus dem Sack! Sie wollen mich nicht hier haben. Warum haben Sie mir das nicht gleich gesagt?«

Eva merkte, daß sie ihm in die Falle gegangen war.

»Herr Makulis«, sagte sie hilflos, »versuchen Sie mich doch zu verstehen . . .«

»Ich verstehe Sie nur zu gut, gnädige Frau!«

Es wurde an die halboffene Tür geklopft, und zwei Hausdiener trugen das Gepäck des Maklers herein.

»Na endlich«, sagte Georg Makulis, »danke!«

Er wandte sich wieder an Eva.

»Übrigens habe ich meine Sekretärin mit nach Baden-Baden gebracht. Aber sie wohnt nicht im Hotel, sondern in der Pension *Schwarzwaldblick*. Ich habe diese Anordnung mit Rücksicht auf den Ruf Ihres Hauses getroffen . . .«

»Danke, Herr Makulis.«

»Sie werden aber hoffentlich nichts dagegen haben, wenn sie tagsüber zu mir heraufkommt. Ferien ohne Arbeit kann ich mir leider nicht leisten.«

»Das geht in Ordnung«, sagte Eva mit steifen Lippen.

Georg Makulis lächelte zufrieden.

»Dann also . . . gute Nacht, gnädige Frau! Ich bedanke mich für den herzlichen Empfang.«

Eva zwang sich, sein Lächeln zu erwidern.

»Ich wünsche Ihnen eine angenehme Nacht, Herr Makulis«, sagte sie und verließ das Zimmer.

XII

In Evas Herz kochte es. Georg Makulis war der letzte Mensch, den sie im *Grandhotel Horster* zu sehen wünschte. Aber sie hatte keine Möglichkeit, ihn hinauszuweisen.

Sie fuhr in den fünften Stock hinauf, betrat ihr Appartement und zog sich aus. Obwohl sie todmüde war, wußte sie, daß sie keinen Schlaf finden würde. Erst die Eröffnung Lona Simons, daß Urban von der Umstellung im Hotel erfahren hatte und daß ihm dieses Wissen einen Rückfall eingebracht hatte, und dann die unerwartete und unerwünschte Ankunft ihres Gläubigers! Das war zuviel auf einmal gewesen.

Obwohl Mitternacht längst vorüber war, entschloß sie sich, Konrad Kilius in München anzurufen. Sie war erleichtert, daß er sofort an den Apparat kam und seine Stimme alles andere als verschlafen klang.

»Habe ich dich nicht geweckt?« fragte sie. »Bitte, sei nicht böse über den späten Anruf! Ich mußte einfach mit jemandem sprechen!«

»Ich habe noch gearbeitet«, sagte Konrad Kilius. »Was gibt's, Eva? Ist etwas passiert?«

»Etwas ganz Scheußliches! Stell dir vor, Georg Makulis ist heute abend hier eingetroffen und hat sich in einem Appartement eingemietet. Ich habe keine Ahnung, wie lange er bleiben will. Jedenfalls hat er auch seine Sekretärin mitgebracht. Das kann doch nur bedeuten, daß er einen längeren Aufenthalt plant.«

»Konntest du das nicht verhindern?«

»Eben nicht. Ich hatte ihm schon einmal abgeschrieben . . . sehr höflich, in aller Form. Aber diesmal hat er das Appartement über Zürich und unter einem falschen Namen bestellt.«

»Ach so . . .«

»Hör mal, Konrad, kann man da gar nichts machen? Gibt es denn keine Handhabe, ihn hinauszuweisen?«

Konrad Kilius schwieg einen Augenblick. Dann sagte er: »Eva, Liebes, worüber regst du dich eigentlich so auf? Er kann dir doch nichts anhaben!«

»Doch! Er kann Unruhe stiften, das Personal schikanieren . . .«

»Dann kannst du immer noch eingreifen.«

»Wenn er hier erst alles durcheinandergebracht hat? Ich stehe mitten im Kampf, Konrad, es geht um die Existenz des Hotels! Ich kann und darf kein Risiko eingehen!«

»Erkundige dich morgen, für wie lange Makulis seine Zimmer bestellt hat. Sobald diese Frist abgelaufen ist, kannst du ihn höflich, aber unnachgiebig 'rauswerfen. Behaupte einfach, daß andere Gäste schon auf die Zimmer warten.«

»Und wenn er dann wiederkommt? Sich wieder unter einem anderen Namen anmeldet?«

»Informiere deinen Empfangschef, daß du diesen Herrn auf keinen Fall mehr in deinem Hotel haben willst. Wenn er erst Bescheid weiß, um was es geht, wird er die Situation schon retten.«

Eva seufzte. »Wenn du mir das nur früher geraten hättest!«

»Du hast mich nicht gefragt.«

»Also meine Schuld«, sagte sie resigniert, »na ja, da kann man nichts machen. Jedenfalls danke ich dir, Konrad . . . und schlaf gut!«

»Eva!« hörte sie ihn noch rufen.

Aber sie hatte genug. Sie legte den Hörer auf die Gabel zurück.

Eine Gewißheit hatte ihr dieses Gespräch gebracht: Es gab wirklich niemanden, der ihr helfen konnte. Sie mußte allein mit ihren Problemen und dem gewinnsüchtigen Herrn Makulis fertig werden.

In den nächsten Tagen schien es, als seien Evas Sorgen unbegründet gewesen. Georg Makulis benahm sich höchst zurückhaltend und unauffällig.

Vormittags machte er Kur, mittags aß er im

Speisesaal, und nachmittags diktierte er auf seinem Zimmer. Dem Personal gegenüber verhielt er sich äußerst korrekt.

Er stellte keine besonderen Ansprüche und betonte immer wieder seine Zufriedenheit.

Selbst die Kinder schienen den Makler nicht zu stören, im Gegenteil, er gab sich wirklich als Kindernarr. Er suchte sie ins Gespräch zu ziehen, zeigte sich väterlich und verständnisvoll. Besonders mit einem neunjährigen Jungen namens Otto Kerst, einem sonst sehr unzugänglichen verwöhnten Einzelkind, schloß er Freundschaft.

Eva paßte das zwar nicht, aber sie sah keinen Grund einzuschreiten, besonders da Ottos Eltern das Vertrauensverhältnis zwischen ihrem Sohn und »Onkel Georg« gutzuheißen schienen.

Aber ihr inneres Unbehagen blieb, und sie war dauernd auf der Hut.

»Wissen Sie eigentlich, wer dieser Georg Makulis ist?« fragte sie ihre Sekretärin.«

Lona Simon, die zur Diktataufnahme in das Chefzimmer gekommen war, hob den Kopf.

»Und ob!« sagte sie keck. »Ein Kapitalist reinsten Wassers, wie?«

»Er hat mir den Kredit gegeben, mit dessen Hilfe ich den Verpflichtungen der Presser-Bank nachkommen konnte.«

Lona Simon pfiff durch die Zähne.

»Und was will er hier?«

»Unheil stiften.«

Lona legte den spitzen Bleistift an die Nase.

»Sieht aber eigentlich recht gutmütig aus.«

»Ja, so möchte er wirken«, sagte Eva bitter, »in Wirklichkeit ... soll ich Ihnen sagen, warum er mir geholfen hat?«

Lona Simon schaltete schnell.

»Er will sich das Hotel unter den Nagel reißen.«

»Schlimmer noch«, sagte Eva, »er hat es nur auf das Grundstück abgesehen. Er will das Hotel abreißen lassen und ein modernes Appartementhaus an seinem Platz errichten.«

Lona Simons dunkle Augen wurden groß.

»Und das haben Sie gewußt, als sie sich mit ihm einließen?«

»Ich brauchte das Geld, wie nötig, das wissen Sie selbst doch genausogut wie ich.«

»Ich muß schon sagen ... Sie haben Mut!« erklärte Lona Simon beeindruckt.

»Lona, Sie müssen mir helfen!«

»Gegen Herrn Makulis? Mit Vergnügen. Ich wüßte nur nicht, wie.«

»Ich glaube, es wäre schon ein gewisser Schutz, wenn das Personal wüßte, wer dieser Georg Makulis ist und was er hier will ... was er überhaupt vorhat!«

Lona tippte sich mit dem Zeigefinger an das Kinn.

»Hm«, sagte sie, »ich verstehe.«

»Ich kann natürlich keine Betriebsversammlung einberufen, um das zu verkünden.

Ein solch offizieller Appell würde auch kaum die gewünschte Wirkung haben.«

»Soll ich die Geschichte unter die Leute bringen?«

Eva war erleichtert, daß Lona so schnell begriffen hatte.

»Ja«, sagte sie, »ja, Lona, damit würden Sie mir einen großen Gefallen erweisen.«

Die Sekretärin pustete sich eine Locke aus der Stirn.

»Es wird mir ein Vergnügen sein.«

»Aber machen Sie es bitte nicht so, daß Ihre Kollegen den Eindruck haben, daß wir eine . . . na, sagen wir . . . Zweckpropaganda betreiben.«

»Das brauchen Sie mir nicht erst einzuschärfen, Frau Direktor! Ich weiß schon, wie man so etwas macht. Ich werde den größten Klatschtanten im Hause die Geschichte anvertrauen und sie schwören lassen, es nicht weiterzuerzählen . . . dann weiß es spätestens heute abend das ganze Hotel, und gerade weil es ein Gerücht ist, wird jeder es glauben.«

»Sehr gut, Lona!«

Das junge Mädchen war schon Feuer und Flamme.

»Ich werde sagen«, überlegte sie eifrig, »Sie möchten nicht, daß jemand davon erfährt, damit keine Beunruhigung unter dem Personal entsteht . . . das klingt doch glaubhaft, wie?«

»Unbedingt.«

Lona Simon sprang auf. »Na dann also . . .

auf in den Kampf!« Ihre Aversion gegen Eva hatte sie für den Moment ganz vergessen.

Der Plan klappte, wie ihn die beiden Frauen ausgeheckt hatten. Für Eva stellte das eine gewisse Beruhigung dar. Sie konnte jetzt wenigstens sicher sein, daß das Personal gewarnt war. Mehr war im Augenblick nicht zu tun.

Es sollte sich bald herausstellen, daß sie sich nicht getäuscht hatte. Kaum eine Woche nach seiner Ankunft startete der Makler seinen wohlüberlegten Angriff; denn eines wußte er genau: wenn er Eva Horster treffen wollte, dann war das nur über die Kinder möglich. Auf sie hatte sie die Zukunft des Hotels gestellt, und nur durch sie war sie zu ruinieren.

XIII

Eva hatte Teddy und Susi aus dem Internat geholt, und die beiden Kinder waren glücklich, wieder zu Hause zu sein. Susi hatte zwar ein schiefes Gesicht gezogen, als sie erfuhr, daß die Privatvilla vermietet war. Aber die Geschwister lebten sich beide rasch im Hotel ein, genossen die Ferien und das Zusammensein mit den zahlreichen Gästekindern.

Am 29. Juli rief Dr. Blücher an und bat Eva, ihren Mann nach Hause zu holen. Urban Horsters Zustand hatte sich inzwischen erheblich gebessert, und ein weiterer Sanatoriumsaufenthalt schien überflüssig geworden zu sein.

Eva nahm diese Botschaft mit gemischten Gefühlen auf. So sehr sie sich auf die Heimkehr ihres Mannes freute, ängstigte sie sich doch davor, ihm das verwandelte Hotel zu zeigen. Aber sie hoffte trotz aller Zweifel, daß er verstehen würde, was und warum sie es getan hatte, und daß er sie loben würde.

Eine Stunde nach dem Mittagessen wollte sie mit den Kindern das Hotel verlassen, als ihr auffiel, daß Teddy seltsam blaß, fast grün im Gesicht war.

»Ist dir nicht gut?« fragte sie besorgt.

»Doch, doch«, behauptete Teddy, aber sein Gesicht war von Schmerz verzerrt.

In diesem Augenblick wurde die Tür aufgerissen und Lona Simon stürmte ins Zimmer.

»Es ist etwas Schreckliches passiert!« rief die Sekretärin. »Einige Kinder sind krank geworden . . . nach dem Mittagessen! Typhus!«

»Nein!«

Eva schrie es fast. Sie hatte im selben Augenblick, als Lona Simon das verhängnisvolle Wort »Typhus« ausgesprochen hatte, begriffen, daß dies die endgültige Katastrophe für das *Grandhotel Horster* bedeuten würde.

»Leider doch«, sagte die Sekretärin und zuckte die Schultern.

Ihre Ruhe machte Eva rasend. Sie hätte das Mädchen am liebsten an dem langen schwarzen Haar gezerrt, um einen Ausdruck der Erregung in dieses ungerührte Gesicht zu zwingen.

Aber sie wußte, daß sie sich zusammennehmen mußte, um jeden Preis. Wenn sie jetzt die Nerven verlor, war nichts mehr zu retten.

»War der Arzt schon da?« fragte sie.

»Nein. Noch nicht.«

»Ist er wenigstens verständigt?«

»Ich nehme doch an, daß . . .«

»Was Sie annehmen, interessiert mich nicht! Dort steht das Telefon . . . benachrichtigen Sie Doktor Winterbaumer! Er soll kommen. Sofort. Machen Sie ihm klar, wie dringend es ist.«

Erst jetzt wurde ihr bewußt, daß die beiden Kinder Zeugen dieses Gesprächs geworden waren. Sie wandte sich um, aber nur noch Susi war im Zimmer.

»Wo ist Teddy?« fragte sie.

»Auf der Toilette«, antwortete Susi.

In ihrem altklugen Gesichtchen stand ein seltsamer Ausdruck.

Aber Eva hatte jetzt keine Zeit, sich um sie zu kümmern. Sie wandte sich an Lona, die gerade den Telefonhörer aufgelegt hatte.

»Kommt Doktor Winterbaumer?« fragte sie.

»Er ist in fünf Minuten hier.«

»Wenn überhaupt noch kein Arzt nach den Kindern gesehen hat«, sagte Eva, »dann ist es vielleicht gar kein Typhus . . . wie kommen Sie überhaupt darauf?«

»Alle sagen es.«

»Wer? Alle?«

»Die Gäste. Sie behaupten . . .« Lona Simon stockte.

Eva zündete sich eine Zigarette an. »Na, reden Sie schon!«

»Ich wiederhole nur, was ich gehört habe«, erklärte Lona Simon, »nicht daß Sie denken, es sei meine eigene Meinung! Also, es wird gemunkelt, daß man den Kindern verdorbene Lebensmittel zu essen gegeben hätte . . .«

»Also . . . das ist doch . . .!«

»Ich weiß nicht, wer das aufgebracht hat. Der Koch ist natürlich außer sich, er will kündigen . . . und ich wette, daß auch die meisten Eltern schon abgereist wären, wenn eben nicht die Kinder so krank wären.«

Eva hatte das Gefühl, als schwanke der Boden unter ihr.

»Mein Gott!« stöhnte sie.

Lona Simon beobachtete sie mit kaum verborgener Schadenfreude.

»Wird es nicht Zeit für Sie, Frau Direktor?« fragte sie sanft. »Sie wollten doch fahren . . .«

»Jetzt nicht. Ganz unmöglich. Ich muß wenigstens warten, bis der Arzt . . .«

»Soll ich Herrn Direktor Horster abholen?«

Eva überlegte sich den Vorschlag des Mädchens.

»Nein«, sagte sie dann, »das geht auch nicht. Wer weiß, wie die Dinge sich entwickeln. Ich werde Sie wohl noch brauchen.«

»Aber dann ...«

»Stellen Sie eine Verbindung zum Sanatorium her. Verlangen Sie Doktor Blücher ...«

Eva lief ins Badezimmer. Der kleine Teddy saß, vor Schmerzen gekrümmt auf der Toilette.

»Wie geht es dir, mein armer Schatz?« fragte sie.

Teddy konnte nicht sprechen. Susi antwortete an seiner Stelle.

»Er hat schrecklichen Durchfall!«

Eva legte die Hand auf die Stirn des Jungen. Sie war mit kaltem Schweiß bedeckt.

»Wenigstens kein Fieber«, sagte sie.

Aber auch das war keine wirkliche Beruhigung, denn sie hatte keine Ahnung, wie sich Typhus im Anfangsstadium äußerte.

»Frau Direktor«, rief Lona Simon vom Zimmer her, »ich habe die Verbindung ...«

Eva lief zum Telefon und meldete sich. Dann bedeckte sie die Sprechmuschel mit der Hand und wandte sich an die Sekretärin.

»Gehen Sie ins Büro hinunter, Lona, bleiben Sie auf Ihrem Posten, aber geben Sie am Empfang Nachricht, daß man sofort heraufruft, wenn der Arzt das Haus betritt!«

»Ja, gnädige Frau, was gibt es?« fragte Dr. Blücher durch das Telefon.

Eva gab die Sprechmuschel frei.

»Leider etwas sehr Ungutes«, erwiderte sie. »Mein Sohn ... mein Stiefsohn ... ist erkrankt. Und ich wage nicht, ihn allein zu lassen, bevor der Arzt da war.«

»Etwas Schlimmes?«

»Ich kann es noch nicht übersehen.«

»Sie werden also erst später eintreffen?«

»Wenn es mir irgend möglich ist, ja. Aber es kann sein, daß ich heute gar nicht mehr wegkomme.«

»Nun, dann wird es besser sein, ich sage Ihrem Gatten, daß Sie erst morgen kommen. Es wäre schlecht, wenn wir ihn unnötig warten ließen.«

»Ja. Das ist sicher richtig. Haben Sie Dank für Ihr Verständnis. Bis morgen also.«

Eva hängte ein.

Das Telefon klingelte wieder. Eva nahm den Hörer ab.

»Herr Doktor Winterbaumer ist gerade angekommen«, meldete der Empfangschef. »Er fragt, ob er zuerst nach Teddy sehen soll . . .«

Eva zögerte. Sie hätte gern Gewißheit über den Zustand ihres Sohnes gehabt. Aber sie wußte, daß die anderen Eltern genausosehr um ihre eigenen Kinder bangten.

»Nein«, sagte sie, »er soll zuletzt zu mir kommen . . .«

Teddy, immer noch grün im Gesicht, schwankte ins Zimmer.

»Hast du dir die Hände gewaschen?« fragte Eva.

Er schüttelte den Kopf.

»Das mußt du aber tun. Komm mit! Ich gebe dir ein Desinfektionsmittel ins Waschwasser.«

Sie führte den Jungen ins Badezimmer zurück, blieb bei ihm und kontrollierte, daß er sich die Hände gründlich wusch.

Dann zog sie ihn aus und brachte ihn zu Bett.

»Jetzt bleib schön liegen, mach die Augen zu, Teddy . . . gleich kommt der Doktor . . .«

Als Eva sich den Wirtschaftsräumen näherte, hörte sie schon von weitem die aufgebrachte Stimme des Kochs.

»Das ist unzumutbar!« schrie er. »Ganz und gar unzumutbar! Ich habe die Chefin gewarnt . . . niemand kann mir nachsagen, daß ich sie nicht gewarnt hätte. Es mußte ja so kommen . . .«

Er stockte mitten im Satz, als Eva die Tür zur Hotelküche öffnete und eintrat.

Sie warf einen raschen Blick durch den Raum, stellte fest, daß alle den Vorfall diskutiert und niemand gearbeitet hatte. Es herrschte größte Unordnung, und das ungespülte Geschirr stapelte sich. Selbst jetzt, bei ihrem Eintritt, waren zwar alle verstummt, aber niemand versuchte sich auch nur den Anschein einer Tätigkeit zu geben.

Peter Stünzli hatte sich als erster gefaßt.

»Gut, daß Sie kommen, Frau Direktor!« rief er. »Da kann ich gleich meine Kündigung vorbringen . . . jawohl, ich kündige, und zwar fristlos. Niemand kann mir zumuten, länger in diesem Hause zu arbeiten!«

Er riß sich mit einer theatralischen Geste die hohe Mütze vom Kopf, schleuderte sie zu Boden und begann, die Bänder seiner Schürze zu lösen.

»Herr Stünzli«, sagte Eva beruhigend, »ich verstehe Ihre Erregung durchaus. Dennoch würde ich mir an Ihrer Stelle diesen Schritt noch reiflich überlegen.«

»Ich weiß genau, was ich zu tun habe. Ich dürfte längst nicht mehr hier sein. Schon damals, als diese Sache mit dem Kindermittagstisch aufkam, hätte ich auf und davon gehen sollen!«

»Diesen Moment«, sagte Eva Horster, »haben Sie aber verpaßt, Herr Stünzli. Und jetzt, fürchte ich, ist mit dem Weglaufen nichts mehr geholfen. Sie würden sich damit nur ins Unrecht setzen. Wer, glauben Sie, engagiert einen Koch, an dessen Verpflegung eine ganze Schar Kinder erkrankt ist?«

»Das ist eine Lüge«, donnerte der Koch, »eine hundsgemeine Lüge! Mein Essen war in Ordnung!«

»Lieber Herr Stünzli, das müssen Sie erst beweisen!«

Der Koch trat auf Eva zu und ballte die mächtigen Fäuste, als ob er er sie schlagen wollte. Atemlose Stille herrschte auf einmal in der Küche. Aber Eva begegnete seinem Blick mit Festigkeit, sie wich auch nicht einen Schritt zurück.

Der Koch ließ seine Fäuste sinken und wurde plötzlich verlegen wie ein ertappter Schuljunge.

»Herr Stünzli«, sagte Eva sanft, aber eindringlich, »ich weiß, daß Ihnen kein Fehler unterlaufen ist. Aber was geschehen ist, ist geschehen, und mit Schreien und Toben schaffen Sie die unangenehmen Tatsachen nicht aus der Welt.«

»Wie denn?«

»Indem Sie mit mir zusammen den Fall in aller Ruhe untersuchen. Meines Erachtens steht nicht einmal fest, ob die Erkrankung der Kinder überhaupt mit dem Mittagessen zusammenhängt. Man weiß ja nie, was Kinder alles in den Mund nehmen . . . vielleicht haben sie an giftigen Blättern gekaut oder was weiß ich. An uns liegt es zu beweisen, daß das Mittagessen in Ordnung war.«

Sie wandte sich an eine der Küchenhilfen.

»Bitte, holen Sie Schwester Veronika! Sie hatte die Aufsicht, nicht wahr? Ich bin sicher, daß sie uns helfen kann.«

Die Küchenhilfe wischte sich die Hände an der Schürze ab und verschwand.

»Ich verstehe immer noch nicht . . .«, sagte der Koch.

»Die Kinder hatten heute mittag Suppe, Spinat, Frikadellen, Kartoffeln und Karamelpudding, stimmt das?«

»Ja.«

»Was ist aus dem Speisezimmer zurückgekommen?«

»Salzkartoffeln.«

»Na, ich denke, das wird uns kaum weiterbringen. Ich habe noch niemals gehört, daß jemand durch den Genuß von Salzkartoffeln krank geworden ist.«

»Sie sind erst heute früh geschält worden und waren vollkommen in Ordnung.«

»Wo sind sie?«

»In einer Schüssel im Kühlschrank. Ich wollte sie heute abend aufbraten.«

»Bitte, holen Sie sie heraus.«

Eva ging mit dem Koch zum Kühlschrank und sah zu, wie er die Schüssel mit den Kartoffeln herausnahm.

»Spinat ist nicht übriggeblieben?« fragte sie.

Der Koch runzelte die Stirn.

»Ich glaube doch«, sagte er und begann, den Inhalt des Kühlschranks zu untersuchen.

»Den hat der Fritz gegessen!« rief eines der Mädchen.

Eva wandte sich an den Lehrjungen. »Stimmt das, Fritz?«

»Es war nur ganz wenig.«

»Ein Teller voll!« rief das Mädchen wieder.

Fritz war puterrot geworden und warf der Angeberin einen giftigen Blick zu.

»Du weißt, daß du nichts heimlich essen darfst«, rügte Eva ihn, »aber im Augenblick ist das nicht so wichtig. Mich interessiert nur ... wie hat der Spinat geschmeckt?«

»Prima.«

»Und du hast dich nachher nicht schlecht gefühlt?«

»Nein.«

»Na, dann denke ich, können wir den Spinat von unserer Liste streichen.«

»Hier sind noch drei Frikadellen«, sagte der Koch.

»Stellen Sie sie zu den Kartoffeln. Wir müssen sie untersuchen lassen. Und was ist mit dem Karamelpudding?«

»Davon sind zwei Portionen zurückgekommen, aus dem großen Speisesaal sieben. Ich habe alle unter das Personal verteilt.

Eva sah die Leute prüfend an.

»Und Beschwerden hat niemand?«

Einige sahen zu Boden, wichen ihrem Blick aus, andere schüttelten die Köpfe.

»Und wie steht es mit der Suppe?« forschte Eva weiter.

Der Koch holte wortlos einen kleinen Topf aus dem Kühlschrank und stellte ihn auf den Tisch.

»Hier ist sie. Aber es kann nichts dran fehlen. Ich hab' vorher abgeschmeckt. Auch die im großen Speisesaal haben davon gegessen. Aber niemand ist krank geworden.«

Eva nahm den Deckel vom Topf.

»Ist das die Suppe, die aus dem Kinderzimmer zurückgekommen ist? Oder haben Sie sie mit der anderen zusammengeschüttet?«

»Die stammt nur aus dem Kinderzimmer.«

»Sehr gut. Lassen Sie bitte die Reste in Marmeladengläser füllen und beiseite stellen. Ich werde sie nachher Doktor Winterbaumer mitgeben, um sie chemisch untersuchen zu lassen.«

Schwester Veronika Werndel kam herein, gefolgt von der jungen Küchenhilfe.

»Frau Direktor«, rief sie, »das alles ist so entsetzlich! Sie können sich gar nicht vorstellen, wie leid es mir tut . . .«

»Doch, das kann ich. Die Angelegenheit ist für uns alle gleich unangenehm.«

»Sie müssen mir glauben, daß ich bestimmt nichts damit zu tun habe!«

»Daran zweifle ich keinen Augenblick, Schwester Veronika. Aber ich glaube, Sie müßten uns helfen können. Haben Sie selbst von allen Gängen heute mittag gegessen?«

»Ja. Außer Suppe. Suppe esse ich nie, weil . . . na ja, ich möchte nicht dick werden.«

»Und alles ist Ihnen gut bekommen?«

»Durchaus. Es hat ausgezeichnet geschmeckt. Alle Kinder haben mit gutem Appetit gegessen.«

»Wer von den Kindern ist nun eigentlich erkrankt, Schwester Veronika? Alle? Nein, das kann nicht sein. Susi ist ganz munter.« Erschrocken fügte sie hinzu: »Und Babsy fehlt doch hoffentlich auch nichts? Davon hätten Sie mich doch benachrichtigt?«

»Nein, Babsy ist ganz vergnügt, auch Otto Kerst und die kleine Helga Müller sind gesund. Alle anderen hat es erwischt.«

»Nun denken Sie mal ganz ruhig nach, Schwester Veronika ... lassen Sie sich Zeit mit der Antwort! Haben Helga, Otto, Susi und auch Babsy genau das gleiche gegessen wie die anderen?«

»Bestimmt«, sagte Herr Stünzli mit Überzeugung, »und das beweist, daß die Erkrankung nicht mit meinem Essen zusammenhängen kann!«

»Nein«, sagte Schwester Veronika, »nein, leider nicht ...«

Alle starrten sie an.

»Die vier haben keine Suppe gegessen«, sagte Veronika Werndel fast schuldbewußt, »genau wie ich!«

»Quatsch«, rief Herr Stünzli, »völliger Quatsch! Ich habe die Suppe aus dem großen Kessel geschöpft ... Es sind heute mittag bestimmt mehr als zwanzig Portionen im großen Speisesaal davon bestellt worden, und niemand ist krank geworden! Ich selber habe einen Teller davon gegessen und ...«

»Vielleicht kommt's daher«, meinte Schwester Veronika zaghaft, »daß die Kinder eben doch zarter sind.«

»Meine Suppen kann jeder essen! Selbst ein Baby!« schrie der Koch aufgebracht.

»Ja«, platzte Fritz, der Kochlehrling, heraus, »aber nur, wenn sie nicht vergiftet sind!«

Alle blickten ihn an, und er wurde krebsrot.

»Wie meinst du das?« fragte Eva scharf.

»Na, das ist doch ganz klar! Wenn die Suppe

in Ordnung war, als sie vom Herd kam . . . und wenn allen anderen nichts passiert ist . . . dann muß eben der Inhalt der Schüssel, die ins Kinderzimmer kam, vergiftet worden sein!«

Der Koch nahm einen Löffel voll Suppe, hielt ihn sich unter die Nase und schnupperte daran.

»Riecht merkwürdig«, sagte er.

Er wollte kosten, aber Eva hielt ihn zurück.

»Tun Sie das nicht . . . bitte nicht. Das hätte mir gerade noch gefehlt, daß auch Sie krank werden! Die chemische Untersuchung wird Klarheit bringen.«

Aber Eva Horster wußte genau, daß es ihnen allen sehr wenig helfen würde, wenn sich herausstellen sollte, daß die Suppe vergiftet war. Die Vorstellung, daß den Kindern eine vergiftete Suppe serviert worden war, würde bestimmt nicht zur Beruhigung der Gäste beitragen.

Später saß Eva mit Dr. Winterbaumer zusammen in ihrem kleinen Wohnzimmer.

Die zugebundenen Marmeladengläser mit den Speiseresten standen zwischen ihnen auf dem Tisch.

»Sehr vernünftig, daß Sie die Überreste der Mahlzeit sichergestellt haben, Frau Horster«, sagte der alte Arzt.

»Bitte, sagen Sie mir ganz ehrlich, um was für eine Krankheit es sich bei den Kindern handelt.«

»Um eine Lebensmittelvergiftung.«

»*Was?*«

»Ich wußte, daß Sie das nicht gern hören würden, gnädige Frau. Aber leider kann ich Ihnen nichts anderes sagen. Alle Anzeichen deuten darauf hin, daß die Kinder etwas Unbekömmliches gegessen haben.«

»Aber . . . Sie sagten doch . . . Vergiftung!«

»Sie haben mich falsch verstanden, gnädige Frau. Ich nehme nicht an, daß die Speisen vergiftet waren, sondern daß die Kinder durch eine . . . vielleicht nicht mehr ganz frische . . . Speise vergiftet worden sind.«

»Aber das ist ausgeschlossen! In meiner Küche . . .!«

Dr. Winterbaumer legte beruhigend die Hand auf Evas Arm.

»Nehmen Sie es nicht so tragisch, gnädige Frau!«

»Aber es ist tragisch, Herr Doktor! Noch ist es mir gelungen, die Eltern der erkrankten Kinder zu beruhigen, sie wenigstens zum Abwarten zu überreden . . . und auch das, fürchte ich, nur, weil keines der Kleinen im Augenblick transportfähig ist. Wenn sich wirklich herausstellen sollte, daß jemand aus dem Hotel schuld ist, werden alle ihre Koffer packen! Schlimmer noch, die Sache wird sich im Nu herumsprechen, und es wird Absagen hageln. Wir wären ruiniert!«

Eva hatte sich bis jetzt mühsam beherrscht. Nun aber konnte sie nicht länger verhindern, daß ihr Tränen in die Augen stiegen.

»So schlimm wird's schon nicht werden«, tröstete Dr. Winterbaumer.

Aber er fühlte selbst, daß das nicht überzeugend klang.

Eva straffte die Schultern.

»Was haben Sie den Eltern gesagt? Über Art und Ursache der Erkrankung?«

Dr. Winterbaumer lächelte.

»Ich habe mich lateinisch ausgedrückt. Das ist immer die wirkungsvollste Methode, wenn man selbst noch keine rechte Klarheit gewonnen hat.«

Eva erhob sich und reichte dem alten Arzt die Hand.

»Ich danke Ihnen, Herr Doktor. Das war sehr anständig von Ihnen.«

»Es tut mir leid, daß ich nicht mehr tun konnte. Ich habe natürlich nicht verhindern können, daß die Eltern die Erkrankung der Kinder mit den im Hotel genossenen Speisen in Verbindung gebracht haben ... diese Schlußfolgerung ergab sich ja von selbst.«

XIV

Als Eva das Kinderschlafzimmer betrat, saß Susi in der Nähe des Fensters und las. Sie legte den Finger auf die Lippen, als sie ihre Stiefmutter sah.

»Teddy schläft«, flüsterte sie.

Eva beugte sich über den Jungen. Sein Gesicht wirkte eingefallen, die Nase seltsam spitz, aber die Haut hatte schon eine bessere Farbe bekommen.

»Kann ich jetzt 'runtergehen?« fragte Susi.

»Nein. Bitte, bleib noch etwas bei ihm.«

Auf Zehenspitzen verließ Eva das Zimmer.

Als sie auf dem Gang stand, glaubte sie, das Telefon in ihrem Zimmer klingeln zu hören. Sie drehte sich um und lief zurück. Sie hatte sich nicht geirrt, es klingelte tatsächlich.

Eva lief um die Betten herum und zum Nachttisch – an diesem Morgen hatte sie ihre Sachen in das große Doppelzimmer des Appartements räumen lassen –, nahm den Hörer ab und meldete sich.

»Gut, daß ich Sie endlich erreiche, Frau Direktor«, sagte Herr Thomas, der Empfangschef, »ich wollte Sie nur benachrichtigen . . . Herr Direktor Horster ist eben eingetroffen!«

»Mein Mann?«

»Ja. Er ist schon auf dem Weg nach oben. Er muß jeden Augenblick bei Ihnen sein.«

Eva rang nach Fassung. »Danke«, sagte sie endlich, »ich danke Ihnen, Herr Thomas.«

Langsam ließ sie den Hörer auf die Gabel sinken.

Fast im gleichen Augenblick öffnete sich die Tür, und Urban Horster erschien. Er lächelte.

»Na«, fragte er, »überrascht? Oder hat dein Nachrichtendienst funktioniert?«

»Urban«, rief sie, »o, Urban ... gut, daß du endlich wieder da bist!«

Sie flog ihm in die Arme und umklammerte ihn, halb weinend, halb lachend.

Er war es, der sich als erster aus dieser Umarmung löste.

»Na«, sagte er und sah sich um, »hier haust du also ...«

Sie lächelte zu ihm auf.

»Nein, Urban«, sagte sie, »hier werden wir leben! Ich habe nebenan gewohnt, in dem kleinen Einzelzimmer.«

»Du hast also unser Haus wirklich vermietet?«

»Warum fragst du das? Du weißt es ja längst. Ich mußte es tun. Die Amerikaner zahlen mit harten Dollars ... und außerdem, es war wirklich besser, daß ich im Hotel wohnte.«

»Du hättest mich wenigstens fragen sollen!«

»Als wenn ich das nicht gewollt hätte! Aber die Ärzte haben es mir immer wieder verboten.«

»Das kann ich glauben oder nicht.«

Sie umklammerte seinen Arm.

»Urban«, sagte sie, »bitte ... bitte ... mach mir jetzt keine Vorwürfe. Ich werde dir alles erklären, was ich getan habe, und warum ich es tun mußte. Jetzt bist du da und kannst die Zügel wieder in deine Hände nehmen.«

»Das werde ich auch tun«, entgegnete er hart, »da kannst du dich drauf verlassen.«

»Das sollst du ja auch! Nur schimpf nicht mit mir. Ich habe schreckliche Sorgen.«

»Ach ja, Teddy! Ist er wirklich krank?«

»Nicht nur er«, erwiderte Eva, »einundzwanzig Kinder. Doktor Winterbaumer sagt . . .« Sie mußte schlucken.

»Er sagt, es handelt sich um eine Lebensmittelvergiftung. Aber ich kann es nicht glauben, es ist einfach nicht möglich! Du kennst doch Peter Stünzli . . . es ist doch undenkbar . . .«

Urban trat auf sie zu und nahm sie in die Arme – eine Sekunde zuckte sie zurück, dann aber ließ sie ihren Kopf erschöpft an seine Brust sinken.

»Eva, Liebes«, sagte er zart, »worüber machst du dir Sorgen? Jetzt bin ich ja wieder da . . . ich, dein Mann! Ich werde die Sache schon wieder in Ordnung bringen.«

Sie hätte ihm so gern alles überlassen, sie liebte ihn, sie wünschte nichts sehnlicher, als endlich wieder nur Frau und Mutter sein zu dürfen. Aber sie konnte sich nicht zu der Überzeugung durchringen, daß er alles richtig machen würde.

»Was hast du vor?« fragte sie leise.

»Höchst einfach! Ich werde mich bei den Eltern der Kinder entschuldigen, werde ihnen versprechen, daß der Schuldige bestraft wird.«

»Aber du weißt doch gar nicht, wer es war . . . und ob es überhaupt jemand war!«

Er lachte. »Das ist völlig gleichgültig, Eva. Hauptsache, die Gäste glauben mir!«

»Und du bist sicher, daß sie sich mit einer solchen Erklärung zufriedengeben werden?«

»Natürlich nicht. Die meisten werden abreisen . . .«

»Und sie werden das, was sie hier erlebt haben, überall erzählen!« fiel sie ihm ins Wort.

»Das läßt sich nicht ändern, ist auch nicht so wichtig.«

Sie sah ihn erstaunt an.

»Ich versteh' dich nicht, Urban!«

»Immer noch nicht? Willst du nicht begreifen, daß ich auf Gäste dieser Art gar keinen Wert lege? Das *Grandhotel Horster* war immer ein Haus ersten Ranges . . . kein Kindergarten!«

Sie zuckte zusammen. »Urban . . .«

»Ich weiß, du hast es gut gemeint«, sagte er begütigend, »du hast getan, was du konntest. Es ist nicht deine Schuld, daß dir die nötige Erfahrung gefehlt hat!«

Sie schluckte diese Kränkung, machte sich aber unwillkürlich von ihm los.

»Urban«, sagte sie beherrscht, »ich fürchte, du hast immer noch nicht ganz verstanden . . . Wir haben von diesen Kindern gelebt! In der Vorsaison haben wir, seit Jahren zum erstenmal, wieder ein wirklich gutes Geschäft . . .«

»Wie wahr!« unterbrach er sie spöttisch. »Ich war zu taktvoll, dir das so offen zu sagen . . . *du* bist es, Eva, die uns in den Ruin geführt hat! Wärst du nicht auf diese Schnapsidee mit den Kindern gekommen . . .«

»Aber es ist doch nicht meine Schuld, daß sie erkrankt sind!«

»Nicht? Stammt also diese herrliche Idee mit dem gesonderten Kindermittagstisch nicht von dir?«

»Ja, ja, und tausendmal ja! Es war eine gute Idee, wir haben goldrichtig gelegen. Wenn diese schreckliche Geschichte nicht passiert wäre . . .«

»Aber sie ist passiert, und jeder, der auch nur das geringste vom Hotelfach versteht, hätte dir voraussagen können, daß dies oder etwas Ähnliches geschehen würde.«

Plötzlich wurde es Eva bewußt, daß sie nicht wie Eheleute, die nach langer Trennung endlich wieder vereint sind, miteinander sprachen, sondern wie zwei erbitterte Feinde.

Sie streckte die Hand aus und berührte seinen Arm.

»Urban«, sagte sie, »findest du wirklich, daß dies der richtige Moment für einen Streit ist?«

»Wer streitet denn?« gab er zurück. »Doch du und nur du! Weil du nicht einsehen willst . . .«

Sie schnitt ihm das Wort ab.

»Laß uns zusammenhalten, Urban«, bat sie, »wenigstens so lange, bis diese Angelegenheit geklärt ist. Danach können wir uns immer noch in aller Ruhe darüber unterhalten, wie es weitergehen soll.«

Einen Augenblick sah es aus, als ob er eine

heftige Entgegnung auf der Zunge hätte. Aber er sprach sie nicht aus.

»Schön«, sagte er gefügig, »also . . . was erwartest du von mir?«

»Geh zu den Eltern, versuch sie zu beruhigen. Sag ihnen, daß alles getan wird, um den Fall zu klären. Bring sie dazu, daß sie uns weiter vertrauen . . . daß sie bleiben!«

Er lächelte. »Also, so hast du dir das gedacht! Ich soll die Suppe auslöffeln, die du dir eingebrockt hast?«

»Du kannst doch so gut mit Menschen umgehen«, schmeichelte sie, »viel besser als ich. Bitte, tu mir den Gefallen!«

»Gegen meine innere Überzeugung?«

»Es geht um das Hotel, Urban . . . um dein Hotel!«

»Gerade deshalb bin ich der Ansicht, wir sollten froh sein, wenn wir die Leute auf diese Weise loskriegen. Dann haben wir endlich wieder Platz für seriöse Gäste.«

»Aber sie sind seriös, Urban! Es spricht doch nicht gegen sie, daß sie Familie haben und daß sie sich auch in den Ferien nicht von ihren Kindern trennen wollen.«

»Dann sollen sie sich gefälligst auch um sie kümmern und die Verantwortung nicht fremden Menschen aufhalsen!«

Eva war so erschöpft, daß sie beinahe in Tränen ausgebrochen wäre.

»Willst du mir helfen oder nicht?« fragte sie müde.

»Willst du tun, was ich dir sage, und diese Leute nach Hause schicken oder nicht?« stellte er die Gegenfrage.

»Nein, Urban, das kann ich nicht.«

»Weil du nicht zugeben willst, daß du einen Fehler gemacht hast!«

»Nein, Urban, weil es falsch wäre ... der Anfang vom Ende. Glaub mir doch!«

»Na schön, wenn du so dickköpfig bist, dann sieh zu, wie du allein fertig wirst.«

Eva wollte noch etwas sagen, aber in diesem Augenblick klopfte es, und der Hausdiener brachte die Koffer herein. Sie hatte das Gefühl, daß der Mann draußen gelauscht hatte, und dieser Eindruck steigerte ihr Unbehagen.

»Wenn du mit den Kindern sprechen willst«, sagte sie nur noch, »sie sind nebenan. Ich werde mich um dic Gäste kümmern.«

Und sie machte sich auf diesen schweren Gang.

Die Eltern der Kinder, besorgt, verärgert, verwirrt, wußten eigentlich selbst nicht recht, was jetzt zu tun war. Sie alle hatten sich bisher so wohl im *Grandhotel Horster* gefühlt, die Betreuung der Kinder war eine solche Erleichterung, besonders für die Mütter gewesen, daß sie nur ungern ihren Aufenthalt beendeten.

So hatten sie den überzeugenden Worten Evas, die um den guten Ruf des Hotels kämpfte, kein wirkliches Argument entgegenzusetzen.

»Sie wissen, wie entsetzlich mir das Ganze ist«, erklärte sie immer wieder, »glauben Sie mir, ich kann mir den Vorfall genausowenig erklären wie Sie selbst. Ich habe alle Essenreste Doktor Winterbaumer zur chemischen Untersuchung mitgegeben . . . Ich bin sicher, daß diese Untersuchung Klarheit schaffen wird. Entscheiden Sie jetzt noch nichts, warten Sie das Untersuchungsergebnis ab . . . dann können Sie immer noch Ihren Entschluß fassen. Ich weiß, wie furchtbar das alles ist, ich bin ja selbst eine Mutter . . . vergessen Sie bitte nicht, daß auch mein Sohn erkrankt ist!«

Die Eltern reagierten ganz verschieden, je nach Temperament und Erziehung. Einige entschuldigten sich fast dafür, daß Eva durch die Kinder solchen Ärger hatte, andere zeigten sich einsichtig und objektiv, aber es gab auch aufgebrachte Väter, die die Hoteldirektorin mit einer Kanonade von Beschimpfungen und Vorwürfen empfingen, mit der sie ihre eigene Sorge abreagierten.

Aber alle gaben schließlich nach und versprachen, mit der Abreise noch zu warten. Eva hatte das Gefühl, das Schwierigste geschafft zu haben. Doch sie war sich auch darüber im klaren, daß sie, wie auch immer das Untersuchungsergebnis ausfallen mochte, nicht allein mit dieser Sache fertig werden konnte.

Ihr Mann wollte ihr nicht helfen, also mußte

sie sich nach einer Unterstützung von anderer Seite umsehen, und wieder gab es nur einen Menschen, von dem sie hoffen konnte, daß er ihr zur Seite stehen würde. Konrad Kilius.

Eva fuhr ins Erdgeschoß hinunter und öffnete die Tür zum Chefbüro. Sie traute ihren Augen nicht.

Urban hatte auf seinem alten Platz hinter dem schweren Schreibtisch Platz genommen. Ihm gegenüber saß Lona Simon, die Beine übereinandergeschlagen, so daß der enge Rock nicht nur ihre Knie, sondern dazu noch ein gutes Stück der Oberschenkel freigab.

Beide starrten Eva an, die in der offenen Tür stehenblieb – aber niemand machte Anstalten aufzustehen, sich zu entschuldigen, ihr die Situation zu erklären. Sie saßen einfach da, Urban Horster mit bösen, fest zusammengepreßten Lippen, Lona Simon mit unverhohlenem Spott in den dunklen Augen.

Langsam drehte Eva sich um und ging. Es war ihr, als ob sie einen brutalen Schlag ins Gesicht bekommen hätte.

Sie konnte ihre Beherrschung gerade noch bewahren, bis sie die Tür des geräumigen Doppelbettzimmers im fünften Stock hinter sich geschlossen hatte. Dann brach sie zusammen. Sie warf sich über das Bett, verbarg den Kopf in den Armen und weinte bitterlich.

Sie weinte so heftig, daß sie gar nicht hörte,

wie sich die Tür zum Nebenzimmer öffnete und nackte Füße sich ihrem Bett näherten. Erst als sie eine zaghafte Hand auf ihrem Haar fühlte, wurde ihr bewußt, daß sie nicht allein war.

Sie warf sich herum und sah ihren kleinen Stiefsohn vor sich.

»Mutti«, fragte der Kleine erschrocken, »was ist denn passiert?«

Eva trocknete ihre Tränen ab, versuchte ihr Schluchzen zu unterdrücken.

»Nichts, gar nichts, Teddy . . . geh rasch wieder in dein Bett! « »Aber ich habe dich weinen hören! «

Eva zwang sich zu einem Lächeln.

»Ja, Teddy«, sagte sie, »ja, ich habe geweint . . . aber jetzt ist es schon wieder vorbei. Du weinst doch auch manchmal! «

»Ja«, gab er zu, »aber bei mir ist das was anderes. Ich bin ja auch noch nicht erwachsen.«

»Vielleicht bin ich es auch noch nicht ganz.«

»Hast du geweint wegen der . . . Suppe?«

Eva richtete sich auf.

»Wie kommst du darauf?«

Teddy schlug die Augen nieder.

»Nur so«, stammelte er, »weil . . . ich dachte eben . . .«

Eva begann, die Wahrheit zu ahnen.

»Teddy«, bat sie, »du weißt etwas . . . sag es mir! Was du auch getan hast . . . niemand wird mit dir schelten. Ich muß die Wahrheit wissen! «

Susi schoß aus dem Nebenzimmer und stürzte sich auf Teddy.

»Nichts wird er sagen«, schrie sie, »kein Wort! Er weiß auch gar nichts, glaub mir!«

»Pfui, Susi«, sagte Eva, »erst einmal lauscht man nicht . . .«

»Die Tür stand ja offen!«

»Und zweitens sollte ein kleines Mädchen nicht lügen. Laß mich jetzt mit Teddy allein!«

»Nein!« schrie Susi. Dann wandte sie sich an ihren Bruder. »Wenn du Mutti was sagst, bist du ein alter Petzer und ich werde nie mehr ein Wort mit dir sprechen!«

Eva stand auf. Sie ging auf Teddy zu, zog ihn eng an sich und wehrte Susi ab.

»Du bist sehr unvernünftig, Susi«, sagte sie, »wenn du dich weiter so benimmst, werde ich deinen Vater rufen.«

Teddy und Susi sahen sich an.

»Gut«, sagte Susi schließlich, »wir wollen dir alles sagen.«

»Aber wir können wirklich nichts dafür!« rief Teddy. »Es war Otto Kerst.«

Eva hob den Jungen hoch.

»So«, sagte sie, »jetzt bringe ich dich erst mal wieder ins Bett . . . und dann werden wir die ganze Sache durchsprechen! Fühlst du dich eigentlich schon besser?«

Teddy schmiegte sein Gesicht an die Wange der Stiefmutter. »Viel besser!«

Eva hatte den Jungen schon in das Nebenzimmer getragen.

»Das ist fein! Schlag die Decke zurück, Susi ... ja, so ist's recht!«

Sie legte Teddy sanft wieder in sein Bett und deckte ihn zu.

»Und jetzt erzählt mir, aber schön der Reihe nach ... was hat Otto Kerst getan?«

»Er hat mit den anderen Jungen eine Wette abgeschlossen«, sagte Susi, »eine richtig blöde Wette! Er hat ein Glas Wasser aus dem Schwimmbecken getrunken ... ja, aus dem Schwimmbecken! Und dann hat er mit den anderen gewettet, sie könnten das nicht!«

»Um ein Eis!« sagte Teddy. »Er wollte jedem von uns ein Eis spendieren, wenn wir es doch fertigbrächten.«

»Sie wollten es natürlich alle gleich beweisen«, erzählte Susi, »aber da hat Otto Kerst gesagt, dann würden sie bestimmt von Schwester Veronika erwischt ... und er hat ihnen gesagt, er würde eine Flasche mit Wasser in die Suppe schütten! Wenn die Jungen jeder ihren Teller aufäßen, dann hätten sie gewonnen.«

»Und das habt ihr getan?« fragte Eva.

»Ja,« antwortete Teddy.

Er sah das nachdenkliche Gesicht seiner Stiefmutter.

»Wir haben uns ja nichts dabei gedacht«, sagte er. »Wir haben ja nicht geahnt, daß man von Wasser krank werden kann.«

Eva strich Teddy über die braunen Locken.

»Da wäre ich auch nicht draufgekommen«, meinte sie.

»Aber es war bestimmt gar kein Wasser«, sagte Susi, »es war etwas anderes, Giftiges.«

»Hast du das gesehen?« fragte Eva.

»Nein. Aber gedacht habe ich es mir. Denn sonst hätte Otto Kerst doch auch von der Suppe gegessen. Er ißt sie doch jeden Tag. Aber als er ablehnte, da habe ich mir auch lieber nichts geben lassen.«

»Und du hast Teddy nicht gewarnt?«

»Doch, aber Jungen können so blöd sein. Er wollte nicht auf mich hören.«

»Ich dachte, du gönntest mir bloß das Eis nicht«, sagte Teddy. »Bist du böse, Mutti?«

»Nein, gar nicht . . . im Gegenteil, ich danke euch, daß ihr mir die Wahrheit gesagt habt.«

Eva schloß die Verbindungstür sorgfältig hinter sich, bevor sie sich durch die Telefonzentrale mit Konrad Kilius in München verbinden ließ.

Es dauerte eine Weile, bis seine Sekretärin ihn ans Telefon holen konnte.

Aber dann war er, wie immer, von einer gleichzeitig sachlichen und besorgten Aufmerksamkeit, die ihr guttat.

Sie erzählte in knappen Worten alles, was sich in den letzten Stunden zugetragen hatte.

»Ich bin sicher, daß die beiden nicht lügen«, schloß sie, »soviel Phantasie haben sie gar nicht, sich eine solch haarsträubende Geschichte auszudenken.«

»Und was willst du jetzt tun?«

»Das weiß ich eben nicht. Ich dachte, du könntest mir raten!«

»Paß auf, Eva«, sagte er, »unternimm jetzt erst mal gar nichts, ja? Halt dich zurück, wenn es auch schwerfällt. Warte, bis ich komme.«

»Wann?«

»Ich werde in einer halben Stunde losfahren ... bin also noch am späten Abend in Baden-Baden!«

»O Konrad«, sagte Eva dankbar, »wenn ich dich nicht hätte!«

»Mich wundert es, ehrlich gestanden, daß du mich überhaupt noch brauchst!«

»Wieso?«

»Nun, immerhin ist dein Mann doch jetzt zurückgekommen, wie du mir eben erzählt hast.«

»Er ... Konrad, das werde ich dir erklären, wenn du kommst.«

»Bis nacher dann!« verabschiedete sich Konrad.

Eva legte auf, zündete sich eine Zigarette an und ließ sich erschöpft in einen Sessel sinken.

Sie seufzte schwer. Das Telefon neben ihr klingelte, sie nahm den Hörer ab, hoffte, daß es ihr Mann sein würde. Aber es war Dr. Winterbaumer, der sich meldete.

»Hallo, gnädige Frau«, sagte er.

»Ich habe jetzt das Ergebnis der chemischen Untersuchung vorliegen.«

»Bitte sagen Sie mir, was dabei herausgekommen ist! Es lag an der Suppe, nicht wahr?«

»Ich bewundere Ihre hellseherischen Fähigkeiten, Frau Horster. Ja, es kann tatsächlich nur die Suppe gewesen sein. Sie enthielt . . . na, raten Sie mal, was?«

»Ein Gift?«

»Nein. Ol ricini, zu deutsch: Rizinusöl.«

»Rizinusöl?« rief Eva. »Jetzt verstehe ich alles!«

»Dann sind Sie klüger als ich.«

»Nein, nein! Ich habe nur in der Zwischenzeit einiges erfahren. Sagen Sie, Herr Doktor . . . ist Rizinusöl in diesen Mengen schädlich?«

»Nein. Durchaus nicht. Ich werde heute abend noch einmal ins Hotel kommen, um die Eltern persönlich zu beruhigen. Die Kleinen werden sich morgen wieder puppenmunter fühlen, und einige werden schon heute einen Riesenappetit entwickeln.«

»Dürfen sie alles essen?«

»Was ihr Herz begehrt. Alle Diätvorschriften sind überflüssig.«

Eva atmete hörbar auf.

»Ich danke Ihnen, Herr Doktor Winterbaumer, ich danke Ihnen von ganzem Herzen! Bitte, kommen Sie bald!«

»Ist schon versprochen, gnädige Frau . . . gegen fünf bin ich dort.«

XV

Nachdem Eva in der Küche ihre Anweisungen gegeben hatte, schlenderte sie in den Park hinaus. Sie tat, als ob sie nichts Besonderes im Sinn hätte – tatsächlich aber hielt sie nach dem kleinen Otto Kerst und seinen Eltern Ausschau, und es war kein Zufall, daß sie sie am Rand des Schwimmbeckens fand.

Herr und Frau Kerst waren beide nicht mehr ganz jung, sie gingen auf die Fünfzig zu. Otto war ein Nachkömmling, und wahrscheinlich lag es daran, daß es ihnen nur schwer gelang, den Jungen zu zügeln. Er war ein Wildling schlimmster Sorte, und Schwester Veronika hatte mehr als einmal über seinen schlechten Einfluß auf die anderen Kinder geklagt.

Aber heute platschte er allein im Schwimmbecken herum. Außer der kleinen Babsy, die in Sichtweite der Kindergärtnerin im Gras krabbelte, war kein anderes Kind weit und breit zu sehen. Seit langem war es nicht mehr so still im Park des *Grandhotel Horster* gewesen.

Herr Kerst erhob sich, als er Eva auf sich zukommen sah.

»Ein herrlicher Tag«, sagte er, »kommen Sie, setzen Sie sich zu uns, wenn Sie Zeit haben. Ein bißchen frische Luft wird Ihnen guttun!«

»Danke«, sagte Eva.

Sie nahm in dem Liegestuhl Platz, den Herr Kerst ihr schnell aufgestellt hatte.

»Wir können Ihnen gar nicht sagen, wie leid uns diese ganze Sache tut«, erklärte Frau Kerst. »Wir wissen doch, was Sie alles für die Kinder getan haben. Bestimmt haben sie sich die Krankheit nicht hier geholt, sondern irgendwo in der Stadt.

»Lieb von Ihnen, daß Sie das sagen!«

Eva wußte immer noch nicht recht, ob sie reden oder besser schweigen sollte, bis der Rechtsanwalt da war.

»Nur unser Otto ist nicht krank geworden«, sagte Herr Kerst stolz. »Der Junge hat eben eine Bärengesundheit!«

Eva konnte sich nicht länger zurückhalten.

»Daran liegt es nicht«, entfuhr es ihr, »er hat nur nicht von der Suppe gegessen.«

»Es lag an der Suppe?« fragte Frau Kerst erstaunt. »Was war denn damit nicht in Ordnung?«

»Darüber würde ich eigentlich sehr gern mal mit Otto reden.«

»Mit unserem Otto?«

»Ja. Teddy und Susi behaupten, er hätte etwas hineingeschüttet.«

»Das kann doch nicht wahr sein!« rief Frau Kerst.

»Leider doch. Aber bitte, regen Sie sich nicht auf. Es war sicher nur ein Dummejungenstreich.«

Aus dem Gesicht von Herrn Kerst war alle Freundlichkeit verschwunden.

»Haben Sie Beweise für Ihre Anschuldigung?«

»Teddy und Susi sagen, daß die meisten Kinder davon gewußt haben. Wenigstens die größeren. Man braucht also nur ein wenig auf den Busch zu klopfen, um diese Geschichte bestätigt zu bekommen. Aber ich dachte mir, es wäre besser, erst mit Ihnen zu reden.« Herr und Frau Kerst sahen sich an.

»Komm mal her, Otto!« rief Herr Kerst.

Es dauerte eine ganze Weile und bedurfte immer dringenderer Mahnungen, bis Otto sich endlich entschloß, dem Ruf des Vaters zu folgen. Zögernd trat er auf die Gruppe zu, ein Junge mit kurzgeschnittenem weißblondem Haar, scharfen hellen Augen, Sommersprossen auf der Nase, dem das schlechte Gewissen geradezu auf der Stirn geschrieben stand.

»Was muß ich wieder von dir hören?« fragte Herr Kerst. »Raus mit der Sprache, junger Mann . . . was hast du heute mittag in die Suppe geschüttet?«

Es war Herrn Kerst anzumerken, wie schwer es ihm fiel, den strengen Vater zu spielen, und Eva hatte fast Mitleid mit ihm.

»Wasser«, sagte Otto.

»Wasser?« wiederholte sein Vater konsterniert.

»Aus dem Schwimmbecken.«

»Nein, Otto«, mischte Eva sich ein, »sag die

Wahrheit! Es war kein Wasser ... also, sag schon!«

Der Junge schwieg.

»Ich habe die Flasche gefunden«, behauptete Eva.

»Das ist unmöglich«, platzte Otto heraus, »die habe ich doch ...«

Er merkte, daß er sich verplappert hatte.

»Was hast du mit ihr getan?« fragte Herr Kerst.

»Ich hab' sie vergraben. Hinten im Park.«

»Und was war darin?«

»Du brauchst es nicht zu sagen, wenn du nicht willst«, erklärte Eva Horster, »die chemische Untersuchung hat es schon bewiesen. Es war Rizinusöl.«

»Otto!« rief Frau Kerst entsetzt. »Stimmt das?«

Der Junge nickte stumm.»Wie kommst du dazu, solche Sachen zu machen?« fragte Herr Kerst entgeistert.

Der Junge zuckte die Schultern. »Es war ja nicht meine Idee.«

»Es hat dich also jemand angestiftet«, fragte Eva rasch, »wer?«

»Herr Makulis!«

Georg Makulis! Als der kleine Otto Kerst diesen Namen nannte, war es Eva, als fiele es ihr wie Schuppen von den Augen. Gleichzeitig hatte sie das Gefühl, im Grunde ihres Herzens die Wahrheit von Anfang an geahnt zu haben.

»Warum willst du uns weismachen, daß ausgerechnet Herr Makulis dich zu diesem bösen Streich angeregt hätte?« fragte Herr Kerst.

Er hatte die Stimme gesenkt und gab sich Mühe, die Beherrschung zu bewahren.

»Das ist doch ganz und gar unglaubhaft!« erklärte seine Frau. »Ein ausgewachsener Mann denkt sich doch nicht solche Sachen aus.«

»Herr Makulis hatte vielleicht seine Gründe dafür«, warf Eva ein.

Herr und Frau Kerst sahen sie ungläubig an.

»Gründe?« fragte Herr Kerst. »Was kann es für Gründe geben, fremde Kinder zu vergiften?«

»Sie sind nicht vergiftet worden«, erwiderte Eva. »Rizinusöl ist kein Gift.«

»Aber immerhin ...« warf Frau Kerst ein.

Eva ließ sich nicht unterbrechen.

»Er wollte auch bestimmt die Kinder nicht damit treffen, sein Anschlag war gegen mich gerichtet ... gegen das Hotel. Er wollte bei den Gästen den Eindruck erwecken, daß den Kindern nicht einwandfreie, vielleicht sogar verdorbene Speisen vorgesetzt würden.«

»Wenn es ihm darauf ankam«, meinte Herr Kerst nachdenklich, »dann ist ihm sein Vorhaben bisher ja ziemlich geglückt.«

»Eben«, bestätigte Eva, »und deshalb, denke ich, sollten wir nicht länger auf Otto herumhacken, sondern anerkennen, daß er sich zur Wahrheit durchgerungen hat.«

»Sie glauben ihm wirklich?« fragte Frau Kerst.

»Warum hätte er denn von sich aus einen solchen Streich spielen sollen? Er hätte doch gar keinen Nutzen davon gehabt!«

»Nein. Aber einen Spaß.«

Eva Horster wandte sich an Otto.

»Was hat Herr Makulis dir dafür gegeben, daß du die Flasche mit dem Rizinusöl in die Suppe geschüttet hast?«

»Nichts! Das ist ja eben die Gemeinheit! Er hat mich übers Ohr gehauen.«

Wieder wollte Frau Kerst etwas einwerfen, aber Eva brachte sie mit einem mahnenden Blick zum Schweigen.

»Was solltest du denn dafür kriegen?«

»Ein Fahrrad!« erklärte Otto prompt. »Eine ganz tolle Kiste mit Gangschaltung und allen Schikanen! Er ist ja mit mir sogar in ein Fahrradgeschäft gegangen und hat es mich aussuchen lassen.«

Frau Kerst konnte sich nicht länger zurückhalten.

»Davon hast du uns aber vorher keinen Ton erzählt!« rief sie.

»Ihr hättet euch ja doch nur aufgeregt«, erklärte Otto, »und ich dachte, wenn ich das Fahrrad erst habe . . . Herr Makulis hatte mir versprochen, mit euch zu reden, damit ich es behalten darf.«

»Und warum hat er es dir dann noch nicht gegeben?«

»Weil er behauptet, ich hätte es dumm angestellt. Ich hätte den anderen nichts davon sagen dürfen, daß ich überhaupt etwas in die Suppe schütten wollte. Aber wie hätte ich das denn anfangen sollen? Das soll er mir erst mal vormachen, der widerliche alte Knacker!«

»Noch eine Frage«, sagte Eva, »woher hattest du denn das Rizinusöl?«

»Das habe ich gekauft.«

»Von deinem Taschengeld?«

»Nein. Herr Makulis hat mir das Geld gegeben. Er ist auch mit mir bis zur Engelapotheke gegangen. Aber dann ist er draußen stehengeblieben.«

Eva biß sich auf die Lippen. Sie mußte sich eingestehen, daß das Beweismaterial gegen Herrn Makulis gering war. Nur auf die Aussage eines kleinen Jungen hin war er nicht zu entlarven.

»Hättest du dich bloß nicht mit diesem Mann eingelassen!« sagte sie.

»Wollen Sie uns einen Vorwurf daraus machen?« fragte Herr Kerst scharf. »Schließlich ist Herr Makulis Gast des Hotels. Wir konnten doch nicht ahnen, daß wir es mit einem Verbrecher zu tun hatten!«

»Mein Mann meint es nicht so«, sagte Frau Kerst rasch, «ihm tut das Ganze natürlich furchtbar leid. Genau wie mir. Wir werden die Konsequenzen ziehen und abreisen.«

»Das würde ich nicht für richtig halten«,

erwiderte Eva. »Es würde bedeuten, daß Sie mich in dieser Situation im Stich lassen.«

»Sie wollen doch den anderen Gästen nicht etwa mitteilen, daß Otto . . .!« rief Frau Kerst entsetzt. »Bitte, Frau Horster, das werden Sie uns doch nicht antun!«.

»Auch wenn ich Ottos Namen nicht erwähne«, erwiderte Eva, »wird das ganze Hotel in kürzester Zeit Bescheid wissen. Nicht nur Teddy und Susi, sondern auch die meisten anderen Kinder haben von Ottos Streich gewußt . . . wenn sie auch nicht ahnten, um was es sich bei der Flüssigkeit, die er in die Suppe geschüttet hat, wirklich handelte. Daß sie bisher noch nichts davon haben verlauten lassen, liegt bestimmt nur daran, daß sie noch nicht ganz auf dem Posten sind. Aber daß sie die Sache fur sich behalten, ist wirklich nicht zu erwarten.«

Herr und Frau Kerst sahen sich an.

»Also . . . was sollen wir tun?« fragte Herr Kerst.

»Otto muß sich entschuldigen!«

»Ich?« schrie Otto. »Nein, das kann ich nicht!«

»Du mußt«, sagte Eva entschieden. »Wenn man einen Schaden angerichtet hat, muß man versuchen, ihn wieder gutzumachen!«

Sie sah auf ihre Armbanduhr.

»Ich werde jetzt ins Haus gehen und sagen, daß das Ganze ein Dummejungenstreich war. Ich werde alles tun, um die aufgebrachten Gemüter zu besänftigen, und ich werde auch keinen Namen nennen ... aber dann, Otto, bist du an der Reihe.«

Jetzt war es um Ottos Fassung geschehen, er brach in wildes Schluchzen aus.

Frau Kerst nahm ihren Sohn an der Hand.

»Ich werde dich begleiten, Otto ... niemand kann dir etwas tun!«

»Ich weiß, wie unangenehm dieser Gang für Sie ist«, sagte Eva. »Aber wenn mein Sohn so etwas ausgefressen hätte ... ich würde nicht anders handeln.«

»Sie haben recht«, meinte Herr Kerst seufzend, »rufen Sie uns dann?«

»Ja, das werde ich tun.«

Urban Horster hatte sein Diktat beendet.

»So, das ist alles, Lona«, sagte er, »mach dich gleich ans Werk ... die Briefe müssen heut noch 'raus.«

Lona stand auf und strich mit einer koketten Bewegung ihren knallroten Pullover glatt.

»Ich kann dir gar nicht sagen, Urban, wie froh ich bin, daß du endlich wieder da bist.«

»Wenigstens ein Mensch, der sich über meine Heimkehr freut.«

»Sag das nicht! Durch das ganze Personal ist ein einziges Aufatmen gegangen. In den letzten Monaten war es hier wirklich unerträglich!«

Lona Simon ging um den Schreibtisch herum, legte ihren Arm um Urban Horsters Schultern und küßte ihn zärtlich auf die Stirn.

»Nicht«, wehrte er ab, »meine Frau! Du weißt, sie kann jeden Augenblick hereinplatzen!«

»Hast du Angst vor ihr?«

»Nein. Aber eine Scheidung könnte ich mir im Augenblick nicht erlauben.«

»Du liebst sie also nicht mehr?«

»Das steht doch gar nicht zur Debatte. Sie ist meine Frau, Lona!«

Lona Simon lächelte boshaft. »Augenblicklich sieht es so aus, als ob sie auch deine Chefin wäre!«

Er runzelte ärgerlich die Stirn. »Warum sagst du so etwas?«

»Nur um dir die Situation ganz klar zu machen. Sie hat deinen Unfall benutzt, um die Leitung des Hotels an sich zu reißen. Sie ist niemals das gewesen, was du in ihr gesehen hast . . . ein zartes hilfloses Püppchen. Sie ist eine rothaarige Teufelin! Du wirst kein leichtes Spiel mit ihr haben, Urban.«

»Laß das nur meine Sorge sein. Ich werde sie genau dahin zurückschicken, wohin sie gehört . . . in unser Haus, zu den Kindern.«

»Das wird schon daran scheitern, daß das Haus auf lange Sicht hin vermietet ist!«

»Na, wenn schon! Ich werde diese Amerikaner eben hinauswerfen.«

Lona Simon machte ein erstauntes Gesicht. »Ja, geht das denn so einfach?«

»Das Haus gehört mir. Eva hatte gar kein Recht . . .«

»Du irrst dich, Urban«, fiel ihm Lona ins Wort, »ich habe das selbst schon nachgeprüft! Das Haus gehört theoretisch immer noch zum Hotelbetrieb, es ist als Wohnung des Leitenden Direktors registriert und wird auch steuerlich so geführt. Deine Frau ist aber seinerzeit mit ihrer Mitgift, das heißt, ihrem Erbe als Teilhaberin in das Hotel eingestiegen . . .«

»Als stille Teilhaberin!«

»Nein, sie besitzt ein Mitspracherecht. Du kannst es selbst im Vertrag nachlesen. Nur hast du das inzwischen wahrscheinlich vergessen, weil sie niemals Gebrauch davon gemacht hat.«

»So klug wie du, meine liebe Lona«, sagte er, »bin ich glücklicherweise schon lange. Meine Frau kennt den genauen Wortlaut des Vertrages gar nicht. Ihr Vormund hat ihn seinerzeit für sie aufgesetzt . . . sie hat ihn unterschrieben, ohne ihn überhaupt durchzulesen.«

»Mag sein«, erwiderte Lona unbeeindruckt, »inzwischen hat sie aber genügend Gelegenheit gehabt sich zu orientieren. Ganz davon abgesehen, daß die Leute von der Presser-Bank ihr das sehr deutlich klargemacht haben, als sie sie seinerzeit dazu zwingen wollten, das Hotel aufzugeben.«

Er rückte von ihr ab und stand auf.

»Allmählich habe ich den Eindruck, daß auch du ganz auf ihrer Seite stehst.«

»Ich?« rief Lona. »Bist du verrückt geworden? Ausgerechnet ich?«

»Dieser Verdacht ist absolut nicht so abwegig wie du tust«, erwiderte er kalt, »du scheinst dich jedenfalls während meiner Abwesenheit ganz gut mit ihr verstanden zu haben.«

»Ja, hätte ich ihr denn ins Gesicht springen sollen?«

»Das hätte eigentlich eher auf deiner Linie gelegen!«

Sie schüttelte sich mit einer wilden Bewegung das schwarze Haar in den Nacken.

»Ach, Urban, was seid ihr Männer doch für Trottel! Kennst du deine Frau wirklich so schlecht? Ich habe mich nie mit ihr verstanden, ich habe mich einfach gefügt ... sie hätte mich hinausgeworfen, wenn ich ihr Widerstand geleistet hätte.

»Dann hätte sie ohne Sekretärin dagestanden!«

»Du unterschätzt deine Frau, Urban, glaub mir doch, und nichts ist gefährlicher! Sie ist mit allen hier im Haus fertiggeworden ... mit Herrn Thomas, mit dem Koch, mit den Stubenmädchen. Es gibt niemanden, der nicht versucht hätte, sich gegen sie aufzulehnen, aber niemand ist gegen sie angekommen.«

Urban Horster ließ sich nicht überzeugen.

»Dann hättest du eben kündigen sollen. Damit hättest du ein Beispiel gegeben, dem viele gefolgt wären.«

Sie war zu klug, ihn zu fragen, wovon sie nach der Kündigung hätte leben sollen.

»Wenn ich geahnt hätte, daß das in deinem Sinne gewesen wäre«, sagte sie ruhig, »hätte ich es getan. Aber ich hielt es für besser, die Festung zu halten . . . für dich, Urban!«

Er zündete sich eine Zigarette an.

»Wenn das die Wahrheit ist, warum verteidigst du dann meine Frau immerzu?«

Sie nahm ihm die Zigarette aus dem Mund und schwang sich auf die Schreibtischkante.

»Das tue ich doch gar nicht. Ich versuche dir nur klarzumachen, daß sie sehr gefährlich ist und daß du einen gerissenen Schlachtplan ausarbeiten mußt, wenn du sie wieder aus dem Hotel hinausdrängen willst.«

»Sie liebt mich«, sagte er selbstgefällig, »und wird immer das tun, was ich von ihr verlange.«

»Bisher hatte ich aber nicht den Eindruck.«

»Stimmt, ich habe mich dumm benommen. Ich habe sie ausgelacht, was natürlich falsch war. Heute abend werde ich ihr sehr lieb für alles danken, was sie für mich und das Hotel getan hat, und ihr versichern, daß ich ihre Mitarbeit nun nicht mehr brauche. Sie wird erleichtert und beruhigt ins Privatleben zurückkehren.«

»Und wenn nicht?«

»Du weißt doch genau, was ich bereits in die Wege geleitet habe. Ich gebe zu, das Schicksal hat mir dabei in die Hand gespielt. Nach dieser Vergiftungsaffäre werden die lieben kinderreichen Familien sich schleunigst davonmachen, damit werden die Zimmer frei für unsere alten seriösen Gäste . . .«

»Die aber lange nicht soviel einbringen werden«, warf Lona ein.

»Laß das nur meine Sorge sein!«

Lona rutschte vom Schreibtisch hinunter, ging auf ihn zu und schmiegte sich an seine Brust.

»Es wird alles wieder so werden wie früher, auch mit uns«, flüsterte sie,»versprich es mir!«

Er preßte sie an sich. »Natürlich, Liebling . . . es soll noch viel schöner werden!«

Sie machte sich mit einer geschmeidigen Bewegung von ihm frei.

»Nicht hier, Liebster . . . du weißt doch, deine Frau . . .«

»Verdammt!«

»Komm heute abend zu mir, ja? Es ist deine erste Nacht zu Hause.«

»Gerade deshalb muß ich . . .«

»Nein, du mußt nicht! Wenn du mich liebst . . .«

»Schön«, gab er nach, »ich komme!«

»Wann?«

»Sobald ich mich frei machen kann!«

Sie ging zur Tür, drehte sich dann noch einmal um und warf ihm eine Kußhand zu.

»Ich werde dich erwarten!«

Die besorgten und empörten Eltern ließen sich leichter beruhigen als Eva erwartet hatte. Dazu trug vor allem die Tatsache bei, daß alle Kinder sich inzwischen wesentlich besser fühlten, und begeistert waren, als sie erfuhren, daß sie aufstehen und auch wieder essen durften.

Eva hatte sich nicht getäuscht. Fast überall fiel, wenn sie ihre Erklärung von dem »Dummejungenstreich« anbrachte, sogleich der Name Otto Kerst.

Die Kinder, die eingeweiht waren, begriffen sofort, daß es nur Otto gewesen sein konnte, der das Rizinusöl in die Suppe geschüttet hatte, und sie wetteiferten miteinander, nun schleunigst zu erzählen, wie alles gewesen war.

Der letzte Rest von Zorn richtete sich darauf gegen Otto Kerst, und Eva hatte Mühe, den Jungen in Schutz zu nehmen. Sie war oft drauf und dran, den Namen Georg Makulis zu erwähnen, tat es dann aber doch nicht. Die Beweise gegen den Makler standen auf zu schwachen Füßen, sie wollte ihm auf keinen Fall Anlaß für eine Verleumdungsklage geben, nahm sich aber vor, mit Konrad Kilius darüber zu sprechen. Vielleicht genügte die Aussage des kleinen Jungen doch, ihn wenigstens zum Verlassen des Hotels zu bewegen.

Als sie endlich erschöpft, aber unendlich erleichtert, in ihr Appartement zurückkehrte, stand Urban vor dem Schrankspiegel. Er hatte sich ein frisches Hemd angezogen und band sich gerade eine Krawatte um.

Sie trat hinter ihn und legte ihm den Kragen zurecht.

»Ach, Urban«, sagte sie, »du ahnst nicht, was sich inzwischen alles ereignet hat!«

»Ich nehme an, du wirst es mir erzählen.«

»Willst du dich nicht zu mir setzen?«

Er küßte ihre Hand. »Leider, Eva, habe ich nicht viel Zeit. Ich muß noch einmal fort.«

»Wohin denn?«

»Rein geschäftlich. Es wird dich kaum interessieren.«

Sie lächelte ahnungslos.

»Doch, Urban, ich habe sehr viel dazugelernt. Ich bin nicht mehr das Heimchen am Herd. Ich bin eine Geschäftsfrau geworden.«

»Dann sich nur zu, daß du dich ganz schnell wieder änderst, ja? Ich habe dich nämlich so geliebt, wie du warst!«

Sie sah ihn forschend an. »Und jetzt ... liebst du mich also nicht mehr?«

Er drehte sich zu ihr um und nahm sie in die Arme. »Eva ... wie kannst du denn so etwas sagen?«

»Entschuldige«, murmelte sie, »aber ich hatte es so verstanden.«

Sie schmiegte sich eng an ihn, genoß die Illusion, beschützt und geborgen zu sein.

Ein wenig unbehaglich machte er sich aus ihrer Umarmung frei.

»Ich liebe dich, wie du bist ... ein bezauberndes und sehr weibliches Wesen. Die Geschäftstüchtigkeit paßt nicht zu dir!«

»Vielleicht nicht. Aber wenn ich sie nicht entwickelt hätte, bestünde das *Grandhotel Horster* heute nicht mehr. . . oder es hätte zumindest seinen Besitzer gewechselt.

Er zog sich sein Jackett über.

»Du übertreibst.«

»Bestimmt nicht«, sagte sie eifrig, »du hast ja keine Ahnung, was inzwischen passiert ist! Ich hätte dir so gerne alles erzählt und dich um Rat gefragt, aber die Ärzte . . .«

Er küßte sie flüchtig auf die Stirn.

»Ich weiß, daß du dich sehr bemüht hast«, erwiderte er, »und bei der nächsten Gelegenheit werden wir einmal ausführlich über alles sprechen. Glaub mir das eine . . . ich bin dir von ganzem Herzen dankbar.«

Sie errötete vor Freude.

»Es war doch selbstverständlich . . .«

»Nein, keineswegs«, widersprach er, »es gibt nicht viele Frauen, die sich in einer solchen Situation so bewährt hätten wie du. Ich möchte dir etwas ganz Schönes zur Belohnung schenken. Überleg dir mal in Ruhe, was du dir wünschst.«

»Vorläufig«, sagte sie lächelnd, »können wir uns leider keine Sonderausgaben leisten. Wir werden noch sehr zu kämpfen haben, bis wir endlich aus den Schwierigkeiten heraus sind.«

»Ich werde kämpfen müssen, Eva, nicht du.

Du kannst dich getrost wieder ins Privatleben zurückziehen. Du warst sehr tapfer, aber jetzt hast du eine Erholung verdient.«

Wirst du denn auch allein fertig werden? hätte sie beinahe gefragt. Aber sie unterdrückte es.

»Und wie soll es nun weitergehen?« fragte sie laut.

»Es ist natürlich schade, daß du unser Haus vermietet hast ... nein, nein, ich mache dir keinen Vorwurf daraus, immerhin bezahlen ja diese Amerikaner ein beachtliches Stück Geld dafür. Aber ich werde mich jetzt umsehen, damit ich eine passende Wohnung für dich und die Kinder finde.«

»Teddy und Susi sollen nicht wieder ins Internat?«

»Natürlich nicht. Du hast ja jetzt Zeit, dich um sie zu kümmern. Alles, was das Hotel betrifft, kannst du getrost mir überlassen. Ich habe dir ja schon gesagt, daß es gar nichts schadet, wenn die Kinderinvasion aufhört! Sollen sie ruhig abreisen, ich werde ...«

Sie unterbrach ihn.

»Aber sie reisen gar nicht ab, Urban, sie bleiben!«

Er war im Zimmer auf und ab gegangen, jetzt blieb er mit einem Ruck vor ihr stehen.

»So? Das ist ja das Allerneueste! Warum hast du mir das nicht schon längst gesagt?«

»Ich wollte es ja, als ich ins Zimmer kam! Es

hat sich nämlich inzwischen herausgestellt, daß es sich gar nicht um eine Vergiftung handelt, sondern . . .«

Er schnitt ihr mit einer Handbewegung das Wort ab.

»Egal! Ich werde auch andere Mittel und Wege finden, das Hotel von diesen Leuten zu säubern.«

»Aber, Urban, wir leben von ihnen! Laß dir doch mal von Lona die Abrechnungen zeigen, du wirst sehen, wir haben noch nie zuvor soviel verdient, als seit wir Familien mit Kindern ins Haus genommen haben!«

»Seit das Schwimmbecken fertig ist, willst du wohl sagen!«

»Nein! Hast du dir denn nicht die Korrespondenz angesehen?« »O doch! Du hast es fertiggebracht, die Stammgäste zu vergraulen, indem du die Preise in einer Weise erhöht hast . . .«

»Aber muß ich es dir denn immer wieder sagen? Wir brauchen diese Einnahmen, Urban! Ich habe einen großen Kredit aufnehmen müssen.«

»Darf ich fragen, warum?«

»Weil ich das Geld, das du von der Presser-Bank aufgenommen hast, zurückzahlen mußte. Sie haben, sobald sie von deinem Unfall erfuhren, die Wechsel gekündigt . . . ich hatte gar keine andere Wahl.«

»Das hätte ich mir denken können«, sagte er bitter, »du hast also wahrhaftig die Stirn, mir die Schuld an dem ganzen Schlamassel zuzuschieben!«

»Nein, Urban, wirklich nicht, nur ...«

Plötzlich geriet er außer sich.

»Sei endlich still! Ich ertrage deine Rechthaberei nicht länger! Du hast dich in Dinge eingemischt, von denen du nichts verstehst, und jetzt willst du mir Vorträge darüber halten, wie ein gutes Hotel zu führen ist ... ausgerechnet mir, der von der Pike auf gelernt hat!«

Sie lief auf ihn zu und wollte ihn besänftigen.

Aber er stieß sie in wildem Zorn von sich.

»Laß mich in Ruhe ... du machst mich wahnsinnig!«

Sie stolperte und wäre beinahe zu Boden gefallen. Entsetzt sah sie ihn an, wartete auf ein entschuldigendes Wort.

Aber er riß nur entschuldigend seinen Mantel vom Haken und stürmte aus dem Zimmer.

Sie blieb allein zurück, tief verletzt und in auswegloser Verzweiflung.

Eva lag auf ihrem Bett, mit geschlossenen Augen, die Hände unter dem Kopf verschränkt, als das Telefon klingelte.

Sie hoffte, daß es Konrad Kilius sein würde, als sie den Hörer abnahm. Aber Herr Thomas meldete sich.

»Was gibt's?«, fragte sie müde.

»Herr Makulis möchte Sie dringend sprechen, gnädige Frau!«

»Ich werde in einer halben Stunde bei ihm sein«, sagte Eva seufzend, »bestellen Sie ihm das.«

Sie erhob sich mühsam. Ihre Glieder waren schwer wie Blei. Sie zog sich um, machte sich frisch und wählte ein schneeweißes Kleid, das ihr rotblondes Haar und ihren hellen Teint wunderbar zur Geltung brachte.

Gerade wollte sie das Zimmer verlassen, als an die Tür geklopft wurde. Sie öffnete und stand Konrad Kilius gegenüber.

Ihr war es, als hätte sie sich noch nie so gefreut, ihn zu sehen.

»Konrad«, rief sie, »endlich!«

Er beugte sich über ihre Hand. »Na, wo brennt's denn? Was ist passiert?«

»Mehr, als ich dir in zwei Worten erzählen kann. Ich muß sofort zu Georg Makulis hinüber. Er will mich dringend sprechen.«

»Soll ich dich begleiten?«

»Das wäre eine große Hilfe für mich!«

»Dann mußt du mir aber die Vorgeschichte erzählen!«

Eva tat es. Zwischen Tür und Angel berichtete sie, was der kleine Otto Kerst gestanden hatte.

»Ich habe selbstverständlich den Namen Georg Makulis nicht erwähnt«, schloß sie, »ich habe auch den Kersts nichts davon gesagt, daß er mich gewissermaßen in der Hand hat.«

»Ausgezeichnet. Also gehen wir, damit wir es hinter uns bringen!«

XVI

Als Eva an die innere Doppeltür zum Appartement des Maklers klopfte, öffnete Georg Makulis sofort. Sein mächtiger Kopf war rot, fast violett angelaufen, und er war – merkwürdig genug, da er sie doch erwartet hatte – schon fürs Zubettgehen umgezogen. Er trug einen grellgelben Schlafrock über seinem Pyjama.

»Guten Abend, Herr Makulis«, grüßte Eva kühl. »Mein Empfangschef sagte mir, daß Sie mich zu sprechen wünschten. Sicher haben Sie nichts dagegen, wenn Rechtsanwalt Kilius an diesem Gespräch teilnimmt. Ich hatte ihn gebeten, wegen dieser peinlichen Vergiftungsaffäre, die sich ja glücklicherweise aufgeklärt hat, nach Baden-Baden zu kommen!«

»Sehr gut«, sagte der Makler grollend, »ausgezeichnet! Sie haben guten Grund, gleich einen Rechtsanwalt mitzubringen!«

»Ja, das denke ich auch«, erwiderte Eva. »Dürfen wir uns setzen?«

Ohne eine Aufforderung abzuwarten, durchschritt sie den Vorraum und nahm in dem kleinen Wohnzimmer Platz. Rechtsanwalt Kilius folgte ihrem Beispiel.

Georg Makulis stellte sich, die Hände in die Hüften gestemmt, vor sie hin.

»Ihnen wird die Frechheit schon vergehen, Frau Horster«, schnaubte er, »Sie haben Ihr Spiel zu weit getrieben! Ich werde Sie vernichten, verstehen Sie, ich werde Sie zerquetschen wie eine Laus!«

»Vorsicht, Herr Makulis!« warnte der Rechtsanwalt.

Aber der Makler war nicht zu bremsen.

»Sie haben mich verleumdet«, schrie er, »Sie haben mich unmöglich gemacht! Wissen Sie, was heute abend passiert ist? In Ihrem Speisesaal?«

»Nein«, sagte Eva, »das weiß ich nicht. Ich war auf meinem Zimmer.«

»Man hat mich geschnitten, man hat mich links liegenlassen . . . ja, man hat mich sogar beschimpft. Man hat mir die ungeheuerlichsten Anschuldigungen an den Kopf geworfen!«

»Darf ich wissen, um was für Anschuldigungen es sich dabei handelt?«

»Das wird Ihnen Frau Horster erzählen. Wenden Sie sich an Sie! Aber das wird Sie teuer zu stehen kommen, Frau Direktor, ich werde Sie wegen Verleumdung verklagen!«

»Sie irren sich«, erwiderte Eva, »ich habe Sie nicht verleumdet.«

»Lügen Sie doch nicht! Sie sind es doch, die das Gerücht aufgebracht hat, ich hätte den kleinen Otto Kerst bestochen, die Kinder zu vergiften.«

»Von diesem Gerücht habe ich gehört«, sagte Eva, »ich habe es aber nicht weiterverbreitet. Sie werden keinen Menschen finden, der das behaupten kann.«

»Sie . . . Sie Kanaille!«

Eva verzog keine Miene.

»Tut mir leid, Herr Makulis, Sie haben sich an die falsche Adresse gewandt. Wenn Sie sicher sind, daß das Gerücht nicht auf Wahrheit beruht, so würde ich Ihnen raten, den kleinen Otto zu verklagen . . . oder seine Eltern, ich bin nicht sicher, ob man einen neunjährigen Jungen vor Gericht ziehen kann. Auf alle Fälle dürfte es ein sehr interessanter Prozeß werden.«

»Unabhängig davon«, sagte der Rechtsanwalt, »wird meine Mandantin Sie wegen Beleidigung verklagen, falls Sie sich nicht sofort für die ausfallenden Worte bei ihr entschuldigen.«

»Ich . . . mich entschuldigen?«

»Selbstverständlich. Andernfalls muß ich Sie auffordern, das Hotel noch heute abend zu verlassen.«

In diesem Augenblick geschah etwas sehr Sonderbares.

Georg Makulis stürzte mit erhobenen Fäusten auf den Rechtsanwalt zu. Aber er erreichte ihn nicht. Einen halben Schritt vor ihm blieb er plötzlich stehen. Alles Blut wich aus seinem Gesicht, er wurde grauweiß. Er öffnete den Mund, als wolle er noch etwas sagen oder nach Luft schnappen.

Dann sackte er in sich zusammen und stürzte zu Boden.

Eine Sekunde lang standen Eva Horster und Konrad Kilius starr vor Bestürzung und blickten auf den schweren, leblosen Körper des Maklers, auf das aschgraue, verzerrte Gesicht.

Dann beugte sich der Rechtsanwalt über Georg Makulis, versuchte seinen Puls zu fühlen und den Kopf des Maklers aufzurichten. Eva rannte ins Bad und kam wenige Augenblicke später mit einem gefüllten Wasserglas zurück.

»Hier«, stammelte sie, »gib ihm das! Oder ob ein Kognak besser wäre?«

»Weder noch«, erklärte Konrad Kilius beherrscht.

Er stand auf und legte seinen Arm stützend unter ihre Ellenbogen.

»Er ist tot, Eva!«

»Nein!«

Evas Augen waren dunkel vor Entsetzen.

»Nun«, sagte der Rechtsanwalt nüchtern, »ich möchte bezweifeln, daß dieser Tod einen Verlust für die Menschheit bedeutet . . . oder gar für dich persönlich, Eva!«

Sie biß sich auf die Lippen, und er spürte, daß sie am ganzen Körper zitterte.

»Ausgerechnet jetzt«, sagte Eva mühsam, »und hier im Hotel! Was sollen wir bloß tun, Konrad?«

»Einen Arzt anrufen«, erklärte der Rechtsanwalt. »Weißt du, ob Georg Makulis krank war? War er in Behandlung?«

»Ja. Bei unserem Hotelarzt Doktor Winterbaumer.«

»Ausgezeichnet. Ruf ihn an ... oder soll ich?«

Er war schon am Telefon.

Eva straffte die Schulter. »Nein, laß nur. Das mache ich ...«

»Gut wäre es auch , wenn wir deinen Mann benachrichtigen könnten.«

»Er ist nicht im Haus.«

»Wo können wir ihn erreichen?«

»Ich weiß es nicht.«

Eva wählte mechanisch die Nummer des Arztes. Sie atmete auf, als er sich selbst meldete.

»Herr Doktor«, sagte sie, »es ist etwas passiert ...«

»Doch nicht wieder mit den Kindern?« fragte der alte Arzt alarmiert.

»Nein. Mit Georg Makulis. Er ist ... zusammengebrochen. Ich glaube, er ist ... tot!«

Dr. Winterbaumer verlangte keine weiteren Erklärungen.

»Ich komme sofort«, sagte er kurz.

Er hatte schon eingehängt, ehe Eva noch eine Frage stellen konnte. Sie wandte sich an Konrad Kilius.

»Wäre es nicht besser, wir würden ihn aufs Bett legen?«

»Lieber nicht«, wehrte dieser ab, »lassen wir

alles so, wie es ist. Der Arzt soll sich ein klares Bild von der Situation machen können.«

Eva blickte auf Georg Makulis nieder. Aller Zorn war aus ihrem Herzen gewichen. Sie empfand nur noch Schrecken und Mitleid. Dieser reiche, dieser skrupellose, selbstbewußte Mann . . . jetzt hatte ihn sein Schicksal ereilt.

»Aber«, sagte sie, »das ist doch so . . . unmenschlich!«

»Er merkt es nicht mehr, ob er weich oder hart gebettet ist, Eva. Und wenn wir hier irgend etwas verändern, könnten wir uns selbst schaden.«

Eva begriff, und jeder Blutstropfen schien aus ihrem blassen Gesicht zu weichen.

»Du meinst, es könnte zu einem gerichtlichen Nachspiel kommen?«

»Kaum. Aber immerhin zu einer kriminalistischen Untersuchung.«

»Mein Gott . . . auch das noch!«

Eva preßte die geballte Faust vor den Mund.

»Versteh mich nicht falsch, Eva«, sagte er rasch. »Wahrscheinlich wird uns das erspart bleiben, aber immerhin, es besteht eine winzige Möglichkeit, und deshalb scheint es mir besser . . .«

Eva schien ihm gar nicht zuzuhören. Sie drehte sich um, ging zur Tür und schob den Riegel vor.

»Warum tust du das?« fragte er erstaunt.

»Ich möchte verhindern, daß jemand vom

Personal . . . du ahnst nicht, wie in einem Hotel geklatscht wird.«

»Daran habe ich jetzt wirklich nicht gedacht!«

Konrad Kilius zündete eine Zigarette an, steckte sie Eva zwischen die Lippen und nahm sich selbst eine.

»Danke«, sagte sie schwach. »Ob ich wenigstens das Fenster aufmachen kann?«

»Aber ja!«

Er ging selbst zum Fenster, aber er kam nicht mehr dazu, die Flügel aufzustoßen, denn in diesem Augenblick wurde an die Tür geklopft.

»Wer ist da?« fragte Eva.

»Der Arzt!«

Eva öffnete die Tür, ließ Dr. Winterbaumer ein und schob dann den Riegel wieder vor.

»Ich bin froh, daß Sie so schnell gekommen sind, Herr Doktor«, sagte sie dankbar. »Das ist Doktor Kilius, mein Rechtsanwalt . . . Doktor Winterbaumer, der Hotelarzt!«

Konrad Kilius streckte dem Arzt die Hand entgegen, aber der alte Herr ergriff sie nicht. Er sah mit einem seltsamen Ausdruck von Eva Horster auf den Toten.

»Sie haben es also für nötig gehalten, erst Ihren Anwalt zu verständigen und dann erst mich?«

»Aber nein«, erklärte Eva rasch, »Sie mißverstehen die Situation! Georg Makulis wollte mit mir sprechen, und da ich Schwierigkeiten befürchtete, ließ ich mich von meinem Anwalt begleiten. Wir, Doktor Kilius und ich, waren dabei, als der Makler zusammenbrach.«

»Es ist kaum zehn Minuten her«, sagte Konrad Kilius. »Frau Horster hat Sie sofort und zuerst angerufen. Untersuchen Sie den Toten und überzeugen Sie sich selbst.«

Dr. Winterbaumer beugte sich über Georg Makulis, prüfte den Puls, hob die Augenlider.

»Bitte«, sagte er dann, »helfen Sie mir, ihn aufs Bett zu legen . . .«

»Das wollten wir schon vorhin tun, doch Doktor Kilius meinte . . .«

»Vollkommen richtig. Aber jetzt bin ich ja da, und somit hat sich die Situation geändert.«

Eva wandte sich ab, während die beiden Männer sich bemühten, den schweren Körper hochzuheben und zum Bett zu tragen. Sie hatte ihre Zigarette, bevor der Arzt anklopfte, ausgedrückt. Jetzt zündete sie sich eine neue an.

Sie zuckte zusammen, als Konrad Kilius hinter sie trat.

»Reg dich nicht auf, Eva«, sagte er halblaut, »es kommt alles in Ordnung!«

»Ich bin so froh, daß du bei mir bist«, sagte sie, »daß ich nicht allein zu sein brauche!«

Sie drückte, ohne ihn anzusehen, seine Hand. Schweigend warteten sie, bis Dr. Winterbaumer die Untersuchung beendet hatte. Erst als der Arzt seine Bereitschaftstasche schloß, stellte Konrad Kilius eine Frage.

»Haben Sie eine Erklärung für diesen unvermittelten Zusammenbruch?«

»Ich nehme an, daß er sich aufgeregt hat«, erwiderte der Arzt zögernd.

»Ja, sehr«, gab Eva unumwunden zu.

Konrad Kilius blickte sie warnend an, aber sie achtete nicht darauf.

»Sie wissen vielleicht schon, was der kleine Otto Kerst behauptet; Makulis war überzeugt, daß ich die Urheberin dieser Behauptung sei. Er schimpfte mich wütend an. Als Doktor Kilius ihn zurechtwies und mit einer Beleidigungsklage drohte, brach er zusammen.«

Sie wandte sich an den Rechtsanwalt.

»Ich habe nichts zu verbergen, Konrad. Doktor Winterbaumer ist ein alter Freund des Hauses, ich habe absolutes Vertrauen zu ihm.«

»Dafür danke ich Ihnen, Frau Horster«, erklärte der Arzt mit Würde. »Im übrigen darf ich Ihnen sagen, daß dieser Zusammenbruch für mich durchaus nicht überraschend kommt. Georg Makulis litt an einer Erkrankung der Herzkranzgefäße. Schon die kleinste Aufregung konnte ihm den Tod bringen.«

»Das . . . habe ich nicht gewußt«, stammelte Eva.«

»Dich trifft keine Schuld«, erklärte der Rechtsanwalt, »selbst wenn du gewußt hättest, daß er schwerkrank ist . . .«

»Vielleicht hätte ich mich dann doch anders verhalten«, meinte Eva.

»Wissen Sie, ob Herr Makulis Verwandte hat?« fragte Dr. Winterbaumer.

»Nein. Aber seine Sekretärin wird es wissen. Sie wohnt in einer Pension in Baden-Baden und kommt täglich hierher.«

»Dann würde ich Ihnen raten, diese Dame zu benachrichtigen. Ich stelle jetzt den Totenschein aus. Wahrscheinlich legen Sie Wert darauf, daß der Tote sobald wie möglich aus dem Haus kommt . . .«

»Vor allem darauf, daß die anderen Gäste nicht beunruhigt werden.«

»Versteht sich. Wo ist Ihr Gatte? Er ist doch heute zurückgekommen.«

»Ja«, sagte Eva, »aber er ist nicht da. Er hatte eine Verabredung.«

Sie errötete bei dieser Erklärung, die sie nun schon zum zweitenmal innerhalb einer knappen Stunde abgeben mußte. Es war ihr so peinlich, als handelte es sich um eine Lüge.

Dr. Winterbaumer sah sie mitleidig an, aber er äußerte sich nicht dazu.

»Ich würde Ihnen raten, sich mit einem Bestattungsinstitut in Verbindung zu setzen«, sagte er. »Sicherlich kann der Tote noch diese Nacht aus dem Haus gebracht werden.«

»In der Nacht?« fragte Eva betroffen.

»Ja, in der Nacht und durch die Hintertür. Man merkt, daß Sie noch nicht lange in der Hotelbranche tätig sind, Frau Horster«, erwiderte Dr. Winterbaumer mit einem kleinen Lächeln. »Das ist der einzige Weg, den es für einen Toten im Hotel gibt . . . gleichgültig, ob es sich nun um einen Gast, einen Angestellten oder den Besitzer handelt. Ein Hotel ist nur für die Lebenden da!«

Eva schauderte zusammen, obwohl es erstickend heiß im Zimmer war.

»Ich werde Ihnen ein Beruhigungsmittel verschreiben«, erbot sich der Arzt.

»Nein, danke«, erwiderte sie, »sehr lieb von Ihnen, Herr Doktor. Aber ich glaube, ich werde auch das durchstehen.

Es war seltsam. Urban Horster hatte sich unendlich auf ein ungestörtes Zusammensein mit Lona Simon gefreut. Aber als er jetzt vor der Tür des Appartementhauses stand, in dem sie wohnte, war ihm plötzlich jede Lust vergangen.

Er begriff selbst nicht, was mit ihm los war. Aber vor das verlockende Bild Lonas schob sich immer wieder ein anderes: das Bild seiner Frau.

Urban Horster hatte ein schlechtes Gewissen.

Er war schon im Begriff, sich umzudrehen und zum Hotel zurückzukehren, als der Türöffner summte.

Es war zu spät. Lona Simon mußte sein Kommen vom Fenster aus beobachtet haben.

Er öffnete die Haustür, betrat den Lift und fuhr nach oben.

Lona Simon empfing ihn in einem enganliegenden Hausanzug aus schimmernder weißer Seide, unter dem sich ihre Figur so plastisch abzeichnete, daß es ihm den Atem verschlug. Sie hatte ihr schwarzes Haar zu einem lockeren Zopf geflochten, der ihr über die Schulter herabbaumelte und ihr etwas aufreizend Kindliches verlieh.

Mit lächelnder Genugtuung beobachtete sie die Wirkung, die sie in diesem Aufzug auf ihn erzielte.

»Endlich!« sagte sie.

Er mußte an sich halten, sie nicht an sich zu reißen.

»Ich habe leider nur wenig Zeit«, sagte er.

Sie sah ihn erstaunt an. »Wieso?«

»Nun, schließlich«, meinte er verlegen, »ist es mein erster Abend zu Hause!«

Sie lächelte schon wieder. »Wem sagst du das? Glaubst du, ich hätte es auch nur für eine Sekunde vergessen?“

»Natürlich nicht, Lona . . .«

»Du machst dir anscheinend keine Vorstellung, wie sehr ich mich auf diesen Abend gefreut habe!«

»Ich auch!«

»Aber?«

»Lona . . . wir müssen vernünftig sein!«

Ihr Lächeln vertiefte sich.

»Das bin ich immer, Urban! Was möchtest du trinken? Einen Whisky? Oder zur Feier des Tages, Champagner?«

Sie war ihm voraus in den großen, geschmackvoll und kostspielig eingerichteten Wohnraum getreten und machte sich an der Bar zu schaffen.

»Danke, für mich nichts.«

»Nun, auch wenn du noch so schnell wieder fort mußt . . . für einen kleinen Schluck wird die Zeit bestimmt reichen.«

Ohne auf seinen Protest zu achten, machte sie zwei Gläser mit Whisky, einem Eiswürfel und einem Schluck Wasser zurecht und stellte sie auf den Couchtisch. Sie ließ sich in einen der modernen Ledersessel sinken, schleuderte die Pantoffeln von den Füßen und bewegte spielerisch ihre Zehen mit den rotlackierten Nägeln.

»Cheerio! « sagte sie munter. »Willst du dich nicht setzen?«

»Lona . . .«

»Komm, komm . . . ich kann nicht ewig den Kopf in den Nacken legen und zu dir aufsehen! Im Sitzen plaudert es sich besser. Setz dich und erzähl mir alles, was du auf dem Herzen hast.«

Er folgte ihrer Aufforderung.

»Lona«, sagte er, »du weißt, ich habe dich sehr gern . . .«

»Mehr nicht?«

»Jetzt ist nicht der Zeitpunkt für Liebeserklärungen! «

»Wieso denn nicht?« fragte sie ungerührt. »Tu dir nur keinen Zwang an. Ich höre sie immer gern.«

»Es geht jetzt nicht um dich und mich, Lona, sondern um meine Frau!«

»Auf einmal?«

Ihre Dickfelligkeit ärgerte ihn.

»Nein, immer schon«, erwiderte er heftig. »Ich habe Eva schmählich vernachlässigt . . .«

»Das solltest du ihr erzählen, nicht mir!«

Er erhob sich mit einem Ruck.

»Ich danke dir für deinen Rat. Ich werde ihn sofort befolgen.«

Mit wenigen Schritten war er an der Tür.

»Urban!«

Lona war aufgestanden und lief ihm auf nackten Sohlen nach.

»Urban! Du kannst mich doch nicht so einfach verlassen!«

Er drehte sich zu ihr um, und schon hing sie an seiner Brust.

»Urban, was ist denn los mit dir? Liebst du mich nicht mehr? Hast du mich über?«

Ohne jede Anstrengung zauberte sie Tränen in ihre Augen.

»Und das, nachdem ich solange auf dich gewartet habe!«

Er packte ihre Handgelenke und versuchte, sich aus ihrer Umarmung zu befreien.

»Auch meine Frau hat auf mich gewartet . . .«

»Die?« stieß Lona hervor. »Hast du eine Ahnung! Die hat sich die Zeit bestimmt nicht lang werden lassen!«

Er runzelte die Stirn. »Was soll das heißen?«

»Nichts. Entschuldige, daß ich davon angefangen habe.«

Lona Simon ging zum Couchtisch zurück und nahm einen tiefen Schluck aus ihrem Glas.

»Das war nicht fair von mir, Urban«, sagte sie. »Du hast ganz recht. Geh zu deiner Frau. Vergiß mich. Du wärst schön dumm, wenn du sie laufen ließest. Immerhin, ihr gehört das halbe Hotel. Du kannst dir gar nicht erlauben, dich mit ihr zu zerstreiten.«

Er spürte genau, daß es richtig gewesen wäre, sich nicht auf eine Debatte einzulassen, sondern einfach zu gehen. Aber er blieb, wider Willen und wider sein besseres Wissen.

»Es geht nicht ums Hotel . . .« sagte er.

»Ach, nicht?« fragte sie erstaunt. »Um was dann?«

»Meine Frau hat während meiner Abwesenheit sehr viel getan, sie muß geschuftet haben wie ein Pferd . . .«

»Das brauchst du mir nicht zu erzählen«, entgegnete Lona freundlich, »das weiß ich besser als du. Sie hat wirklich keine Mühe gescheut, die Leitung des Hotels an sich zu reißen.«

»Sie hat es für mich getan!«

»Glaubst du.«

Er trat auf sie zu, packte sie an den Schultern und schüttelte sie, so daß der Whisky aus dem Glas, das sie in der Hand hielt, überschwappte.

»Rede schon!«

Lona Simon setzte sich auf die Sessellehne und schlug die Beine übereinander.

»Du hast mich heute morgen gefragt«, begann sie, »warum ich deiner Frau nicht die Stirn geboten, warum ich nicht gekündigt habe . . .«

»Aber darum geht's jetzt doch gar nicht mehr!« rief er ungeduldig.

»O doch! Ich bin dir die wahre Erklärung nämlich schuldig geblieben. Ich hielt es für meine Pflicht, auszuharren, damit du bei deiner Rückkehr keine bösen Überraschungen erleben solltest. Deine Frau hatte es nämlich von Anfang an darauf abgesehen, dich aus der Leitung des Hotels völlig zu verdrängen.«

»Das ist doch Wahnsinn!«

»O nein. Sie hat alles sehr schlau berechnet. Natürlich hoffte sie, daß du nie mehr zurückkehren oder zumindest nie mehr voll arbeitsfähig sein würdest.«

Lona Simon nahm einen tiefen Zug aus ihrer Zigarette.

»Als sich dann herausstellte, daß du doch wieder gesund werden würdest, hat sie alles darangesetzt, dich wenigstens noch für ein paar Wochen in einem Sanatorium verschwinden zu lassen . . .«

»Das ist nicht wahr!«

Lona Simon zuckte die Schultern.

»Glaub' mir oder glaub' mir nicht. Das ist schließlich deine Sache. Aber wenn du nicht endlich anfängst, deine Frau so zu sehen, wie sie wirklich ist . . .«

»Ich kenne sie besser als du, Lona«, sagte er heftig. »Zu einer solchen Denkweise wäre sie nie und nimmer fähig.«

»Meinst du? Na dann kann ich dir nicht helfen. Du findest wohl auch nichts Besonderes dabei, daß sie deine Kinder, kaum daß du verunglückt warst, in ein Heim gebracht hat? *Ihre* Tochter aber hat sie bei sich behalten.«

Urbans Kehle war wie ausgetrocknet. Er hatte sich vorgenommen, nichts zu trinken, aber er konnte es nicht durchhalten. Er nahm ein Glas vom Tisch und führte es an die Lippen.

»Was willst du eigentlich von mir, Lona?« fragte er. »Wozu erzählst du mir das alles?«

Sie riß die Augen auf.»Hast du vergessen, daß du es unbedingt wissen wolltest?«

»Die Wahrheit, ja. Aber keine böswilligen Verleumdungen.«

»Wenn du es so auffaßt, dann bin ich nur froh, daß ich dir das andere nicht erzählt habe.«

»Wovon redest du jetzt schon wieder?«

»Ach, es ist mir nur so herausgeschlüpft. Daß eine gutaussehende Frau . . . denn gut aussehen tut sie ja wirklich, Freunde hat, ist schließlich . . .«

»Was für Freunde?«

»Das ist doch ganz gleichgültig, Urban.«

»Nein, das ist es nicht!«

»Doch. Die Namen können dir nur etwas nützen, wenn du dich endlich entschließt, dich scheiden zu lassen.«

Er starrte sie an.

»Was sagst du da? Von Scheidung war doch nie die Rede!«

»Ich weiß, aber es ist endlich an der Zeit, daß wir darüber sprechen. Oder wie stellst du dir unsere Zukunft vor? Soll alles immer so weitergehen? Verlangst du, daß ich auf Jahre hinaus nichts anderes bin und bleibe als deine Geliebte?«

»Quäl mich nicht so!« bat er verzweifelt. »Es ist alles schwierig genug für mich.«

»Aber das ist wohl nicht meine Schuld, oder?«

»Nein, natürlich nicht!«

»Die Schwierigkeiten, in denen zu steckst, verdankst du deiner Frau. Ich sehe nicht ein, warum ich dafür büßen soll.«

»Aber das verlangt doch niemand von dir!«

»Doch, du!« behauptete sie. »Ich hatte mich so auf diesen Abend gefreut, aber du kommst nur, um mir zu erzählen, daß du keine Zeit hast ... daß du zu deiner Frau mußt. Also geh zu ihr, mach ihr den Hof, schließlich ist sie die Chefin, und ich bin nur ein unbedeutendes, kleines Mädchen.« Sie stand auf und tat so, als wollte sie ihm die Türe weisen. Aber sie war ganz sicher, daß er jetzt nicht mehr die Kraft haben würde zu gehen, und sie hatte sich nicht verrechnet.

Er riß sie in die Arme.

»Lona«, stammelte er, »Lona . . . du darfst mich nicht fortschicken! Ich liebe dich doch!«

»Mehr als deine Frau?«

»Dich . . . nur dich!« beteuerte er. Aber er war sich im selben Augenblick seines schmählichen Verrats bewußt, und Scham schnürte ihm fast die Kehle zu.

»Ich wußte es«, jubelte Lona, »oh, ich habe es gewußt!«

Sie schmiegte sich an ihn, und unter ihren leidenschaftlichen Küssen vergaß er Scham, Zweifel und Reue.

XVII

Alles war erledigt. Die Sekretärin des Maklers war benachrichtigt worden, und sie war sofort ins Hotel gekommen, um seine Papiere zu ordnen und seine Sachen zusammenzupakken. Der Direktor des Bestattungsinstituts hatte versprochen, den Toten noch in dieser Nacht abzuholen.

Eva Horster und Konrad Kilius saßen in einer Nische der Hotelbar bei einer Flasche Wein zusammen. Sie warteten auf Urban. Eva hatte Anweisung gegeben, sie sofort zu benachrichtigen, wenn ihr Mann nach Hause kam.

»Eigentlich«, sagte Konrad Kilius, »kannst du dir gratulieren, Eva . . .«

»Wozu?« fragte sie müde.

Sie hatte Zeit gefunden, sich umzuziehen und zurechtzumachen, aber ihr Gesicht zeigte immer noch die Spuren der überstandenen Aufregungen.

»Das Georg Makulis tot ist.«

»Wie kannst du so etwas sagen, Konrad!« wehrte sie ab. »Der Tod eines Menschen ... nein, auch wenn er noch so schlecht war ... Anlaß zu Freude kann er niemals sein.«

Er lächelte. »Aber immerhin zu einer gewissen Erleichterung, nicht wahr?«

»Na ja«, erwiderte Eva, »meine Sorge soll es ohnehin nicht mehr sein. Ich werde mich wieder aus dem Hotelbetrieb zurückziehen und alle Entscheidungen Urban überlassen.«

»Ist das dein Ernst?« fragte er erstaunt.

»Ja«, erwiderte sie ruhig.

»Es ist noch gar nicht lange her, da hast du ganz anders gesprochen!«

»Ich glaube, du hast mich falsch verstanden. Tatsächlich ist es mir immer nur um eins gegangen ... um meine Ehe. Ihretwegen habe ich mich in die Arbeit gestürzt, als es nötig war, und ihretwegen gebe ich sie jetzt auch wieder auf.«

Auf der Stirn des Rechtsanwalts bildete sich eine steile Falte.

»Dieser Urban«, sagte er, »er verdient es ja gar nicht, eine Frau wie dich zu haben. Ich wette, er weiß es nicht einmal zu schätzen.«

Eva fuhr ihm mit der Hand über die Stirn.

»Seit wann geht Liebe nach Verdienst, Konrad?«

»Nun paß mal auf, Eva, ich glaube, jetzt muß ich mal zu dir sprechen, nicht als Freund, sondern als Rechtsanwalt. Du bist Teilhaberin des Hotels . . .«

»Ja, ja, ich weiß, das war ich immer.«

»Du darfst dich nicht ausschalten lassen. Du hast ein Recht, mitzuarbeiten und mitzubestimmen. Auch dein ererbtes Geld steckt ja in dem Hotel. Denk doch an deine Tochter!«

Eva wollte etwas erwidern, aber sie kam nicht mehr dazu.

Urban Horster hatte die Hotelbar betreten und seine Frau und den Rechtsanwalt in der Nische entdeckt. Er preßte die Lippen fest aufeinander, und in seinen blauen Augen blitzte es unheilverkündend.

Ohne Gruß trat er auf die beiden zu. Das Bild, das sich ihm bot, schien den Verdacht zu bestätigen, den Lona Simon ihm eingeimpft hatte.

»Ich sehe, du hast dir die Zeit nicht lange werden lassen, Eva!« sagte er böse.

Konrad Kilius wollte aufspringen, aber Eva legte ihm die Hand auf den Arm und hielt ihn zurück.

»Es hat sich während deiner Abwesenheit allerhand ereignet, Urban«, antwortete sie beherrscht. »Willst du nicht Konrad begrüßen? Und dich zu uns setzen?«

Urban Horster verlor die Nerven.

»Sprich nicht zu mir wie zu einem Schuljungen!« brüllte er.

Der Barmixer blickte herüber, und auch einige der Gäste wandten sich ihnen zu.

»Nein«, sagte Eva mit gedämpfter Stimme, »nur wie zu einem Mann ... zu meinem Mann ... der mich in einer entscheidenden Situation im Stich gelassen hat!«

»Georg Makulis ist tot«, erklärte der Rechtsanwalt. »Setz dich endlich, Urban ... oder willst du unbedingt Aufsehen erregen?«

Mechanisch ließ sich Urban Horster auf einen Stuhl sinken.

»Georg Makulis«, wiederholte er, »ist das nicht der Makler, der ...?«

»Genau«, bestätigte Konrad Kilius, »der Mann, mit dessen Kredit deine Frau das Hotel über Wasser halten konnte.«

Urban Horster zündete sich eine Zigarette an. Es war sehr viel an diesem ersten Tag nach seiner Entlassung aus dem Sanatorium auf ihn eingestürmt. Er hatte Mühe, seine Gedanken zu ordnen.

»Und?« fragte er. »Was wird das für Folgen haben?«

»Das ist noch nicht abzusehen.«

Urban nahm einen tiefen Zug aus seiner Zigarette.

»Nun, jedenfalls scheint mir dieser Tod zu einem recht günstigen Zeitpunkt erfolgt zu sein«, meinte er.

Eva hob die Augenbrauen.

»Wie meinst du das?«

»Na ja, er war doch dein Geschäftspartner, nicht wahr? Und er ist genau in dem Moment gestorben, da ich die Leitung des Hotels wieder übernehmen werde. Damit bist du aus dem Obligo.«

»Das verstehe ich nicht«, sagte Eva.

»Eva bleibt doch auch den Nachfolgern von Georg Makulis verpflichtet«, erklärte der Rechtsanwalt. »Sie werden in den bestehenden Vertrag einsteigen müssen.«

»Eben nicht«, widersprach Urban Horster, »ich werde den Vertrag durch einen neuen, der zwischen mir und den Geldgebern geschlossen wird, ersetzen.«

»Wieder ein Schritt auf dem Weg, deine Frau aus der Leitung des Hotels auszuschalten, wie?« fragte Konrad Kilius. »Du vergißt nur, daß sie deine Teilhaberin ist und daß du gar kein Recht hast, über ihren Kopf hinweg Entscheidungen zu treffen.«

»Bitte, Konrad«, sagte Eva, »bitte ... das alles haben wir doch schon besprochen!«

»Ich bin durchaus Manns genug, das Hotel selbst zu führen«, erklärte Urban. »Meine Frau wäre ausgelastet genug, wenn sie die Erziehung meiner Kinder ernst nehmen und sie nicht fremden Menschen überlassen würde.«

»Glaubst du etwa, ich hätte das gern getan?« rief Eva.

»Dann wirst du jetzt froh sein, dich wieder deiner Familie widmen zu können.«

»Das bin ich . . . von ganzem Herzen!«

»Freut mich, das zu hören. Dann brauchen wir wohl auch keinen Rechtsanwalt mehr, der sich in unsere Privatangelegenheiten einmischt.«

»Gilt das mir?« fragte Konrad Kilius.

»Ich bin sicher, du hast mich sehr gut verstanden.«

Eva war blaß bis in die Lippen geworden.

»Ich pflege die Menschen, die mir in der Not beigestanden haben, nicht mit einem Fußtritt zu entlassen, wenn ich sie nicht mehr brauche«, sagte sie. »Wenn Konrad mir nicht das Geld verschafft hätte, säßen wir heute nicht hier, Urban . . . weder du noch ich! Das Hotel wäre in den Besitz der Presser-Bank übergegangen und wir stünden auf der Straße . . .«

»Verdammt noch mal«, fluchte Urban Horster, »mußt du mich immer und immer wieder an deine Heldentaten erinnern? Wenn du so weitermachst, kann das ja heiter werden!«

Der Mixer war an ihren Tisch getreten.

»Ein Anruf für Sie, Frau Direktor!«

»Entschuldigt mich, bitte . . .«

Eva stand auf und ging an den Apparat, der in einer Nische hinter der Bar stand. Schon wenige Augenblicke später kehrte sie an den Tisch zurück. Sie kam nicht dazu, irgend etwas zu erklären.

»Was war das für ein Anruf?« herrschte Urban Horster sie an. »Ich wünsche nicht . . .«

Sie schnitt ihm das Wort ab.

»Die Herren vom Bestattungsinstitut. Sie warten in der Halle, und da ich ihnen den Auftrag erteilt hatte, glaubten sie, sich auch weiterhin an mich halten zu müssen. Ein verständlicher Irrtum, nicht wahr?«

»Die Herren vom Bestattungsinstitut?« wiederholte Urban verblüfft.

»Ja«, entgegnete Eva ruhig. »Sie möchten wissen, ob sie den Toten jetzt schon abholen können. Georg Makulis, falls du die Zusammenhänge immer noch nicht begreifst.«

»Aber ...« sagte Urban konsterniert, »wieso ... ich verstehe nicht ...«

»Meinst du nicht, es wäre besser, du kämst jetzt deinen Pflichten nach, Urban?« fragte Konrad Kilius mit kaum verhohlenem Spott. »Du hast ja gehört, die Herren warten oben. Du wolltest doch, daß Eva ins Privatleben zurücktreten soll ... oder nicht?«

Urban Horster warf dem Rechtsanwalt einen haßerfüllten Blick zu und stand auf.

»Soll ich mitkommen?« fragte Eva rasch.

»Danke. Nicht nötig.«

Er verbeugte sich formell und ging.

»Scheint ein schwieriger Fall zu sein, dein Ehemann«, sagte Konrad Kilius.

Eva seufzte.

»Ich habe mir Urbans Heimkehr anders vorgestellt«, bekannte sie, »ich müßte lügen, wenn ich das leugnen würde. Aber es war mein Fehler. Ich bin vielleicht wirklich zu ... zu selbstherrlich geworden. Ich muß mich ändern.«

»Du bist eine wundervolle Frau!«

»Nein, ganz und gar nicht. Nur eine Frau, weiter nichts.«

»Stimmt nicht, Eva, du glaubst, deine Ehe erhalten zu können, wenn du wieder ganz in den Schatten deines Mannes zurücktrittst. Aber weißt du, was statt dessen passieren wird? Urban kann das Hotel nicht halten. Er ist gesundheitlich noch nicht ganz auf der Höhe, und er folgt nicht seiner Vernunft, sondern nur dem Wunsch, alles anders zu machen als du. Die Dinge werden ihm über den Kopf wachsen, er wird den Kredit nicht zurückzahlen können. Und was dann?«

»Du brauchst nichts zu befürchten, Konrad. Ich weiß selbst genau, was ich zu tun habe und welches Risiko ich eingehe. Aber ich weiß auch, um was ich kämpfe . . . und dieses Ziel ist mir jedes Opfer wert.«

Am nächsten Morgen erwachte Eva erst, als das Licht des Sommertages in breiten Bahnen in ihr Schlafzimmer fiel. Sie fuhr hoch, hatte das Gefühl, verschlafen zu haben, und warf einen erschrockenen Blick auf den Wecker – acht Uhr vorbei!

Sie hatte schon die Bettdecke zurückgeschlagen, um hastig aufzuspringen, als sie sich erinnerte: Sie brauchte nicht mehr in aller Frühe aufzustehen, um auf den Markt zum Einkaufen zu fahren, sie brauchte nicht mehr mit dem Chefkoch die Speisefolge des Tages abzusprechen, nicht einmal mehr ins Büro zu gehen. Ihr Mann war zurück, und er hatte die Leitung des Hotels wieder in die Hand genommen.

Eva ließ sich in die Kissen zurücksinken und verschränkte die Arme hinter dem Kopf. Es war schön, ausruhen zu dürfen. Die Last, die sie in den letzten Monaten fast niedergedrückt hatte, war von ihren Schultern genommen.

Die Tür des Nebenzimmers wurde geöffnet, und Teddy und Susi, noch in ihren Schlafanzügen, stürmten herein.

»Vati«, brüllte Teddy. »Vati!«

Als er das Bett seines Vaters leer sah, blieb er so plötzlich stehen, daß Susi gegen ihn prallte.

»Euer Vater ist schon fort!« sagte Eva lächelnd. »Aber wie wäre es, wollt ihr nicht ein bißchen zu mir ins Bett kommen? Heute habe ich endlich mal wieder Zeit für euch!«

Teddy ließ sich das nicht zweimal sagen. Mit einem Satz war er bei seiner Stiefmutter. Susi blieb zögernd stehen.

»Schau doch mal nach Babsy«, bat Eva das Mädchen, »sie ist sicher auch schon wach ... ich hätte euch alle drei so gern mal zusammen bei mir! Und dann lassen wir uns das Frühstück ans Bett bringen!«

Dieser Verlockung konnte auch Susi nicht widerstehen. Ihr altkluges Gesichtchen leuchtete auf. Sie lief davon, um Babsy zu holen.

Es wurde für alle vier ein sehr vergnügliches

Frühstück, und Eva fühlte sich so entspannt wie seit langem nicht mehr.

»Wie wäre es, wenn wir einen Ausflug machen würden?« schlug Susi vor.

»Ausflug . . . fein, fein!« jubelte Babsy.

Eva gab der Kleinen einen zärtlichen Kuß. Jetzt fiel ihr erst auf, welche Fortschritte sie in der Zeit gemacht hatte, in der sie sich nicht um das Kind hatte kümmern können.

»Wie wäre es, wenn wir alle zusammen verreisen würden?« schlug Eva vor.

»Für länger?« fragte Susi.

»Bis zum Ende der Ferien.«

»Und Vati?« fragte Teddy.

»Der kann uns besuchen, wenn er Zeit hat. Wir fahren ja nicht weit. Nur in Vaters Jagdhaus im Schwarzwald. Meint ihr, das würde euch Spaß machen?«

»Aber da ist kein Schwimmbad«, wandte Susi ein.

»Dafür sind wir mitten im Wald. Wir können schöne Spaziergänge machen . . . und einen kleinen See gibt es auch in der Nähe.«

Nachdem die Kinder sich an den Gedanken gewöhnt hatten, waren sie Feuer und Flamme. Eva mußte schließlich ihre Begeisterung dämpfen.

»Freut euch nicht zu früh«, mahnte sie, »es war ja nur ein Vorschlag! Erst müssen wir Vati um Erlaubnis bitten.«

»Der wird schon einverstanden sein«, sagte Teddy hoffnungsvoll.

Und Susi schlug vor: »Ruf ihn gleich an und laß ihn herkommen!«

»Also . . . erst einmal weiß ich nicht, wo er ist . . . und zweitens, finde ich, wird es Zeit, daß wir alle uns anziehen. Hopp, hopp, auf mit euch!«

Eva schwang sich aus dem Bett und hob Babsy hoch in die Luft empor.

»Dich, mein Spätzchen, wird Mutti heute selbst schön machen!«

Es machte Eva Spaß, die Kleine anzuziehen. Zum Schluß bürstete sie Babsys feines blondes Haar, bis es schimmerte und band eine lustige blaue Schleife hinein.

Dann nahm sie sie wieder mit ins Schlafzimmer, setzte sie auf den Teppich und gab ihr Bauklötzchen zum Spielen, während sie sich selbst anzog. Sie wählte ein blaues, ärmelloses Leinenkleid mit rundem Ausschnitt, das zu der optimistischen Stimmung dieses Morgens paßte.

Gerade wollte sie einen letzten Blick in den Spiegel werfen, als die Tür aufgerissen wurde und ihr Mann hereinstürmte.

»Du willst verreisen?« fragte er barsch.

»Guten Morgen, Urban!« sagte sie lächelnd.

Er biß sich auf die Lippen. »Guten Morgen.«

»Es war wunderbar, mal wieder auszuschlafen . . . seit langem habe ich mich nicht so wohl gefühlt wie heute!«

»Lenk nicht ab«, sagte er rauh, »ich will wissen . . .«

Babsy, die sich kaum noch an den Vater erinnern konnte, war über den bösen Ton in seiner Stimme erschrocken. Sie begann zu weinen. Eva bemühte sich, die Kleine zu beruhigen, und brachte sie dann rasch zu Schwester Veronika ins Kinderzimmer.

»So«, sagte sie, als sie zurückkam, »jetzt sind wir allein und können in Ruhe über alles sprechen. Wie kommst du darauf, daß ich verreisen will?«

»Die Kinder haben es mir gesagt.«

»Aber ich habe sie doch ausdrücklich darauf aufmerksam gemacht, daß wir dich erst um Erlaubnis bitten müssen!«

»Warum willst du fort?«

»Deinetwegen, Urban!«

Sie sah, daß sich sein Gesicht verfinsterte.

»Nein, nein«, fügte sie rasch hinzu, »nicht so, wie du denkst! Es ist nur ... sieh mal, ich bin heute früh schon zweimal angerufen worden ... von Angestellten, die mich um eine Anordnung oder um einen Rat fragten. Ich kann doch nicht jedem einzelnen erklären, daß ich hier nichts mehr zu sagen habe. Außerdem würde es nur Unruhe und Verwirrung stiften. Wenn wir aber jetzt sagen, daß ich in Urlaub gegangen bin, wird das jedem einleuchten. Auf diese Weise wird der Übergang ganz reibungslos verlaufen.«

Er sah sie mit einem seltsamen Blick an.

»Du willst also wirklich abtreten?«

»Ja. So war es doch abgemacht!«

»Und es fällt dir nicht schwer?«

Sie lächelte.

»Ein bißchen schon . . . Im Grunde genommen bin ich aber sehr erleichtert, daß ich die Verantwortung abgeben darf . . . daß ich mich endlich wieder um die Kinder kümmern kann . . . und auch um dich!«

»O Eva«, sagte er erschüttert, »Eva, verzeih mir! Ich . . . was war ich doch für ein Trottel!«

Er trat auf sie zu und nahm sie in die Arme, hielt sie wie einen kostbaren, zerbrechlichen Gegenstand.

Sie barg ihren Kopf an seiner Brust.

»Wenn ich nur wirklich überzeugt sein könnte, daß du mir noch einmal verzeihst!«

»Tausendmal, Urban! Ich liebe dich doch!« Sie hob ihr Gesicht zu ihm auf. »Spürst du das denn nicht?«

»Doch, aber . . . ich fühle mich so . . . so minderwertig. Ich habe versagt. Statt dir für alles, was du für mich getan hast, zu danken . . .«

»Das habe ich doch gar nicht erwartet, Urban!«

»Aber es wäre richtig gewesen. Statt dessen . . .«

Sie strich ihm sacht über die Schläfen.

»Wir wollen es vergessen, Urban . . . wir wollen noch einmal ganz von vorn anfangen, ja?«

»Ja, Eva, das verspreche ich dir! Es soll alles ganz anders werden . . . ich werde mich ändern . . .«

»Nicht zu viel«, bat sie lächelnd, »sonst erkenne ich dich am Ende nicht mehr wieder!«

»O Eva!«

Endlich fanden seine Lippen ihren Mund zu einem versöhnenden Kuß. Lange hielten sie sich fest umschlossen. Dann löste sie sich aus seinen Armen.

»Ich bin ja froh, Urban«, sagte Eva, »daß doch noch alles gut geworden ist! Ich war eine Zeitlang sehr verzweifelt.«

»Sprich nicht mehr davon«, sagte er heftig, »du wirst nie mehr meinetwegen leiden müssen . . . nie mehr!«

XVIII

Eva verbrachte mit den Kindern ein paar wunderbare Tage in dem kleinen Jagdhaus, das in einem versteckten Winkel des Schwarzwaldes lag. Sie hatte das Mädchen Alice mitgenommen, das die Hausarbeit besorgte, so daß Eva viel Zeit blieb, sich um die Kinder zu kümmern. Es machte sie sehr glücklich, daß es ihr auch allmählich gelang, das Herz von Susi zurückzugewinnen.

Im Jagdhaus gab es kein Telefon. Aber jeden Abend, wenn die Kinder schon im Bett lagen, lief Eva ins Dorf hinunter, um vom Wirtshaus aus mit ihrem Mann zu telefonieren. Aber sie sprachen kaum über das Hotel, sondern nur über sich selbst, die Kinder und ihre Liebe.

Eines Mittags, als Eva und die Kinder vom Beerensammeln heimkamen, sahen sie schon von weitem ein Auto auf dem Grasplatz vor dem Jagdhaus stehen.

»Vati!« schrie Teddy sofort. »Vati ist zu Besuch gekommen!«

Alle begannen zu laufen, auch Babsy stapfte an der Hand ihrer Mutter so schnell voran, wie ihre kleinen Beine es zuließen.

Erst als sie näher gekommen waren, erkannten sie, daß sie sich getäuscht hatten. Es war ein fremdes Auto mit einer Münchner Nummer.

»Komisch«, meinte Susi, »wer kann das sein?«

Sie warf ihrer Stiefmutter einen mißtrauischen Seitenblick zu. »Ich weiß es auch nicht«, sagte Eva, »aber wir werden es gleich erfahren.«

»Vielleicht gehört das Auto bloß jemandem, der im Wald spazieren gegangen ist«, meinte Teddy.

Aber Eva spürte eine böse Ahnung, die sie sich selbst nicht erklären konnte.

Als sie ins Haus traten, kam Alice ihnen schon in der Diele entgegen.

»Besuch für Sie, gnädige Frau! Ein Herr ... er wartet im großen Zimmer.«

»Wer ist es denn?«

»Ich habe den Namen nicht richtig verstanden ... Markurios oder so! Er hat nur gesagt ...«

»Makulis vielleicht?«

»Ja, das war's!«

»Nehmen Sie die Kinder bitte mit in die Küche! Ihr könnt Alice helfen, die Beeren auszulesen und zu waschen«, sagte Eva, »ich versuche, den Herrn so schnell wie möglich loszuwerden.«

Sie warf einen Blick in den Spiegel, bevor sie das große Zimmer, das im Jagdhaus als Wohn-, Speise- und Spielzimmer diente, betrat. Ihre Haut war durch frische Luft und Sonne zart gebräunt. Sie kämmte sich rasch. Dann straffte sie die Schultern, öffnete die Tür und trat ein, um den ungebetenen Gast zu begrüßen.

Im ersten Augenblick sah sie nur den Rücken eines großen, hageren Mannes, der am Fenster stand und auf die Waldwiese hinausschaute. Dann drehte sich der Fremde um und blickte ihr entgegen. Er hatte ein scharfgeschnittenes Gesicht, mit einem kantig vorspringenden Kinn und dunklen, stechenden Augen.

»Entschuldigen Sie diesen Überfall, Frau Horster«, sagte er formell, »ich bin Georg Makulis junior!«

»Darf ich Ihnen mein Beileid zum Tod Ihres Vaters aussprechen?« sagte Eva. »Es ist tragisch, daß er gerade in unserem Hotel ...«

Makulis junior schnitt ihr mit einer Handbewegung das Wort ab.

»Es war kein echter Verlust für Sie und für mich auch nicht!«

Eva, durch die grausame Härte dieser Worte betroffen, wußte darauf nichts zu sagen. Eine kurze Stille entstand.

»Wollen wir uns nicht setzen?« fragte Eva dann.

»Ja, gern.«

»Darf ich Ihnen etwas anbieten?«

»Danke, nein. Ich möchte das, was ich Ihnen zu sagen habe, so schnell wie möglich hinter mich bringen.«

Eva nahm sich eine Zigarette aus der Tischdose und zündete sie an. Sie hatte dabei Mühe, ihre Hände ruhig zu halten.

»Ja, bitte?« fragte sie beherrscht.

»Ich bin der Erbe meines Vaters«, erklärte Makulis junior, »der einzige Erbe. Ich habe somit die Rechte und die Verpflichtungen meines Vaters übernommen. Zwischen Ihnen und ihm bestand ein Vertrag . . .«

»Er besteht noch«, sagte Eva Horster, »ich habe mich bei meinem Rechtsanwalt erkundigt. Er ist durch den Tod Ihres Vaters nicht erloschen, sondern Sie sind als Erbe in seine Rechte eingetreten.«

»Richtig. Nur daß meine Pläne mit denen meines Vaters in keiner Weise übereinstimmen.«

»Das ändert aber nichts an dem bestehenden Vertrag.«

»Stimmt. Vielleicht ist es Ihnen nicht bekannt, daß mein Vater Ihnen den hohen Kredit nur eingeräumt hat, in der Hoffnung, Sie würden nicht imstande sein, das Geld zum vereinbarten Termin zurückzuzahlen . . .«

»Doch, das weiß ich«, sagte Eva, »mein Rechtsanwalt hat mich schon vor Vertragsabschluß darauf aufmerksam gemacht. Aber ich brauchte den Kredit so kurzfristig und dringend, daß ich ihn dennoch annehmen mußte.«

»Nun, dann brauche ich mich über diesen Punkt nicht näher auszulassen«, meinte Makulis. »Mein Vater hat auf Ihr Hotel und vor allem auf Ihr Grundstück spekuliert. Meine Geschäfte liegen auf einem anderen Gebiet. Deshalb liegt mir alles daran, das Geld so bald wie möglich wieder zurückzubekommen.«

»Das wird nicht vor dem vereinbarten Termin möglich sein.«

»Es war auch nicht meine Absicht, das zu verlangen.«

Eva sah den Besucher erstaunt an.

»Dann verstehe ich gar nichts mehr!«

»Ich habe die Bilanz des Hotels prüfen lassen, Frau Horster. Das Haus hat unter Ihrer Leitung einen entscheidenden Aufschwung genommen. Die Spekulation meines Vaters wäre also ein Fehlschlag gewesen. Er hat Sie unterschätzt, Frau Horster.«

Eva streifte die Asche ihrer Zigarette ab.

»Wenn das ein Kompliment sein soll, danke.«

»Es ist lediglich die Feststellung einer nachweisbaren Tatsache. Sie sind eine sehr tüchtige, eine bemerkenswert tüchtige Frau. Ich habe volles Vertrauen zu Ihnen . . .«

»Danke!« sagte Eva noch einmal.

Wider Willen tat ihr die Anerkennung eines so kühl rechnenden Geschäftsmannes gut.

»Was mich beunruhigt«, fuhr Makulis junior fort, »ist etwas ganz anderes. Es ist mir zu Ohren gekommen, daß Sie sich aus der Leitung des Hotels zurückziehen wollen?«

»Das stimmt.«

»Und warum haben Sie sich dazu entschlossen, wenn ich fragen darf?«

»Ich habe mich um das Hotel ja nur gekümmert, weil mein Mann einen Unfall hatte. Das war nur als Zwischenlösung gedacht. Da er wieder zurück ist, sehe ich keinen Grund, länger weiterzuarbeiten!«

»Aber Ihr Gatte ist unfähig! Das müßten Sie doch selbst wissen!« protestierte Makulis junior erregt.

»Er hat sein Fach von Grund auf gelernt, während ich . . .«

»Er gehört zu den Leuten, die sich immer nur damit begnügen, im alten Trott weiterzumachen. Aber das genügt nicht, nicht in unserer Zeit. Es kommt nicht von ungefähr, daß eins der großen Hotels nach dem anderen in den Besitz der Banken übergeht. Man kann heutzutage nicht mehr . . .«

Eva unterbrach ihn. »Wäre es nicht richtiger, Sie würden das alles meinem Mann erzählen?«

»Aber das habe ich ja schon getan! Deshalb bin ich bei Ihnen!«

»Mein Mann hat Sie geschickt?«

»Nein, im Gegenteil, er wollte mich davon abhalten, zu Ihnen zu fahren. Aber ich will mein Geld zurückhaben, und Sie sind der einzige Mensch, der mir dafür garantieren kann, daß ich es bekomme. Sie haben den Vertrag unterschrieben, nicht Ihr Mann! Sie allein sind haftbar und verantwortlich, Frau Horster!«

Eva drückte umständlich ihre Zigarette aus. Sie brauchte Zeit zum Nachdenken.

»Was wollen Sie also von mir?«

»Habe ich das nicht schon klar genug gesagt? Ich verlange, daß Sie nach Baden-Baden zurückfahren und daß Sie die Leitung des Hotels wieder übernehmen.«

Eva sah den Sohn ihres verstorbenen Gläubigers nachdenklich an.

»Gut«, willigte sie ein, »ich werde nach Baden-Baden fahren. Aber mehr kann ich Ihnen nicht versprechen. Ohne Rücksprache mit meinem Mann kann ich keine Entscheidung treffen.«

»Machen Sie sich doch nichts vor, Frau Horster«, sagte Georg Makulis junior grob, »Ihnen bleibt gar keine Wahl. Entweder Sie tun, was ich von Ihnen verlange, und kümmern sich wieder um die Leitung des Hotels, oder ich kündige Ihnen den Kredit. Sie wissen, in dem Vertrag, den Sie mit meinem Vater abgeschlossen haben, gibt es einen Passus . . .«

Eva unterbrach ihn. »Danke. Darüber brauchen Sie mich nicht zu belehren.«

Georg Makulis verzog keine Miene. »Um so besser«, meinte er nur.

»Aber Sie vergessen eins«, erklärte Eva, »es bleibt uns ja immer noch die Möglichkeit, den Kredit Ihres Herrn Vaters abzulösen.«

»Haben Sie das Geld? Mir sollte es sehr recht sein.«

»Ich bin sicher, daß wir einen anderen Geldgeber finden würden«, behauptete Eva.

Er zuckte die Schultern.

»Versuchen Sie es. Von mir aus. Wenn ich mein Geld zurück habe, ist mir alles andere egal. Das ist dann Ihre Sache.«

Eva erhob sich. »Ich denke, damit ist alles gesagt.«

Auch Georg Makulis junior stand auf.

»Darf ich Sie gleich mit nach Baden-Baden nehmen?«

»Danke«, lehnte Eva ab, »ich fahre lieber in meinem eigenen Wagen.«

»Ganz wie Sie wollen Frau Horster, nur überschätzen Sie bitte meine Geduld nicht.«

»Wo kann ich Sie erreichen, wenn wir zu einem Entschluß gekommen sind?«

»Ich werde heute im *Golfhotel* in Baden-Baden übernachten.«

Eva erschrak. »Sie erwarten also noch heute unseren Bescheid?«

»Spätestens morgen früh. Aber ich will nicht kleinlich sein. Für die Ablösung des Kredits würde ich Ihnen noch acht Tage Zeit lassen.«

»Sehr großzügig von Ihnen«, erwiderte Eva Horster trocken.

Doch ihr Spott prallte an ihm ab. Mit einem kurzen Gruß wandte er sich zur Tür, und wenige Minuten später hörte Eva den schweren Motor seines Wagens aufheulen.

Lona Simon saß auf Urban Horsters Schreibtisch, die Beine übereinandergeschlagen, und rauchte eine Zigarette.

»Ganz ehrlich«, sagte sie, »ich verstehe nicht, worüber du dich ärgerst, Urban! Du bildest dir doch wohl nicht ein, daß dieser Georg Makulis junior von sich aus auf die Idee gekommen ist, dich unter Druck zu setzen? Es liegt doch klar auf der Hand, daß wieder einmal deine liebe Frau dahintersteckt.«

»Halt den Mund!«, fuhr er sie an.

Sie riß die großen dunklen Augen auf.

»Na, so etwas«, schmollte sie, »diese Töne kenne ich ja gar nicht bei dir!«

Er saß mit finsterem Gesicht da und kaute an seiner Unterlippe.

»Entschuldige schon«, sagte er, »aber du fängst an, mir auf die Nerven zu gehen.«

»Wenn es so ist«, gab sie schnippisch zurück, »kann ich dich genausogut allein lassen!«

Sie glitt vom Schreibtisch und ging mit wiegenden Hüften zur Tür. Aber als er keine Anstalten machte, sie zurückzurufen, drehte sie sich wieder um.

»Sag mal, findest du es eigentlich anständig, deine Wut ausgerechnet an mir auszulassen?«

»Ich kann es nur nicht ertragen, daß du dauernd auf meiner Frau herumhackst«, sagte er.

»Ich?« rief Lona Simon. »Und daß sie dir einen Knüppel nach dem anderen zwischen die Beine wirft, das hältst du wohl für vollkommen in Ordnung!«

»Sie hat nichts dergleichen getan.«

Sie lachte. »Nanu? Auf einmal? Ausgerechnet *du* verteidigst sie?«

»Wieso ausgerechnet? Schließlich bin ich ihr Mann.«

»Das fällt dir aber ziemlich spät ein«, entschlüpfte es ihr.

Fast im gleichen Augenblick merkte sie, wie ungeschickt diese Bemerkung gewesen war, und biß sich auf die Lippen.

»Noch ist es nicht zu spät, Lona«, sagte er.

Sie war sehr blaß geworden.

»Du willst dich also . . . mit ihr versöhnen?«

»Das habe ich schon getan. Und ich denke nicht daran, mich je wieder gegen sie aufhetzen zu lassen. Du hast genug Unheil angerichtet.«

»Ist das der Dank?« rief sie empört. »Der Dank für all meine Liebe?«

»Nein, das ist die Quittung für deine Intrigen. Hättest du nicht alles darangesetzt, mich gegen meine Frau aufzuwiegeln, wäre es niemals zu einer Entfremdung zwischen uns gekommen. Du, Lona, und nur du warst der böse Geist in unserer Ehe.«

»Ich verstehe schon. Und deine Frau ist der reinste Engel, wie?«

Er überhörte ihre Ironie.

»Ja«, erwiderte er, »du hast vollkommen recht. Sie ist eine wunderbare Frau. Sie hat in den letzten Monaten das Schicksal des Hotels auf geradezu einzigartige Weise gemeistert . . .«

»Entschuldige, daß ich dich unterbreche«, sagte Lona Simon, »aber es ist noch nicht allzulange her, da hast du anders gedacht. Da fandest du es furchtbar, was sie aus deinem Hotel gemacht hat. Dieser Kindergarten, die Änderungen, die sie eingeführt hat . . . all das kannst du doch nicht plötzlich gutheißen!«

»Nicht alles, aber doch manches«, erwiderte Urban Horster. »Vielleicht war ich wirklich hinter dem Mond zurück, vielleicht hatten wir alle es uns zu sehr angewöhnt, im alten Trott dahinzuschlendern. Hast du mal die Bilanzen der letzten Monate studiert, Lona? Da müßtest du zugeben, daß wir noch nie zuvor so gut abgeschnitten haben.«

»Bravo!« Lona Simon klatschte in die Hände. »Das war eine Meisterleistung auf dem Drahtseil . . . der große Balanceakt, die Wendung um hundertachtzig Grad!«

Sie beugte sich so weit vor, daß er den Ansatz ihres Busens in dem tiefen Ausschnitt ihrer weißen Spitzenbluse sehen mußte.

»Nun mal ganz ehrlich, Urban . . . glaubst du eigentlich selbst, was du da sagst?«

»Ja. Nur ein Dummkopf beharrt ständig auf der gleichen Meinung, ein intelligenter Mensch kommt immer zu neuen Erkenntnissen.

»Das ist ja wunderbar«, spottete Lona Simon, »dann begreife ich gar nicht mehr, über was du dich eigentlich aufregst. Dann überlaß doch deiner unerhört tüchtigen Lehrmeisterin weiter die Leitung des Hotels! Sicherlich kannst du dich noch als Assistent hier nützlich machen . . . wenn nicht, dann gehst du einfach in den Ruhestand. Dein Hotel ist ja bei ihr in den besten Händen.«

Zu ihrer Überraschung lächelte er nur.

»Immer wieder die alte unverbesserliche Lona!« sagte er. »Begreifst du wirklich nicht, daß du mit deiner bösen Zunge nichts mehr ausrichten kannst? Du scheinst ganz vergessen zu haben, daß meine Frau sich schon aus der Leitung des Hotels zurückgezogen hat . . . sie hat alles wieder in meine Hände gelegt.«

Lona Simon ließ sich nicht erschüttern. »O ja, ich weiß! Ein sehr geschickter Schachzug. Mich wundert nur eins . . . daß du naiv genug bist, ihr das zu glauben.«

»Eva ist aufrichtig. So aufrichtig, wie ein Mensch nur sein kann! Aber das wirst du nie verstehen, Lona, du bist noch nie den geraden Weg gegangen.«

Sie strich ihm zärtlich mit der Hand über das Haar.

»Du tust mir leid, Urban«, sagte sie heuchlerisch, »du bist ein guter und kluger Mann. Aber dieser Frau bist du einfach nicht gewachsen.« Er drehte ärgerlich den Kopf zur Seite.

»Hör auf damit, Lona . . . ich bitte dich, hör auf!«

»Aber ich muß doch reden«, erwiderte sie, »verstehst du das denn nicht? Ich kann dich doch nicht mit offenen Augen ins Unglück rennen lassen!«

»Danke, ich kann sehr gut selbst auf mich aufpassen.«

»Nein, gerade das kannst du nicht! Du kannst ja nicht einmal zwei und zwei zusammenzählen! Deine Frau hat also nachgegeben, sie hat die Sanfte, die Fügsame gespielt. Ich wäre da an deiner Stelle sofort mißtrauisch geworden. Aber du nicht, du hast ihr natürlich jedes Wort geglaubt! Als dann dieser Georg Makulis junior hier auftauchte, da hast du den Braten noch immer nicht gerochen. Wie kann man nur so naiv sein!«

Er runzelte die Stirn.

»Du willst also allen Ernstes behaupten, daß meine Frau diesen Menschen hierhergeschickt hat?«

»Aber was denn sonst! Sie hat sich das sehr

schlau ausgedacht, alle Achtung! Jetzt kann sie wiederkommen und sagen: Du weißt, ich wollte es nicht, aber wenn Makulis darauf besteht, was bleibt mir anderes übrig? – Dann mußt du sie vor deiner Nase dulden und kannst ihr nicht einmal einen Vorwurf daraus machen. Sie hat sich ja wieder einmal für das Wohl des Hotels geopfert.«

Er schob seinen Schreibtischsessel mit einem Ruck zurück und stand auf.

»Ja, Lona, ich glaube dir . . . daß du es so gemacht hättest! Dir sähe eine solche Intrige ganz ähnlich, sie paßte tadellos in dein Programm. Aber es kann ein Fehler sein, von sich auf andere zu schließen. Eva würde nie so denken oder so handeln.«

»Du armer Narr!« entfuhr es ihr. »Entschuldige«, fügte sie hastig hinzu, »so habe ich das nicht gemeint. Aber du bist wirklich völlig verblendet! Was willst du denn jetzt tun?«

Er trat dicht vor sie hin.

»Sehr einfach. Erst einmal zwischen dir und mir reinen Tisch machen.« Sie wich vor ihm zurück.

»Was habe ich denn mit allem zu tun?«

»Das habe ich dir doch wohl klar und deutlich gesagt, und ich denke nicht daran, es noch einmal zu wiederholen. Ich habe Zeit genug mit dir verschwendet.«

Sie starrte ihn ungläubig an.

»Soll das heißen . . .?«

»Genau, Lona. Du warst immer schon sehr

schnell von Begriff. Es ist aus zwischen uns . . . aus und vorbei.«

»Aber . . . das kann doch nicht dein Ernst sein!«

»Und ob! Ich hätte längst mit dir Schluß machen . . . ich hätte niemals mit dir anfangen dürfen, Lona.«

Ihre dunklen Augen füllten sich mit Tränen.

»Hast du denn alles vergessen, Urban? Waren wir denn nicht glücklich miteinander . . . so glücklich?«

»Wir haben uns ein Glück gestohlen, das uns nicht zustand. Wir wußten beide, daß wir es früher oder später bezahlen müssen. Heute ist es soweit. Spar dir deine Tränen und deine Szenen. Es ist vorbei.«

Die Haut über ihren Backenknochen spannte sich, ihre Augen wurden schmal.

»So einfach stellst du dir das also vor?«

»So einfach ist das, Fräulein Simon! Gehen Sie jetzt bitte wieder an Ihre Arbeit. Falls Sie allerdings kündigen wollen . . . ich würde Ihnen nichts in den Weg stellen.«

»Wirklich nicht?« fragte sie böse. »Zu liebenswürdig von Ihnen, Herr Hotelier! Sie möchten wohl, daß ich jetzt für immer aus Ihren Augen verschwinde? Aber den Gefallen tue ich Ihnen nicht. Ich werde gehen . . . nur keine Angst, ich habe es nicht nötig, mich aufzudrängen . . . aber erst werde ich mit Ihrer Frau reden! Ich habe ihr nämlich manches zu erzählen, was sie interessieren wird!«

Diese Drohung lockte ihn aus der Reserve. »Lona!« rief er.

Sie hielt seinem Blick stand, ohne mit der Wimper zu zucken.

Er packte sie an den Schultern.

»Au«, rief sie, »laß los, du tust mir ja weh!«

Er lockerte seinen Griff, und sie schmiegte sich aufschluchzend an seine Brust.

»Urban«, flüsterte sie mit tränenerstickter Stimme, »Urban, das kannst du mir doch nicht antun! Ich liebe dich doch!«

»Wir müssen vernünftig sein, Lona«, sagte er, aber seine Stimme klang nicht mehr ganz so sicher.

Sie klammerte sich leidenschaftlich an ihn.

»Ist es wirklich vernünftig, alles kaputtzumachen, was zwischen uns war? Alles Schöne zu zerstören? Warum bist du so zu mir? Was habe ich dir denn getan?«

Es fehlte ihm die Kraft, hart zu bleiben, sie von sich zu stoßen. Er streichelte sie tröstend.

»Nun, weine doch nicht, Liebling«, bat er. »Mach es uns doch nicht so schwer!«

Beide waren so sehr mit sich selbst beschäftigt, daß keiner von ihnen merkte, wie die Türe von außen geöffnet wurde.

Eva war zurückgekommen und geradewegs in das Arbeitszimmer ihres Mannes gegangen. Jetzt stand sie wie angewurzelt im Türrahmen, unfähig, ins Zimmer zu treten oder sich zurückzuziehen, unfähig, auch nur ein einziges Wort hervorzubringen.

Erst als sie sah, wie ihr Mann sich über das Mädchen beugte und sie zärtlich küßte, kam wieder Leben in sie.

»Entschuldige bitte, Urban, wenn ich störe!« sagte sie mit schneidender Stimme.

Urban Horster und Lona Simon fuhren auseinander.

»Du . . . du bist zurück?« fragte Urban Horster fassungslos.

»Es sieht ganz so aus«, erwiderte Eva kalt. »Ich habe etwas Dringendes mit dir zu besprechen. Aber ich sehe, daß du augenblicklich anderweitig beschäftigt bist. Ich erwarte dich oben in meinem Zimmer.

Sie verschwand so lautlos, wie sie gekommen war, und zog die Tür sachte hinter sich ins Schloß.

Erst draußen auf dem Gang verlor sie die Fassung. Sie spürte, wie die Beine unter ihr nachgaben, sie mußte sich gegen die Wand lehnen, um nicht zusammenzubrechen.

Sie fühlte sich so elend und verzweifelt wie noch nie.

Eva war kaum fünf Minuten in ihrem Zimmer, als ihr Mann erschien. Er blieb an der Tür stehen.

»Was machst du denn da?« fragte er.

Sie hatte ihre Kleider mit den Bügeln aus dem Schrank genommen, holte jetzt einen Stoß Pullover und legte ihn auf das Doppelbett.

»Ich räume um, wie du siehst!«

»Aber . . . warum?«

Sie richtete sich auf und sah ihn voll an.

»Glaubst du, ich möchte noch eine Nacht mit dir zusammen im gleichen Zimmer verbringen?«

»Eva, bitte . . . laß mich dir doch erklären . . .«

»Ich weiß alles, Urban, du kannst dir deine Worte sparen. Ich weiß jetzt, wo du den ersten Abend nach deiner Rückkehr warst . . . warum du mich nicht ein einziges Mal im Jagdhaus besucht hast . . . und wahrscheinlich auch, warum du unseren Hochzeitstag nicht mit mir zusammen verbringen konntest. Du warst mit ihr damals in Straßburg, nicht wahr?«

Sie schlug sich mit der Hand vor die Stirn.

»Mein Gott, wie konnte ich nur so blind sein! Ich wette, alle haben es gewußt, das ganze Hotel . . . nur ich, ich hatte nicht den leisesten Verdacht!«

»Eva«, sagte er hilflos, »du irrst dich, glaub mir doch! Es ist alles ganz anders . . .«

»So?« fragte sie. »Wirklich? Du willst mir also ins Gesicht hinein behaupten, daß Lona Simon nicht deine Geliebte ist?«

»Sie war es, Eva, aber . . .«

»Danke«, unterbrach sie, »das genügt mir.«

»Ich werde Schluß mit ihr machen, ich verspreche dir . . .«

»Glaubst du, das nützt jetzt noch das geringste? Bildest du dir ein, man könnte so etwas einfach auswischen . . . vergessen? So tun, als ob nichts gewesen wäre?«

»Ich bitte dich um Verzeihung, Eva, mehr kann ich nicht tun.«

»Vielleicht werde ich dir eines Tages verzeihen . . . wenn es nicht mehr ganz so weh tut. Aber das ändert nichts an der Tatsache, daß unsere Ehe zerstört ist. Du bist es, Urban, der sie zerbrochen hat.«

»Ich habe ihr gekündigt.«

»Das ist mir gleichgültig. Ob sie hier ist oder anderswo . . . ändert das denn etwas an der Tatsache, daß du mich mit ihr betrogen hast?«

»Ich kann nicht mehr tun als dich um Verzeihung bitten.«

»Ich weiß, mehr kannst du nicht. Aber das ist nicht genug.«

»Willst du dich scheiden lassen?«

»Ja. Deine Freundin kann sich freuen. Du wirst bald wieder ein freier Mann sein und Lona heiraten können. Alle Heimlichkeiten werden für euch ein Ende haben. Ist das nicht wunderbar?«

»Ich schwöre dir, Eva, ich habe niemals auch nur mit dem Gedanken gespielt, dich zu verlassen und . . .«

»Nein, du hast mich nur betrogen.«

Eva atmete tief, um sich zu beruhigen, dann nahm sie sich eine Zigarette und zündete sie an, noch ehe ihr Mann dazu kam, ihr Feuer zu geben.

»Was hat das alles für einen Zweck«, sagte sie müde. »Wem nützt es etwas, wenn wir es uns noch schwerer machen? Was geschehen ist, ist geschehen und läßt sich nicht mehr ändern. Es wäre besser, wir würden sachlich miteinander reden.«

Der sanfte Ton ihrer Stimme gab ihm neue Hoffnung.

»Eva«, sagte er, »nur das eine mußt du mir glauben ... ich liebe dich und habe dich immer geliebt.«

»Das interessiert mich nicht mehr, Urban. Für mich ist eins nur wichtig ... das Geschäft. Du wirst verstehen, daß ich gern mein Geld retten möchte.«

Er hob die Augenbrauen. »Dein Geld? Das Geschäft? Wovon redest du eigentlich?«

»Ich glaube, ich habe mich klar genug ausgedrückt. Der junge Makulis war bei mir ...«

»O ja, ich weiß. Er will, daß du wieder die Leitung des Hotels übernimmst.«

»Ich habe das abgelehnt. Aber inzwischen hat sich die Sachlage doch entscheidend geändert.«

»Heißt das ...?«

»Ja. Ich werde mich wieder um das Hotel kümmern, denn ich habe seinerzeit den Kredit aufgenommen, und nur ich bin dafür verantwortlich, daß er termingemäß zurückerstattet wird.«

»Ich glaube, in dieser Sache habe ich wohl auch noch ein Wörtchen mitzureden, Eva.«

»Nein«, erwiderte sie kalt, »das hast du nicht. Ich bin und war gleichberechtigte Teilhaberin des *Grandhotel Horster.* Durch den Kredit, den ich dem Hotel verschafft habe, ist mein Anteil erheblich größer geworden als deiner. Wenn jemand hier zu bestimmen hat, dann bin ich es.«

»Ich bin noch immer dein Mann, Eva, vergiß das nicht!«

»Nicht mehr lange, Urban, darüber waren wir uns doch klar . . . und genausolange und keinen Tag länger werde ich mich auch um das Hotel kümmern, genau gesagt: bis zu dem Moment, wo der Kredit zurückgezahlt ist. Dann werde ich aus deinem Leben verschwinden, und du kannst wieder schalten und walten wie du willst.«

»Das hast du dir fein ausgedacht«, sagte er zornig, »aber überschätze dich nicht! Ich werde dir einen Strich durch die Rechnung machen. Der Herr im Haus bin nämlich immer noch ich!«

Sie streifte die Asche ihrer Zigarette ab und sah ihn mit einem Blick an, in dem all die Verachtung und der Zorn lagen, die sie für ihn empfand – aber auch ihre schwerverwundete Liebe.

»Nun gut«, entgegnete sie, »wenn du nicht willst, dann kann ich nichts machen. Es war ein ehrlicher Vorschlag. Aber bitte, legen wir ihn ad acta.«

Er verstand sie nicht.

»Na, endlich«, sagte er, »ich wußte ja, daß du vernünftig sein würdest.«

»Wie gut du mich kennst, Urban«, erklärte sie mit unverhohlenem Spott. »Also hör zu: Ich ziehe mich zurück, ich werde die Scheidung sofort einreichen.«

»Tu was du nicht lassen kannst«, entgegnete er böse.

»Du machst dir hoffentlich klar, daß ich damit auch aus dem Hotel aussteige, das heißt, du wirst in absehbarer Zeit meinen Anteil auszahlen müssen.«

»Dein schäbiges Geld wirst du auf Heller und Pfennig zurückbekommen!«

»Fein«, erwiderte sie äußerlich ungerührt, »ich fürchte nur, du nimmst dir da ein bißchen viel vor. Denn auch Makulis wird auf Rückzahlung seines Kredites bestehen ... und zwar innerhalb von acht Tagen. Das hat er mir klar und deutlich zu verstehen gegeben.«

»Du setzt mir also das Messer an die Kehle?«

»Nicht ich ... Georg Makulis«, sagte sie sanft. »Wenn du mir nicht glaubst, ruf ihn an. Teile ihm die veränderte Sachlage mit. Er ist bis morgen früh im *Golfhotel.*«

»Das ist also deine Rache!« schrie er außer sich. »Du schreckst nicht davor zurück, mich zu ruinieren. Und dich, ausgerechnet dich habe ich Lona gegenüber verteidigt.«

»Das war reizend von dir, Urban. Ich bin zu Tränen gerührt.«

Er konnte sich nicht länger beherrschen und stürzte auf sie zu.

»Du Kanaille!« brüllte er.

Sie wich keinen Schritt zurück.

»Rühr mich nicht an, Urban«, sagte sie kalt, »ich warne dich! Dein Schuldkonto ist längst überzogen. Willst du wirklich noch mehr auf dein Gewissen laden?«

Er sah sie an, als ob er sie schlagen wollte. Dann drehte er sich auf dem Absatz um und verließ das Zimmer. Krachend fiel die Tür hinter ihm ins Schloß.

Sie ging zum Telefon und bat die Zentrale, sie mit Herrn Georg Makulis im *Golfhotel* zu verbinden. Der Makler kam so schnell an den Apparat, als ob er auf ihren Anruf gewartet hätte.

»Hier ist Eva Horster«, sagte sie, »ja, Frau Horster . . . ich wollte Ihnen nur mitteilen, daß die Angelegenheit in Ordnung geht . . . ja, ich werde die Leitung des Hotels wieder übernehmen . . . ja, ab sofort!«

Als sie den Hörer auflegte, war es um ihre Fassung geschehen. Sie warf sich quer über das Bett und brach in Tränen aus. Sie war die Siegerin geblieben und hatte dennoch alles verloren.

Urban Horster war in die Bar hinuntergegangen. In dieser Nachmittagsstunde war er der einzige Gast. Er trank einen Whisky und rauchte eine Zigarette, um seine Nerven zu beruhigen.

Er fühlte sich tief deprimiert. Alles war schiefgegangen, und er war ehrlich genug, die Hauptschuld daran bei sich selbst zu suchen.

Der Zorn auf seine Frau verrauchte allmählich. Eva hatte recht, das mußte er sich eingestehen. Wenn er sich damals nicht von Lona zu jener Fahrt nach Straßburg hätte überreden lassen, wäre er nicht verunglückt. Wenn er nicht monatelang im Krankenhaus hätte liegen müssen, hätte Eva nie daran gedacht, sich in die Führung des Hotels einzumischen. Und wenn er wenigstens gleich bei seiner Heimkehr mit Lona Schluß gemacht hätte, würde seine Frau nichts von dieser Affäre erfahren haben.

Er hatte sich verantwortungslos und töricht benommen – jetzt durfte er sich nicht beklagen, daß Eva ihm nun die Rechnung präsentierte. Hätte er wenigstens im Gespräch mit ihr nicht die Beherrschung verloren!

Niedergeschlagen und nachdenklich kehrte er in sein Büro zurück, setzte sich an den Schreibtisch, stützte den Kopf in die Hände und grübelte vor sich hin.

Er blickte auch nicht auf, als die Tür vom Nebenzimmer aus geöffnet wurde und Lona Simon eintrat.

»Das hat aber lange gedauert!« meinte sie. »Hast du etwas erreicht?«

»Was suchst du hier noch?« erwiderte er müde. »Du solltest längst fort sein.«

Sie lächelte unbekümmert.

»Aber Urban, die Kündigung kann doch nicht dein Ernst gewesen sein!«

»Vielleicht nicht, aber inzwischen hat sich einiges geändert. Meine Frau ist jetzt der Chef im Hause.«

»Und das läßt du dir gefallen?«

»Ich habe keine Wahl.«

»Aber, Urban, ich hätte dich . . .«

»Sei still. Alles, was du jetzt sagen könntest, ist sinnlos. Meine Frau wird dich keine Minute länger im Hause dulden, und das ist ihr gutes Recht.«

»Sie hat dich also fertiggemacht«, stellte Lona höhnisch fest, »genau wie ich es dir prophezeit habe! Siehst du jetzt endlich ein, daß sie mit diesem Makulis unter einer Decke steckt?«

»Nein«, entgegnete er, »das stimmt nicht. Sie hat gar nicht daran gedacht, wieder ins Hotel einzusteigen. Erst als sie uns beide überrascht hat . . .«

»Urban!« rief Lona Simon. »Und das läßt du dir weismachen? Daß sie uns erwischt hat, ist doch nur ein Vorwand. Sie wollte von Anfang an nichts anderes, als dich aus der Hotelleitung verdrängen.«

»Das stimmt nicht, Lona«, widersprach er ruhig, »deine Phantasie geht wieder einmal mit dir durch.«

»Na schön, wenn du mir nicht glauben willst, lassen wir das Thema fallen. Dann sag mir aber wenigstens ... was willst du jetzt tun?«

»Was *kann* ich tun?«

»Dich wehren! Mit Zähnen und Klauen gegen sie ankämpfen.«

»Wozu? Sie will sich scheiden lassen.«

Lona Simon holte hörbar Luft.

»Urban«, rief sie, »das ist ja herrlich! Dann können wir doch ...«

»Nein«, fiel er ihr ins Wort, »wir können nicht! Wenn ich jetzt gehe, habe ich nicht nur das Hotel verloren, sondern auch mein Gesicht. Ich würde ein Niemand sein, ein armer Schlucker. Möchtest du mich unter diesen Umständen wirklich noch heiraten?«

Sie zögerte. »Na ja«, gab sie dann zu, »das wäre nicht gerade der Wunsch meiner schlaflosen Nächte.«

Er lachte auf. »Jetzt bist du wenigstens ehrlich!«

»Ich war es immer, Urban, jedenfalls dir gegenüber.« Sie krauste die Stirn. »Du meinst also, es läßt sich da gar nichts machen?«

»Nein«, sagte er, »nichts. Die Würfel sind gefallen ... und ich habe die niedrigste Punktzahl geworfen. Bestimmt hat meine Frau diesen Makulis schon im *Golfhotel* angerufen.

»Im *Golfhotel?*«

»Ja, da wohnt er. Bis morgen früh.«

»Er bleibt also über Nacht hier ... spricht das nicht Bände?«

Lona Simon trat auf ihn zu und rüttelte ihn an den Schultern. »Und du glaubst immer noch nicht, daß das Ganze ein abgekartetes Spiel ist? Daß man dich um dein Hotel betrügen will?«

Er nahm ihre Hände von seinen Schultern.

»Nein, Lona. Gib dir keine Mühe. Meine Frau ist ein anständiger Mensch. Ich habe mir alles selbst zuzuschreiben. Soll ich dir ein Zeugnis ausstellen?«

»Das wäre nett. Vielleicht kann ich es noch brauchen.«

»Also schön, dann schreib . . .«

»So eilig ist es nicht. Schick es gelegentlich an meine Adresse.«

Sie gab ihm einen flüchtigen Kuß auf die Stirn.

»Leb wohl, Urban . . . und viel Glück im Kampf mit dem Drachen!«

Sie verließ das Zimmer so rasch, daß er gar nicht begriff, was vorgegangen war. Erst Minuten später wurde ihm klar, daß dies das einer leidenschaftlichen Affäre war.

XIX

Lona Simon war zäh, viel zäher, als Urban Horster sich auch nur vorstellen konnte. Sie war nicht so rasch bereit, den Kampf aufzugeben.

Sie nahm sich ein Taxi und fuhr ins *Golfhotel*. Sie wollte mit Georg Makulis junior sprechen.

Georg Makulis saß mit einigen anderen Herren an der Bar, als ihm ein Page des Hotels Lona Simon meldete.

»Was will die Dame denn?« fragte er.

Er drehte Lona Simons Visitenkarte zwischen den Fingern hin und her, zeigte sich deutlich unangenehm berührt.

»Fräulein Simon möchte Sie geschäftlich sprechen, Herr Makulis«, erklärte der Page.

»Geschäftlich bin ich in meinem Münchner, meinem Züricher und meinem Pariser Büro zu erreichen, nach vorheriger Anmeldung über mein Sekretariat, versteht sich. Richten Sie das bitte der Dame aus!«

»Sie wollen sie also nicht empfangen?«

»Das habe ich doch wohl deutlich genug ausgedrückt!«

Der Page errötete. »Fräulein Simon ist ... sehr hübsch«, sagte er stotternd.

Die Herren, die Zeugen dieses Gesprächs geworden waren, lachten.

»Seien Sie nicht herzlos, Makulis«, meinte der eine, »schauen Sie sich das schöne Kind doch einmal an ... wer weiß, vielleicht versäumen Sie wirklich etwas, wenn Sie sie unbesehen fortschicken!«

Georg Makulis junior verzog sein hageres, scharfgeschnittenes Gesicht.

»Also gut, bringen Sie sie herein. Aber machen Sie ihr bitte klar, daß ich nur fünf Minuten Zeit habe!«

Der Page atmete auf. »Sehr wohl, mein Herr, ganz wie Sie wünschen!«

Er beeilte sich, die Bar zu verlassen. Das Gelächter der Herren klang ihm in den Ohren.

Aber es dauerte gute drei Minuten, bis Lona Simon erschien, und die Spannung der Herren hatte sich inzwischen noch gesteigert. Als sie anmutig und mit hocherhobenem Kopf in den matt beleuchteten Barraum trat, glich es einem gekonnten Auftritt auf der Bühne.

Einige der Herren hielten unwillkürlich die Luft an, einer pfiff hörbar durch die Zähne.

Georg Makulis rutschte von seinem Barhokker und ging ihr entgegen.

Lona Simon war vor ihrem Besuch im *Golfhotel* in ihre Wohnung gefahren und hatte sich umgezogen. Sie trug einen fließenden, schwarzen Samtrock, dazu eine weiße Spitzenbluse, deren Ausschnitt ihren schönen Hals und ihre schlanken Arme wunderbar zur Geltung brachte. Ihr üppiges schwarzes Haar bauschte sich um den Kopf, ihre dunklen Augen funkelten hinter den dichten Wimpern. Lächelnd streckte sie Georg Makulis die Hand entgegen.

»Herr Makulis?« sagte sie fragend. »Es ist reizend, daß Sie mich zu dieser ungewöhnlichen Stunde empfangen . . .«

Er verzog seinen schmalen Mund zu einem gezwungenen Lächeln.

»Es blieb mir nichts anderes übrig. Ich hätte den jungen Mann, den Sie so beeindruckt haben, sonst wohl kaum losgekriegt.«

Lona Simon tat erstaunt.

»Oh, ich störe also?«

»Natürlich«, sagte er grob, »aber da Sie nun einmal da sind, können Sie mir erzählen, was Sie auf dem Herzen haben! Kommen Sie, setzen wir uns!«

Er führte Lona an einen kleinen Ecktisch, so weit wie möglich von der Bar und den neugierigen Blicken der übrigen Herren entfernt.

»Nun, mein Fräulein?« fragte er. »Was für ein Geschäft wollen Sie mir vorschlagen?«

Lona Simon legte mit einer unbefangenen Geste ihre Hand mit den korallenroten Nägeln auf seinen Arm.

»Seinen Sie mir bitte nicht böse, Herr Makulis ... Die Geschäfte waren nur ein Vorwand!«

»Sie wollen also kein Geld?«

»Geld? Ich?« Sie lachte. »Sie sind es wohl gewohnt, daß alle Menschen Geld von Ihnen wollen?«

»Ja, und es überrascht mich sehr, wenn sie jetzt behaupten ...«

Sie fiel ihm ins Wort.

»Ich brauchte einen Grund, um zu Ihnen vorzudringen! Sie sind ein großer Mann und ich bin ein unbedeutendes kleines Mädchen ...«

»Was wollen Sie nun wirklich von mir?«

»Sie kennenlernen!« Sie sah ihm unverfroren in die Augen. »Frau Horster war so bezaubert von Ihnen . . .«

»Sie kennen Frau Horster?«

»Ja. Sonst könnte sie mir ja nicht von Ihnen erzählt haben.«

Er zündete sich eine Zigarette an.

»Entschuldigen Sie, aber das Ganze kommt mir einigermaßen merkwürdig vor. Frau Horster hat auf mich durchaus nicht den Eindruck einer klatschsüchtigen Frau gemacht, ganz abgesehen davon, daß ich sie erst heute nachmittag kennengelernt habe.«

»Das weiß ich. Aber Sie stehen doch seit dem Tode Ihres Vaters mit ihr in Verbindung . . .«

Lona Simon beobachtete ihn lauernd unter ihren langen Wimpern hervor.

»Auch das nicht.«

Sie konnte ihre Enttäuschung nicht verbergen. »Schade«, meinte sie, »sehr schade!«

Er starrte sie aus seinen dunklen stechenden Augen an.

»Wollen Sie mir nicht die Wahrheit sagen?«

Sie zuckte die Schultern. »Warum nicht? Mir scheint, ich habe jetzt wirklich nichts mehr zu verlieren.«

Sie öffnete ihr Samttäschchen, zog ein Päckchen heraus, nahm sich eine Zigarette und hielt sie so lange spielerisch in der Hand, bis er sich doch dazu aufraffte, ihr Feuer zu geben. Sie nahm einen tiefen Zug und blies den Rauch durch die Nase.

»Ich hatte gehofft«, sagte sie, »daß die Idee, Frau Horster sollte die Leitung des Hotels auch weiterhin übernehmen, von ihr selbst ausgegangen wäre . . .«

»Von Frau Horster?«

»Ja. Ich persönlich war davon überzeugt.«

»Irrtum. Frau Horster war im Gegenteil keineswegs entzückt von dieser Forderung.«

»Das habe ich mittlerweile begriffen.«

Georg Makulis junior streifte die Asche seiner Zigarette ab.

»Darf ich fragen, was Sie für ein Interesse an dieser ganzen Angelegenheit haben, Fräulein Simson?«

»Simon«, berichtigte sie, »aber Sie dürfen ruhig Lona zu mir sagen . . .«

Er ließ sich nicht ablenken. »Also?«

»Ich bin Sekretärin im *Grandhotel Horster*, das heißt, ich war es, bis heute.«

»Sie haben gekündigt?«

»Man hat mir gekündigt. Frau Horster hat mich vor die Tür gesetzt.«

»Und warum?«

»Was weiß ich? Vielleicht weil meine Nase ihr nicht paßte.«

Er sah sie nachdenklich an.

»Das nehme ich Ihnen nicht ab. Ich bin selber Arbeitgeber und weiß, daß es nicht so einfach ist, eine unliebsame Angestellte loszuwerden. Es gibt Gewerkschaften und Arbeitsgerichte.«

»Sie würden mir also raten, mich zur Wehr zu setzen?«

»Das kommt ganz darauf an, was Sie angestellt haben.«

Sie mimte Entrüstung. »Ich? Glauben Sie wirklich, daß ich . . .«

»Ja. Sie sind nicht der Typ, den ich als eine zuverlässige und verantwortungsbewußte Sekretärin bezeichnen möchte. Was war also los? Haben Sie in die Kasse gegriffen? Nein, dann hätte Frau Horster es nicht bei einer Kündigung bewenden lassen. Ich möchte eher annehmen, Sie sind ihrem Gatten zu sehr entgegengekommen, stimmt's?«

Lona Simon lächelte ohne eine Spur von Gekränktheit.

»Sie sind ungemein scharfsinnig, Herr Makulis.«

»Und jetzt wollen Sie ihr eins auswischen, nicht wahr? Indem Sie ihrem Mann den Beweis zu bringen versuchten, daß nicht ich, sondern Frau Horster selbst die Idee hatte, . . . also, ich muß wirklich sagen, eine sehr schlau und wirksam eingefädelte kleine Intrige. Es tut mir fast leid, daß ich sie durchkreuzen muß.«

Lona Simon war nicht so schnell zu verwirren. Sie wagte einen neuen Vorstoß.

»Sie müssen ja gar nicht, Herr Makulis.«

»Sie verlangen also allen Ernstes, daß ich behaupte . . .«

»Und warum nicht?«

»Das mein liebes Fräulein, kann ich Ihnen ganz genau sagen. Ich will das Geld wiederhaben, das mein verstorbener Vater in das *Grandhotel* gesteckt hat. Das ist aber nur möglich, wenn ich Frau Horster zum Zuge kommen lasse, wenn ich ihr die Chance gebe, weiter selbständig zu arbeiten . . . nicht aber, wenn ich ihr Knüppel zwischen die Beine werfe.«

»Sie scheint Sie ganz schön eingewickelt zu haben!«

»Sie hat auf mich den Eindruck einer intelligenten, fähigen anständigen Frau gemacht, und ich glaube nicht, daß ich mich in ihr getäuscht habe.«

»Sie wollen mir also nicht helfen?«

»Bilden Sie sich im Ernst ein, Sie wären mir fünfhunderttausend Mark wert?«

»Sie haben recht«, entgegnete sie ruhig. »Das wäre ein schlechtes Geschäft für uns beide!«

Georg Makulis sah sie prüfend an.

»Langsam«, sagte er, »fangen Sie an, mir zu gefallen. Sie sind ein wirklich bemerkenswertes Mädchen.«

Er winkte den Kellner herbei. »Champagner bitte!«

Er wandte sich wieder an Lona Simon.

»Haben Sie noch niemals darüber nachgedacht, ob es nicht vielleicht ein Fehler ist, Ihre jungen Jahre in einem Büro zu verplempern? Daß Sie es nicht nötig haben, die Geliebte eines sicherlich gutaussehenden, aber durchaus mittelmäßigen Hoteliers zu spielen?«

»Das ist jetzt sowieso vorbei.«

»Sie wollen also die Brücken hinter sich abbrechen?«

»Das habe ich schon getan.«

»Sie haben keinerlei Verpflichtungen mehr hier in Baden-Baden?«

Lona Simon zögerte. »Nicht in diesem Sinn. Nur eine sehr schöne Wohnung . . .«

»Die Ihnen dieser Horster eingerichtet hat.«

»Ja.«

»Dann packen Sie noch heute nacht Ihre Sachen zusammen und seien Sie um Punkt acht Uhr mit Ihrem Gepäck hier im *Golfhotel*. Möbel, Teppiche, Bilder und alles andere, was Sie zusammengehamstert haben, lassen Sie zurück. Schreiben Sie einen Brief an diesen Horster, daß er sich das Zeug wieder abholen kann.«

»Aber warum? Es gehört mir und . . .«

»Sie brauchen es nicht mehr. Ich werde mich von nun an Ihrer annehmen, und ich möchte nicht Ihretwegen Schwierigkeiten bekommen. Bestimmt hatte Herr Horster nicht das Recht, Ihnen größere Gegenstände zu schenken, wahrscheinlich hat er die meisten Dinge sogar dem Hotelbetrieb entzogen . . .«

»Stimmt.«

»Na, sehen Sie! Wenn seine Frau dahinterkommt . . . und das ist nur eine Frage der Zeit . . . wird sie bestimmt alles wieder von Ihnen zurückverlangen. Sie wird es jedenfalls versuchen. Aber ich will keinen Skandal. Haben Sie mich verstanden?«

»Ja.«

Der Kellner brachte einen Eiskübel mit der Flasche Champagner, stellte Gläser auf den Tisch, öffnete die Flasche mit gedämpftem Knall und goß einen Schluck in das Glas des Geschäftsmannes.

Er kostete. »Könnte kühler sein. Aber schenken Sie schon mal ein!«

Als der Kellner gegangen war, hob er sein Glas Lona Simon entgegen. »Auf Ihre Zukunft!«

Sie trank. »Was haben Sie mit mir vor?«

»Ich werde Sie als Geliebte engagieren!«

Sie öffnete den Mund zum Protest, aber er schnitt ihr mit einer Handbewegung das Wort ab.

»Sagen Sie jetzt nicht, das käme Ihnen zu plötzlich. Sie suchen ja gerade im Augenblick eine neue Stellung. Es schadet auch nichts, daß Sie nicht in mich verliebt sind, das wäre nur störend . . . ich bin ja auch nicht in Sie verliebt. Was ich brauche, ist eine offizielle Geliebte, eine reizvolle junge Frau wie Sie, bei deren Anblick den anderen Männern und besonders meinen Geschäftsfreunden, die Augen aus dem Kopf fallen.«

»Sie wollen also gar nicht wirklich, daß ich . . .?«

»Nein. Ich habe eine sehr nette Frau, und ich denke gar nicht daran, sie zu betrügen.«

Lona Simon konnte nur mühsam ihre Erleichterung verbergen.

»Ich verstehe«, sagte sie.

»Das hatte ich nicht anders von Ihnen erwartet.«

Georg Makulis erhob noch einmal sein Glas.

»Also dann ... auf gute Zusammenarbeit, Lona!«

Sie stieß mit ihm an, und schon in diesem Augenblick waren ihre Gedanken damit beschäftigt, sich die unübersehbaren Vorteile und Möglichkeiten auszumalen, die diese neue Stellung ihr bot. Sie hatte keineswegs die Absicht, für alle Zeiten bei diesem eiskalten Mann zu bleiben, aber immerhin, was er ihr anbot, war ein Sprungbrett – ein Sprungbrett in das reiche und sorglose Leben, das sie sich seit jeher erträumt hatte.

Lona befolgte die Anordnungen ihres neuen Chefs nicht ganz. Zwar packte sie in dieser Nacht nur ihre private Habe, Kleider, Mäntel, Schmuck und Wäsche zusammen, zwar schrieb sie wirklich einen Brief – aber nicht an Urban Horster, sondern an seine Frau. Sie wollte und konnte es sich nicht verkneifen, Eva Horster noch eine letzte Demütigung zuzufügen.

Eva erhielt diesen Brief zwei Tage später mit der Morgenpost, und ihr Gesicht wurde starr, als sie ihn las. Dann ging sie in das Büro ihres Mannes und reichte ihm wortlos den Brief.

»Es geht dich an, Urban«, sagte sie.

Er erkannte Lona Simons Handschrift und erschrak.

»Was . . . will sie?« fragte er.

»Lies selbst!«

Eva drehte sich um und verließ den Raum.

Als Urban Horster die flüchtigen, mit versteckten und offenen Bosheiten gespickten Zeilen seiner ehemaligen Geliebten gelesen hatte, sprang er auf. Beinahe hätte er dem Impuls gehorcht, seiner Frau nachzulaufen und ihr alles zu erklären – aber was gab es da zu erklären? Daß er Lona Möbel und Teppiche geschenkt hatte, entsprach der Wahrheit. Erst jetzt begriff er ganz, wie unverantwortlich seine Handlungsweise gewesen war. Er fand keine Worte, mit denen er sich hätte entschuldigen können.

Noch am gleichen Tag ließ er die Möbel abholen und ins Hotel bringen, zur Ausstattung einiger renovierungsbedürftiger Zimmer. Eva sah, was im Hause vor sich ging, aber sie ließ es sich nicht anmerken. Sie verlor kein Wort mehr über die ganze Angelegenheit, ging mit stillem, verschlossenem Gesicht durch das Hotel, behandelte ihren Mann wie Luft, und sprach nur dann mit ihm, wenn es aus geschäftlichen Gründen dringend notwendig war.

In den nächsten Wochen machte Urban Horster immer wieder zaghafte Versuche, sie zu versöhnen, aber alles prallte an Evas starrer, unnatürlicher Ruhe ab. Es war, als ob die bittere Enttäuschung einen eisernen Panzer um ihr Herz geschmiedet hätte. Sie glaubte selbst, daß jedes Gefühl für ihren Mann in ihr erstorben wäre.

Die Kinder waren immer noch mit Alice im Jagdhaus.

Eines Tages trat Urban zu seiner Frau, als sie gerade dabei war, die Küchenvor räte zu inspizieren.

»Kann ich dich einen Augenblick sprechen, Eva?« fragte er.

»Bitte«, sagte sie kurz, »was gibt es?«

»Nicht hier«, erwiderte Urban, »komm zu mir ins Büro.«

Sie warf einen Blick auf die neugierigen Gesichter des Küchenpersonals. Jeder im Haus wußte, daß es mit der Ehe des Chefs nicht mehr stimmte, und jeder war begierig, einen neuen Anlaß zum Klatsch zu finden.

»Gut«, willigte Eva ein, »sobald ich Zeit habe.«

Erst Stunden später kam sie zu ihm, sehr kühl und sehr blaß in einem hellgrünen, silbergemusterten Seidenkleid.

»Du wolltest mich etwas fragen?« sagte sie hochmütig.

»Ich habe heute einen Brief von Susi bekommen«, begann er das Gespräch, »die Kinder langweilen sich im Jagdhaus. Sie möchten wieder nach Hause.«

»Das kommt nicht in Frage.«

»Ich würde sie auch gern wieder hier haben«, erklärte er.

»Und wer, glaubst du, soll sich hier um sie kümmern? Schwester Veronika hat mit den Gästekindern genug zu tun. Nein, sie sind im Jagdhaus viel besser aufgehoben. Wenn die Ferien um sind, kommen die beiden Großen wieder ins Internat.«

»Das halte ich nicht für richtig«, wandte er ein. »Sie könnten doch genausogut hier . . .«

»Nein, das können sie nicht. Jetzt weniger denn je.«

»Susi schreibt, du hättest ihnen versprochen . . .«

»Stimmt, aber damals lagen die Umstände noch anders. Damals wußte ich noch nichts von Lona Simon.«

Er sprang auf. »Was, um Himmels willen, hat Lona Simon denn mit den Kindern zu tun?«

»Sehr viel. Sie hat unsere Ehe zerstört. Ich will nicht, daß die Kinder Zeugen unserer Entfremdung werden.«

»Ach, so ist das also . . . ich bin der Grund, warum sie nicht herkommen dürfen?«

Sie merkte, daß sie das Problem überspitzt hatte.

»Das habe ich nicht gesagt«, erklärte sie.

»Nun, es gibt Dinge, die man nicht auszusprechen braucht, es genügt, sie den anderen fühlen zu lassen.«

»Es ist mir ganz neu, daß du so feinfühlig bist.«

Er trat auf sie zu.

»Eva, bitte! Ich weiß, ich habe dich betrogen, ich weiß, ich habe mich schlecht benommen . . . aber glaub mir, ich bereue es. Ich bereue aufrichtig, was ich getan habe. Kannst du mir wirklich nicht verzeihen?«

Sie sah ihn lange an.

»Ich wollte, ich könnte es«, sagte sie, »aber es gibt Dinge, über die eine Frau nicht hinwegkommen kann!«

»Eva! Es ist doch alles vorbei . . . Lona Simon ist weg, sie kommt nicht wieder . . . bitte, versuch doch zu vergessen!«

»Ich kann es nicht, Urban.«

»Du läßt mir also kein Fünkchen Hoffnung?«

»Wenn ich es täte, würde ich lügen. Es ist besser, du findest dich damit ab, daß unsere privaten Beziehungen beendet sind.«

Sie wandte sich um und verließ das Zimmer.

Als Eva am nächsten Morgen vom Markt zurückkam und sich in ihrem Zimmer umzog, fiel ihr ein, daß sie noch Anordnungen für ein bevorstehendes Festbankett, das der Lions-Club im Hotel geben wollte, mit ihrem Mann besprechen mußte.

Sie überlegte, ob sie ihn durch einen Pagen suchen lassen sollte, und warf einen Blick auf ihre Armbanduhr. Es war noch vor sieben. Gestern abend war es spät geworden, wahrscheinlich war er eben erst aufgestanden.

Sie war seit langem nicht mehr in seinem Zimmer gewesen, scheute davor zurück, schalt sich aber selbst als albern. Sie empfand nichts mehr für ihn, was hatte sie also zu befürchten, wenn sie ihn aufsuchte?

Mit entschlossenen Schritten ging sie über den Gang und klopfte an seine Tür. Von drinnen kam keine Antwort. Wahrscheinlich schlief er noch.

Sie drückte die Klinke nieder, die Tür ließ sich öffnen. Eva trat ein. Überrascht blieb sie auf der Schwelle stehen.

Das Bett war zerwühlt, das Zimmer leer – sonderbar leer, schien es ihr. Urbans Reisewecker stand nicht auf dem Nachttisch, seine Hausschuhe waren nirgends zu sehen, auch nicht sein Morgenrock, den er meist achtlos über einen Stuhl zu schleudern pflegte.

Sie warf einen Blick in das Bad – auf der Glasscheibe über dem Waschtisch fehlten die Toilettenutensilien ihres Mannes. Sie lief zurück, sah in den Schrank – auch er war leer. Kein Anzug hing mehr auf den Bügeln.

Panik ergriff sie. Sie lief zum Lift, drückte auf sämtliche Knöpfe, ertrug das Warten nicht länger und rannte zu Fuß hinunter.

Ihr Mann war fort, er hatte sie verlassen!

Plötzlich begriff sie, daß sie ihn immer und trotz allem noch liebte, daß sie niemals so verletzt gewesen, sich niemals so in ihre Ablehnung verbohrt hätte, wenn sie wirklich innerlich mit ihm fertig gewesen wäre.

Herr Thomas stand hinter dem Empfangstisch. Sie lief zu ihm hin.

»Wann ist mein Mann abgereist?« fragte sie atemlos.

»Ich weiß es nicht.«

»Aber ... das müssen Sie doch wissen ...«

»Als ich meinen Dienst antrat, war er schon fort. Der Nachtportier sagte es mir.«

»Warum haben Sie mir das nicht gleich gesagt?«

»Ich habe es nicht für so wichtig gehalten ...«

»Sie ... haben nicht ...? Aber es ist wichtig, es ist ungeheuer wichtig ... für mich, für die Kinder, für das Hotel!«

Herr Thomas verzog keine Miene, wandte sich um und zog einen Brief aus einem der Fächer.

»Herr Horster hat eine Nachricht für Sie hinterlassen ...«

Eva riß ihm den Brief aus der Hand, aber bevor sie ihn öffnete, trat sie einige Schritte beiseite. Sie wollte nicht beobachtet werden.

Liebe Eva, las sie, *ich habe es vorgezogen, bei Nacht und Nebel zu verschwinden, und ich nehme an, daß du diesen Entschluß mit Erleichterung zur Kenntnis nehmen wirst. Ich gebe zu, es ist meine Schuld, daß es so weit mit uns gekommen ist. Du hast wirklich allen*

Grund, mich zu hassen. Aber ich kann deinen Haß nicht ertragen, und noch weniger deine Verachtung.

Ich überlasse dir das Hotel und verzichte für alle Zeiten auf meinen Anteil. Ich weiß, du wirst es unseren Kindern erhalten.

Sobald ich eine Stellung gefunden und eine feste Adresse habe, werde ich mich mit deinem Anwalt in Verbindung setzen, damit du die Scheidung einreichen kannst. Selbstverständlich nehme ich alle Schuld auf mich, ich bin ja auch wirklich der einzig Schuldige.

Ich wünsche dir viel Glück. Mich macht es froh, daß ich doch noch etwas für dich tun konnte, nämlich aus deinem Leben zu verschwinden . . .

Eva ließ den Brief sinken und sah mit blicklosen Augen ins Leere.

Sie konnte nichts anderes denken als: Er ist fort für immer, und ich bin es, die ihn aus dem Haus gejagt hat!

Sie merkte gar nicht, daß ein früher Gast von der Straße her durch die Drehtür kam. Erst als er vor ihr stand, erkannte sie ihn, ihren Rechtsanwalt und Jugendfreund Dr. Konrad Kilius.

»Eva«, sagte er, »was ist geschehen? Ich bin so schnell wie möglich hergekommen! Dein Mann rief mich gestern abend an . . .«

»Mein Mann?« wiederholte sie tonlos.

»Ja, er sagte mir, ich sollte mich um dich kümmern, du brauchtest mich. Mehr konnte ich nicht aus ihm herausbringen, er hat gleich wieder aufgelegt.«

»Er ist fort«, sagte sie, »er hat mich verlassen.«

Sie reichte ihm den Brief. Rechtsanwalt Kilius überflog ihn.

»Donnerwetter«, sagte er, »das finde ich anständig! Eine sehr großzügige Lösung. Hätte ich deinen Mann gar nicht zugetraut.«

»Ich muß ihn finden.«

»Aber, Eva, warum denn? Sei doch froh . . .«

»Ich liebe ihn, Konrad. Erst jetzt weiß ich es . . . ich habe nie aufgehört ihn zu lieben.«

Sein Gesicht verdüsterte sich. »So stehen die Dinge also!«

»Ja, genauso. Wenn du mein Freund bist, mußt du mir helfen, ihn zu suchen.«

Konrad Kilius hatte sich schon wieder gefaßt.

»Aber wie denn? Der Brief enthält doch nicht den geringsten Anhaltspunkt!«

»Ich glaube doch. Fällt dir nicht auf, daß er nicht geschrieben hat: Grüß die Kinder von mir? Erkläre ihnen alles? Gib ihnen einen Kuß?«

»Daran hat er wahrscheinlich gar nicht gedacht.«

Sie schüttelte den Kopf.

»Das glaube ich nicht. Ich glaube vielmehr . . . ja, ganz bestimmt . . . er ist zum Jagdhaus gefahren, um sich von ihnen zu verabschieden. Bitte, fahr mich zu den Kindern!

Gott gebe, daß ich Glück habe . . . daß er noch dort ist!«

Eva, die sonst eher eine übervorsichtige Fahrerin war, trieb Konrad Kilius diesmal unentwegt zur Eile an.

Aber als sie das Jagdhaus erreichten, war Urbans Auto nirgends zu sehen.

»Er ist schon fort!« rief sie maßlos enttäuscht.

»Ich glaube eher, er ist überhaupt nicht hier gewesen!«

»Doch, doch, ich bin ganz sicher!« sagte Eva. »Er kann doch nicht einfach ohne Abschied von den Kindern . . .«

»Vielleicht wollte er es ihnen und sich nicht unnötig schwermachen!«

Eva antwortete nicht, sie legte die Hand auf den Arm des Freundes.

»Still«, bat sie, »sei mal einen Moment ganz still!«

Jetzt war das Geräusch eines sich nähernden Autos deutlich zu hören.

»Er kommt«, sagte Eva, »er kommt jetzt erst!«

Sie legte die Hand auf den Türgriff.

Konrad Kilius ging um das Auto herum und half ihr aussteigen.

»Mach dir doch nichts vor, Eva, er ist lange vor uns abgefahren, er müßte längst hier sein, wenn er . . .«

Eva trat, mit beiden Armen winkend dem Taxi entgegen. Aber außer dem Chauffeur war niemand im Wagen.«

»Guten Morgen, Fräulein«, sagte der Fahrer, »suchen Sie jemanden?«

»Ja, meinen Mann!«

»Tut mir leid, der Wagen ist leer.«

»Das sehe ich selbst! Aber . . . was wollen Sie hier? Hat Sie jemand herbestellt?«

»Genau! Der Herr, den ich gefahren habe. Fahren Sie ins Dorf, hat er gesagt, trinken Sie eine Tasse Kaffee, und in einer guten halben Stunde können Sie mich wieder abholen!«

»Also . . . er ist doch da!«

Eva drehte sich um und rannte auf das Jagdhaus zu.

Konrad Kilius folgte ihr nicht. Er zündete sich eine Zigarette an, trat zu dem Fahrer des Taxis, der ausgestiegen war und ebenfalls zu dem kleinen Haus gehen wollte.

»Lassen Sie sich Zeit, mein Freund«, sagte Konrad Kilius, »da drinnen würden wir beide jetzt nur stören . . .«

Er hielt dem Fahrer sein Zigarettenpäckchen hin. Der Mann bediente sich und lächelte verständnisinnig.

»Ach, so ist das? Versöhnung?«

»Vielleicht«, entgegnete Konrad Kilius, »vielleicht aber auch . . . das Ende einer Ehe!«

Urban Horster saß, die kleine Babsy auf dem Schoß, umringt von den beiden Großen, auf der Terrasse des Hauses.

»Nimm mich mit, Vati . . . ich habe ja jetzt noch Ferien!« bat Susi.

»Wann kommst du zurück?« fragte Teddy.

Beide Kinder begriffen, daß dieser unerwartete Besuch ihres Vaters, dieser Abschied etwas Besonderes zu bedeuten hatte. Sie waren verstört. Nur Babsy schaukelte selig und ahnungslos auf den Knien ihres Vaters.

Urban Horster beantwortete keine der Fragen.

»Ich glaube, ich habe das Taxis gehört, ich muß aufbrechen, Kinder! Versprecht mir, daß ihr brav bleibt und eurer Mutter folgt . . .« In diesem Augenblick stürmte Eva auf die Terrasse.

Urban fuhr hoch, Babsy rutschte von seinem Schoß und klammerte sich haltsuchend an sein Hosenbein. Susi und Teddy rannten ihrer Stiefmutter entgegen.

»Urban!« rief sie mit leuchtenden Augen. »Habe ich dich also doch noch gefunden!«

»Ich versichere dir, daß ich keine silbernen Löffel mitgenommen habe . . .«

»Bitte«, sagte sie, »laß jetzt die Witze! Es ist mir ernst! Wie konntest du mir einen solchen Brief schreiben!«

»Das weißt du wirklich nicht?«

»Doch«, sagte sie, »doch . . . ich habe mich abscheulich benommen. Verzeih mir, Urban!«

»Ich? Dir?«

»Ja. Denn ich ... ich habe dir längst verziehen. Ich ... ich war nur so verbohrt, daß ich es dir nicht zeigen konnte.«

»Du hattest allen Grund, mich zu hassen.«

»Man haßt nur Menschen, die man liebt ... Ist dir dieser Gedanke nie gekommen? Wenn du mir gleichgültig gewesen wärst, hätte ich mich höchstens geärgert. Bitte, komm mit mir zurück!«

»Du traust dir also doch nicht zu, ganz allein mit dem Hotel fertig zu werden?«

»Das ist es nicht, Urban. Man schafft alles, was man ernstlich will. Aber zu zweit geht es leichter. Wenn wir endlich anfangen, am gleichen Strick zu ziehen ...«

»Es klingt sehr vernünftig, was du sagst!«

»Ich bin dir nicht aus Vernunftgründen nachgejagt, Urban, sondern ... weil ich dich liebe!«

»Und, was glaubst du, was ich für dich empfinde?«

Die Kinder hatten dieser Auseinandersetzung bisher schweigend gelauscht.

Jetzt sagte Teddy: »Also, jetzt macht es aber nicht so spannend ...«

»Das ist ja schlimmer als in einem Fernsehfilm!« rief Susi. »Los, gebt euch endlich einen Kuß!«

Urban nahm seine Frau in die Arme, Teddy und Susi drängten sich an sie, und Babsy, die dabei ins Gedränge kam, hob flehend die Arme.

Urban bückte sich und hob seine Jüngste hoch.

»Alice«, rief er, »Alice . . . entlohnen Sie den Fahrer und schicken Sie das Taxi fort!«

»Es ist noch jemand draußen«, sagte Eva, »Konrad Kilius!«

»Holt ihn herein, Kinder!« befahl Urban. »Ich kann es ihm nicht ersparen . . . er muß uns gratulieren. Heute wird gefeiert!«

»Und das Hotel?« fragte Eva. »Das Bankett?«

»Soll uns heute gleichgültig sein! Du bist mir wichtiger, Eva . . . wichtiger als alles auf der Welt!«

ENDE